왕을 기록하는 여인

사관 下

왕을 기록하는 여인

사관 下

박준수 지음

차례

폭풍속의 실록청

보름 후, 새 임금 황은 대행대왕(수양)의 시호를 빨리 정하도록 하라고 의정부 당상들을 재촉했다. 여러 신료가 모여 시호를 의논한 끝에, 열문 영무 신성 인효烈文英武神聖仁孝 8자로 정해 올렸다. 하지만 효성이 지극한 새 임금은 그것에 만족하지 못하고 시호의 글자 수를 더 늘리라고 신료들을 질책했다. 신료들은 새 임금의 심기를 건드리지 않기 위해 시호의 자수字數를 배로 늘려 18자를 지어 받쳤다. 그럼에도 임금은 끝내 만족하지 못하고 의숙懿肅 2자를 더하라 명했고, 결국 대행대왕의 시호는 승천 체도 지덕 융공 열문 영무 성신 명예 의숙 인효承天體道至德隆功烈文英武神聖明睿懿肅仁孝 20자로 결정되었다. 수양은 공이 많았던 부왕 세종보다 두 배가 긴 시호를 그렇게 아들 황에 의해 받았다.

임금이 급히 찾는다는 소식에 도승지 권감이 편전으로 달려갔다. 이제 남은 것은 묘호廟號를 정하는 일인데, 뭔가 문제가 있는 것이 틀림없었다. 아마도 어제 올린 대행대왕의 묘호가 임금의 마음에 들지 않는 듯했다.

"전하, 도승지 들었나이다."

환관의 목소리가 들리자마자 황은 지체하지 않았다.

"들라 하라!"

상복 차림의 도승지 권감이 허리를 숙이고 안으로 들어왔다.

"전하, 찾으셨다고 들었나이다."

"그렇소. 대행대왕의 묘호 때문에 급히 찾았소이다."

"하문 하시옵소서."

황은 조금 노한 기색을 보이며 도승지를 빤히 쳐다보았다.

"묘호 말입니다만, 어제 올린 신종神宗, 예종睿宗, 성종聖宗, 세 묘호들 중에는 과인의 마음에 드는 것이 없었습니다."

도승지가 머리를 조아렸다.

"시원임 대신들과 참판 이상의 신료들이 모여 논의한 뒤 계달한 것이옵니다만, 그럼 다시 모여 논의를 해 보겠사옵니다."

황이 무표정한 얼굴로 대답했다.

"그렇게 하시오."

하지만 황은 신료들에게 더 이상 시간을 주지 않고 그날 오후 곧바로 도승지와 좌의정 박원형, 하동군 정인지, 중추부지사 한계희를 편전으로 불러들였다. 한명회와 신숙주는 상지관을 따라 능묘 자리를 고르기 위해 도성 밖으로 나가 있는 중이었다. 백의白衣 차림의 상복을 입은 신료들이 들어와 자리에 앉자, 임금 황은 애써 근엄한 표정을 지으며 입을 열었다.

"마음이 다급하여 이렇게 불렀소이다."

고령군 정인지가 차분한 목소리로 물었다.

"대행대왕의 묘호 때문이옵니까?"

"그렇소이다. 승하하신 지 보름이 지나도록 마땅한 묘호조차 지어 올리지 못하고 있으니, 불효도 이만한 불효가 어디 있겠습니까?"

신료들은 일제히 머리를 조아렸다.

"전하, 망극하나이다…."

황이 넌지시 자신의 생각을 말했다.

"내가 깊이 생각을 해보니, 대행대왕의 묘호는 '종宗'이 아니라 '조祖'로 하는 것이 더욱 마땅한 듯 여겨지더군요."

신료들이 눈을 동그랗게 뜨고 서로를 쳐다보았다. 황이 말을 이었다.

"어린 임금의 생각이라서 그러한 표정들입니까?"

신료들이 또다시 망극한 표정을 지으며 동시에 머리를 조아렸다.

"전하…."

도승지가 아뢰었다.

"전하, 천부당만부당한 말씀이옵니다."

"대행대왕께서는 창업에 버금가는 재조再造의 공덕이 있으시니 '조'로 해야 마땅하지 않겠습니까?"

"예, 그렇사옵니다."

신료들의 목소리에는 억지스러운 데가 있었지만, 감히 누구도 이의를 제기하지는 못했다. 신료들이 난처한 얼굴로 서로 쳐다보고만 있자, 황이 다시 나섰다.

"그럼, 묘호를 '세조世祖'라 하는 것이 어떻겠소?"

신료들은 더욱 놀라는 기색을 보였다. 결국, 자신들이 지어 올린 묘호들이 임금의 마음에 들지 않았던 것이다.

"말씀들을 해보세요."

황이 재촉하자 정인지가 변명하듯이 아뢰었다.

"조종에 이미 '세종'이 있기에 '세조'를 생각하지 않았을 뿐이옵니다."

한계희도 덩달아 아뢰었다.

"신들이 미처 생각하지 못했나이다."

황이 기다렸다는 듯이 말했다.

"일찍이 대행대왕께서는 김종서, 황보인과 같은 역신들을 물리치시고, 또한 보위에 오르신 뒤에도 여러 번의 역모를 제압하여 사직을 지켜내셨으니, 창업에 버금가는 큰 공덕이 아니고 무엇이겠습니까. 하니, 대행대왕의 묘호를 세조로 함이 옳지 않겠소?"

정인지를 비롯해 편전에 모인 신료들은 아차 싶었다. 자신들이 논의하여 올린 세 묘호들은 모두 '종'자가 들어간 것뿐이었다. 임금이 대행대왕의 묘호를 '종'이 아닌 '조'로 고집하는 것은, 계유정난과 노산군의 일을 재조의 공덕으로 인정해 달라는 것이었다. 그들로서는 참으로 꺼림칙한 일이 아닐 수 없었다. 하지만 반대를 했다가는 충분히 대역죄로도 몰릴 수 있는 일이었다. 그들은 어쩔 수 없이 받아들여야만 했다. 어린 임금에게 허를 찔린 신료들은 변명을 늘어놓기에 급급했다.

"도승지는 들어라. 대행대왕의 묘호를 세조라 할 것이다."

도승지와 신료들이 모두 엎드려 대답했다.

"예, 전하."

황이 묘한 표정으로 엎드려 있는 신료들을 가만히 내려다보았다. 지금까지 대행대왕의 은혜로 온갖 부귀영화를 다 누리며 살아왔으면서도, 아직 대행대왕의 업적조차 제대로 모르고 있으니, 황은 신료들이 새삼 뻔뻔스럽게 느껴졌다. 한편으론, 저런 신료들을 데리고 앞으로 임금 노릇할 생각을 하니, 벌써 눈앞이 캄캄해졌다.

다음날, 능묘 자리를 정하기 위해 도성 밖으로 나가 있던 신숙주가 돌아와 입궐했다. 그는 대행대왕의 시호와 묘호가 정해졌다는 소식을 듣고 곧바로 편전으로 나아갔다. 신숙주가 임금에게 아뢰었다.

"전하, 묘호를 세조로 정하셨다는 소식을 들었사옵니다. 신이 미처 어심御心을 헤아리지 못해 송구스럽나이다"

황은 제 속마음을 숨긴 채 말했다.

"아니오, 그동안 고령군께서는 얼마나 바쁘게 도성 안팎을 드나들었소이까. 자책하지 말기를 바라오."

"망극하나이다. 한데… 전하."

"말씀하세요."

"시호에 대해 아뢰겠나이다. '승천 체도 열문 영무'는 대행대왕 생전의 존호였으니, 시호를 정함에 있어서 이 여덟 글자를 앞에 놓는 것이 옳을 듯하옵니다."

"아, 그래요? 그럼, 그렇게 합시다."

황은 시호에 대해서는 자신의 주장을 앞세우지 않고 그대로 받아들였다. 고령군 신숙주의 건의에 따라 대행대왕의 시호는 '승천 체도 열문 영무 지덕 융공 성신 명예 의숙 인효承天體道烈文英武至德隆功聖神睿懿肅仁孝'로 결정되었다. 그리고 나흘 뒤, 임금은 승정원에 명하여 '의숙懿肅'이라는 글자의 '의懿' 자를 '흠欽' 자로 바꾸라고 지시했다.

세주는 춘추관에 앉아 자신이 쓴 입시사초를 정서로 필사하다가 잠시 붓을 놓고 가만히 내려다보았다. 그것은 선왕의 마지막 공식 업무에 관한 기록으로, 그의 집권 기간 중 난신에 연좌된 200여 명을 방면한다는 전지傳旨의 내용이었다. 수양이 임금으로서 마지막에 한 일은 결자해지結者解之였던 셈이다.

임금이 되기 위해 수많은 사람을 죽였고, 임금이 된 후에는 권좌를 지키기 위해 또 죽여야 했으며, 결국 자신의 죽음이 임박해서야 그들과 화해를 시도하고 영원히 사는 길을 모색한 것이다.

밖에서 인기척이 늘리자, 세주는 정신을 차리고 문을 향해 고개를 돌렸다. 손광림이 문을 열고 안으로 들어왔다.

"마침 있었구먼."

세주가 엉거주춤 자리에서 일어서며 손광림을 맞이했다.

"저를 찾았습니까?"

손광림이 자리에 앉자 세주도 궁금한 표정으로 뒤따라 앉았다.

"서 권지를 여사로 만드는 계획은 어쩌면 없던 일이 될 수도 있을 것 같네."

깜짝 놀란 세주가 반문했다.

"예? 무, 무엇 때문인지요?"

"나도 잘 알지는 못하네만, 음… 선왕 때의 계획이었으니 그럴 수도 있지 않겠는가?"

세주는 이해할 수 없다는 표정을 지었다.

"사관은 궁궐 깊은 곳에 접근할 수 없기 때문에, 대신 여사가 필요했던 것 아닙니까. 그런데 임금이 바뀌었다고 여사의 존재가 불필요하다니요?"

"위에서 그러한 생각을 하고 계시는 것 같아 미리 알려 두는 것이니, 좀 기다려 보세."

"나리, 서 권지는 지금까지 잘 해왔고, 여사로서의 자질 또한 충분합니다. 그러니 꼭 여사가 될 수 있도록 힘써 주십시오."

세주는 마치 자신의 일처럼 서 권지를 감싸고돌았다.

"그동안 자네가 수고 많았다는 것은 잘 알고 있네. 하지만 위에서 하는 일이니, 나로서도 어쩔 수 없지 않은가."

"…"

세주는 낙담한 듯 아무런 말이 없었다. 은후가 여사가 될 수 없다면 그녀는 궐을 떠나야만 하는 것이고, 그렇다면 앞으로 그녀를 볼 수 없다는 뜻이기도 했다. 갑자기 그녀를 영영 볼 수 없을지도 모른다는 생각이 들자, 세주는 벌써부터 마음 한구석이 허전해 오는 것만 같았다. 손광림이 방을 나간 뒤, 세주는 실망하게 될 은후의 모습을 떠올리며 한동안 망연히 앉아 있었다.

궐에서 나와 집으로 돌아가는 세주의 발걸음은 평소보다 빨랐다. 충청도 관찰사로 나가 계시는 부친이 대행대왕의 빈전에 향을 올리기 위해 어제 늦게 도성으로 올라왔기 때문이다.

저녁을 먹은 뒤 윤 대감은 사랑방으로 세주를 불렀다. 아무런 말없이 아들의 얼굴만 바라보던 그는 불쑥 혼인 이야기를 꺼냈다.

"최 대감 댁 여식과의 혼인은 뒤로 미루어야겠다."

"국상 중이니 그래야 하지 않겠습니까."

"내년 봄쯤에 다시 날을 잡아 혼사를 치르도록 하자."

"… 예."

아들의 대답이 시원치 않자 윤 대감은 확인하듯 물었다.

"혼인이 뒤로 미루어져 아쉬운 것이냐?"

"그런 게 아닙니다."

"그럼… 그 아이를 잊지 못해 그러한 것이냐?"

부친이 정혼했던 가연을 입에 올리자 세주는 말끝을 흐렸다.

"…아닙니다, 아버님."

방바닥을 내려다보며 무언가 망설이는 표정을 짓고 있던 윤 대감이 조용히 입을 열었다.

"세주야."

"예, 아버님."

"실은 얼마 전에 그 아이의 행방에 대해 아는 사람을 만났다."

"그 아이라면…?"

세주는 눈을 동그랗게 뜨고 아비의 얼굴을 바라보았다.

"가연이 말이다."

"저, 정말입니까?"

"허나, 지금에 와서 어찌하겠느냐. 지난번에도 말했듯이 너와는 인연이 아니다 그만 잊도록 하여라."

"하지만 아버님."

윤 대감이 아들의 말을 가로막았다.

"설령, 그 아이를 찾는다 해도 너와는 맺어질 수 없는 일이다. 네 앞길을 생각하면 최 대감 댁 여식과 혼인을 하는 것이 옳을 듯하구나."

"…."

"내가 지금까지 너의 혼사를 재촉하지 않고 기다린 것은 가연이 아비에게 미안한 마음이 있었기 때문이고, 너 또한 그 아이를 잊지 못하는 것 같아서였다. 그러니 이제는 최 대감 댁 여식과 혼인하도록 하여라."

"…."

"왜 대답이 없느냐?"

세주는 마지못해 작은 소리로 대답했다.

"예…."

아직 미련을 떨쳐내지 못하는 아들을 바라보며 윤 대감은 가연의 아비 신호생의 일을 떠올렸다. 윤 대감과 신호생은 동문수

학하던 친구로 젊은 시절부터 우애가 남달랐었다. 서로의 집을 오가며 허물없이 지내왔던 그들은 자식들을 혼인시키기로 약조 했었다. 가연이 아장아장 걸어다닐 때부터 보아왔던 윤 대감은 그녀를 며느릿감으로 탐냈고, 신호생 역시 세주를 사윗감으로 서 일치감치 점찍어 두고 있던 터였다. 그렇게 두 집안은 서로 미래를 약속한 사이였다. 그런데 두 집안을 갈라놓는 날벼락 같은 소식이 계유년 가을에 날아들었다. 당시 예조정랑으로 있던 신호생이 계유정난의 일에 연루되면서 결국 능지처참을 당하고 만 것이다. 그 일로 가연의 집안은 순식간에 멸문지화를 당하게 되었는데, 관노로 끌려간 가연의 어머니는 정절을 지킬 수 없게 되자 자결을 택했고, 당시 열세 살이었던 오라비는 함경도 어느 관아의 노비로 끌려가 두 번이나 도망치다 붙잡혀 결국은 곤장 을 맞고 죽었다.

　신호생의 혈족 중 유일하게 살아남은 사람은 가연뿐이었다. 의금부 군사들이 집에 들이닥쳤을 때 마침 가연은 어머니와 함 께 외가에 다녀오던 길이었다. 그때 겨우 집 밖으로 빠져나온 노복 하나가 집안의 소식을 전하자, 이미 돌이킬 수 없는 일이 벌어졌음을 짐작한 가연의 어머니는 그 노복에게 어린 가연을 맡기면서 몸을 의탁할 사람을 일러주었다. 그 뒤 단신으로 집 으로 돌아가 의금부 군사들에게 붙잡힌 가연의 어머니는 가연 의 행방에 대해서는 길에서 잃어버렸다며 끝끝내 입을 다물었 다. 가연의 행방에 대한 추궁은 사내아이가 아닌 계집이라는 이 유로 곧 유야무야되었고 결국 그녀만은 목숨을 건질 수 있었던 것이다.

잠시 생각에 잠겨 있던 부친에게 세주가 물었다.

"가연의 행방에 대해 알고 있다는 사람이 누구입니까?"

"왜 그러느냐?"

"이제 소자와 인연이 끊어진 낭자라 하더라도 찾아서 보살펴 주어야 하지 않겠습니까?"

윤 대감은 잠시 머뭇거렸다.

"음…."

"소자는 그렇게 하는 것이 도리라 여겨집니다."

"마땅히 그래야 되겠지. 실은 이 아비도 알아보고 있는 중이니라. 하지만 그 아이를 찾는다 해도 너는 흔들리면 안 된다. 약조할 수 있겠느냐?"

"…."

"어서 대답해 보거라."

"예…."

"지난달, 계유년과 병자년의 난신에 연루된 사람들을 방면한다는 어명이 내려진 지 엿새 뒤, 감영으로 나를 찾아온 사람이 있었다. 처음에는 그가 누구인지 짐작조차 할 수 없었지만, 이야기를 나누다 보니 곧 알겠더구나."

"누구였습니까?"

"안길훈이라는 사람이었다. 이숭겸의 매제였지."

"그, 이숭겸이란 사람은 누구입니까?"

"음…."

세주의 물음에 윤 대감은 한숨부터 내쉬었다.

"11년 전 정축년에, 노산군의 복위를 도모하다 발각된 큰 사건이 있었지. 그때 연루된 순흥부사 이숭손의 바로 아래 동생이 그 사람인데, 나와도 한때 알고 지내던 사이였단다."

"어찌 안길훈이라는 사람이 가연 낭자의 행방에 대해 알고 있는지요?"

"나도 처음에는 그 사람이 가연에 대해 말하는 것을 듣고 깜짝 놀랐지. 자신은 충청도 지방에서 관노로 있다가 이번에 방면되었고, 내가 관찰사로 내려와 있다는 소식을 듣고 도성으로 올라가기 전 잠시 들른 것이라고 하면서, 이야기 끝에 가연에 대해 말을 하더구나. 그가 가연을 처음 본 것은 정축년 이숭겸의 집에서라고 하였지. 어느 날, 그가 순흥 이숭겸의 집에 들러보니 열두세 살쯤 되는 어린 계집아이가 있기에 물었더니, 예조정랑으로 있던 신호생의 여식이라고 하더라는 것이야. 그래서 그 아이가 가연이라는 사실을 알게 되었다고 하더군."

"그럼, 가연 낭자가 순흥에서 몇 년을 지낸 것이로군요."

"정축년까지니 4년 정도는 머물렀던 셈이지."

"가연 낭자의 부친과 이숭겸이라는 분은 서로 알고 지내던 사이입니까?"

"물론 두 사람은 막역한 친구 사이였지."

"아, 그분은 가연 낭자의 행방을 알고 있다고 합니까?"

"그도 지금은 모른다고 하더구나. 오랫동안 관노로 있다 보니 당연히 알 리가 없겠지."

세주는 곧 낙담한 기색을 보였다.

"그분은 어디로 갔습니까?"

"훈도방 집으로 간다고 들었다만…"

윤 대감은 아들의 얼굴을 빤히 바라보았다. 그는 이미 아들의 속마음을 읽고 있었다.

"아서라, 세주야. 내가 알아볼 것이니, 넌 관여치 마라."

"…."

요즘 들어 은후의 표정은 눈에 띄게 어두워 보였다. 임금의 승하로 인해 자신의 진로에 차질이 생겼다는 걸 그녀 스스로도 느끼고 있는 듯했다. 세주는 은후가 여사가 될 수 없을지도 모른다는 사실을 진작부터 알고 있었지만, 그녀에게는 어떠한 내색도 하지 않았다. 그녀의 실망하는 모습을 미리 보고 싶지 않은 탓이기도 했지만, 무엇보다 자신이 더 이상 그녀를 볼 수 없게 될지도 모른다는 두려움 때문이기도 했다.

은후가 세주에 대해 품고 있는 감정 못지않게 세주 역시 비슷한 감정을 가지고 있기는 마찬가지였다. 하지만 세주가 그녀를 좋아하는 것은 딱히 남녀 간의 사랑이라기보다는, 뭔가 말로는 설명할 수 없는 호감 이상의 애틋함 같은 그 무엇이었다. 처음에는 여인처럼 생긴 그녀의 외모에 대해 작은 호기심을 가졌고, 그녀가 여인이라는 사실을 알게 된 뒤에도 그저 담담한 마음이었지만, 그녀를 가르치며 하루하루 함께 지내다 보니, 어느 틈엔가 그의 마음속에서는 사제지간 이상의 감정이 싹트게 된 것이다. 그렇지만 상대에게 자신의 마음을 드러낼 수 없음은 그 역시 매한가지였다.

퇴궐 무렵, 춘추관에 있던 세주는 예문관으로 돌아와 은후의 방에 들렀다. 하지만 그녀는 이미 퇴궐했는지 방 안에 없었다.

그 무렵, 먼저 퇴궐한 은후는 종루 근방의 시전거리를 지나고 있었다. 그녀가 고개를 숙인 채 힘없이 터벅터벅 걷고 있을 때 앞쪽에서 누군가 부르는 소리가 들렀다.

"도련님!"

은후는 고개를 들고 주위를 둘러보았다.

"아이, 도련님! 여기요, 여기…."

건너편 길가에서 도원각의 순심이 손을 흔들었다. 그녀 옆에는 자태가 고운 여인이 장옷으로 얼굴을 가린 채 서 있었다. 설화가 분명해 보였다. 은후가 고개를 끄덕이며 아는 체하자, 순심이 빠른 걸음으로 다가왔다.

"도련님, 오랜만에 뵙습니다."

"그동안 잘 지냈느냐?"

"잘 지내긴요…."

"응? 왜, 무슨 일이라도 있었는가?"

순심은 주절주절 하소연을 늘어놓기 시작했다.

"글쎄, 국상이 나고부터 술손들이 없어서 편하긴 했지만, 술손이 끊기니 홍매 행수는 매일 짜증만 부리고 기방 아씨들도 심심한지 저만 보면 자꾸만 이 일 저 일 시키니, 오히려 일이 더 많아졌지 뭡니까."

"네가 힘들었겠구나."

"네, 도련님. 늘 바쁘다가 갑자기 파리만 날리니 처음에는 속으로 좋아라 했습죠. 그런데 시간이 지날수록 더 피곤하지 뭐예요."

맞은편에서 설화가 순심을 쏘아보며 중얼거렸다.

"저것이 도련님을 모셔오라고 했더니, 제 신세타령이나 하고 있네."

기다리다 못한 설화는 어쩔 수 없이 제 발로 길을 건너왔다.

"심아!"

순심이 하던 말을 끊고 뒤돌아보더니 다시 고개를 돌렸다.

"아! 내 정신 좀 봐. 도련님, 설화 아씨와 함께 왔습니다."

설화가 두 사람에게 다가왔다.

"도련님, 그동안 안녕하셨는지요?"

슬며시 장옷을 내리며 설화가 방긋 웃자, 은후도 살짝 반가워하는 표정을 지어보였다.

"잘 지냈는가?"

"네, 덕분에 잘 지냈습니다."

"한데, 저자에는 어쩐 일인가?"

"요즘 도원각에 손님이 뚝 끊기는 바람에 무료하고 답답하여 바람이나 쏘일까 하고 나왔습니다."

"그런가. 자, 그럼….."

은후가 발걸음을 옮기려 하자 설화가 급히 막아섰다. 일부러 만나기도 힘든데 이렇게 운 좋게도 우연히 만났으니, 그녀는 함께 더 있고 싶은 욕심이 생겼다.

"도련님, 지금 퇴궐하시는 길인가 본데 그러시다면 저와 함께 저자를 좀 거니는 것은 어떻습니까?"

설화의 정중한 부탁에도 은후는 즉답을 하지 못하고 머뭇거렸다.

"여인들끼리 저자를 쏘다니다 혹여 무뢰배라도 만나면 어찌하나 하여 그러하옵니다. 아무래도 옆에 사내가 있으면 좀 다르지 않겠습니까?"

설화가 '사내'라는 말을 은근히 강조하자, 은후는 더 이상 거절할 명분을 찾지 못했다. 또한 여기서 발길을 돌린다면 자신을 사내로 여기는 설화에게 체면이 서지 않는 일이기도 했다.

"그럼 옆에만 있어 주면 되는 것인가?"

뜻밖의 대답에 설화의 얼굴은 한순간에 밝아졌다.

"예, 예. 도련님."

"알겠네. 자, 그럼 앞장을 서게."

설화는 혼잡한 시전거리 속으로 걸음을 옮겼다. 은후는 뒷짐을 진 채 거리 구경을 하며 그녀의 뒤를 묵묵히 따라 걸었다. 앞서 걷던 설화가 걸음을 멈추고 노점의 방물을 만지작거리며 살피자, 조금 어색해진 은후는 서너 걸음 떨어진 곳에 서서 주위를 둘러보며 기다렸다. 방물을 구경하던 설화가 은후에게 손짓을 했다. 멈칫거리던 은후가 못 이기는 척 설화의 곁으로 다가가자, 설화는 손에 들고 있던 관자를 은후의 귀 위에 대고 맞추어 보았다. 그것은 무척이나 비싼 금관자였다.

"이 관자를 도련님께 선물로 드리고 싶습니다. 받아주시어요."

은후가 손사래를 치며 한걸음 뒤로 물러섰다.

"아, 아니네. 이러지 않아도 되네."

"제 마음입니다. 받으시어요, 도련님."

"아니 되네. 게다가 이런 금관자는 내 신분에 맞지도 않아서 당장 쓸 수도 없지 않은가?"

"그럼 고이 간직하셨다가 정3품 벼슬에 오르실 때 쓰시면 되지 않겠습니까?"

설화는 상대가 자신을 오래토록 기억해 주길 바라는 마음에서 금관자를 고른 듯했다. 은후 역시 그것을 모를 리 없었다. 그녀는 값비싼 금관자가 부담스러웠지만 행인들이 쳐다보는 길거리에서 설화와 계속 실랑이를 벌일 수도 없는 일이었다.

"어서요, 도련님."

설화가 자꾸만 재촉하자 은후는 어쩔 수 없이 금관자를 받아들었다.

"자꾸 권하니 받기는 하겠지만, 너무 과한 것은 아닌지…."

"그런 말씀하시면 이년 정말 서운합니다."

"어쨌든 고맙네. 잘 간직하리다."

드디어 상대가 제 마음을 받아주자 설화는 환한 미소를 지었다. 그녀는 방물 주인에게 값을 치른 뒤 은후와 어깨를 나란히 하고 다시 시전거리를 걸었다.

영추문을 나선 세주는 곧장 집으로 향했다. 광화문을 지나

육조거리 대로를 따라 내려가던 그가 왼쪽의 시전 길로 막 접어들 때, 그곳에서 기다리고 있던 낯선 사내가 다가왔다. 그는 세주에게 꾸벅 고개를 숙여 절을 하더니 공손하게 물어왔다.

"혹시, 윤 대교 나리가 아니신지요?"

보아하니, 양반은 아닌 듯싶었다. 세주는 상대를 위아래로 슬쩍 훑어보았다.

"누구신가?"

"저, 소인은 저자에서 심부름을 하며 먹고 사는 천가라고 합니다."

"한데, 나에게 무슨 볼일이라도 있는가?"

"실은 예문관 검열 나리께서 나리와 긴히 나눌 말씀이 있다고 모시고 오라 하여…."

"응? 검열 누구를 말하는가?"

사내는 고개를 갸웃거리며 중얼거리듯이 말했다.

"이… 누구라고 하는 것 같았습니다만…."

"검열 이지벽이라고 하지 않던가?"

사내가 큰소리로 맞장구쳤다.

"아, 맞습니다. 이지벽 나리라고 했습니다."

이번에는 세주가 고개를 갸웃하며 중얼거렸다.

"그 사람이 나에게 긴히 할 말이 뭐가 있을까?"

어제 입직을 한 검열 이지벽은 아침에 퇴궐해 이미 집으로 돌아간 뒤였다. 그런 그가 저녁에 긴히 할 말이 있다며 자신을 찾는다고 하니, 세주는 얼른 이해가 되지 않으면서도 한편으론 궁금하기도 했다.

"앞장서게."

"그럼, 소인을 따라오시지요."

앞장선 사내는 곧장 종루 쪽으로 방향을 잡았다. 세주는 사내를 따라 무작정 걷기 시작했다. 그는 길을 걸으면서 이지벽이 자신에게 하려는 말이 무엇일까 골똘히 생각해 보았다. 얼마 후, 뒤따라가던 세주가 앞서서 걷고 있는 사내에게 물었다.

"아직 멀었는가?"

사내가 뒤돌아보며 대답했다.

"거의 다 왔습니다, 나리. 바로 저기 시전 뒷골목입니다."

사내는 대답한 뒤 계속 앞으로 성큼성큼 발걸음을 내디뎠다.

그 시각, 은후는 설화와 함께 시전을 둘러보며 한가롭게 거닐고 있었다. 은후와 나란히 걷던 설화는 일부러 슬쩍슬쩍 어깨를 부딪쳤다. 그때마다 은후는 조금씩 옆으로 물러서곤 하면서도 내색은 하지 않았다. 두 사람은 시전거리 어느 공터에서 걸음을 멈추고 광대들의 놀이판을 구경했다. 그녀들이 놀이판에 정신을 빼앗기고 있을 때, 순심이 설화의 등을 살며시 두드렸다.

"아씨, 설화 아씨."

설화가 뒤돌아보자, 순심이 손가락으로 한곳을 가리키며 말했다.

"저기를 보셔요."

"응? 옥화와 월영이가 아니냐. 그런데 어디를 저렇게 바삐들

가고 있지?"

"그러게 말입니다."

"알게 뭐야."

설화가 몸을 돌려 한창 무르익어 가는 광대들의 입담에 다시 귀를 기울이자, 순심은 궁금하여 견딜 수 없었던지 두 여인을 쫓아갔다. 은후 또한 그동안의 우울한 기분을 잠시 잊고 저잣거리 행인들과 어우러져 즐겁게 놀이를 구경했다.

얼마 후, 광대들의 놀이가 끝나자 모여든 행인들이 하나둘 흩어지기 시작했다. 은후와 설화도 그들 틈에 끼어 다른 곳으로 걸음을 옮겼다.

"심아!"

은후와 나란히 걷고 있던 설화가 고개를 돌리며 순심을 불렀다. 그러자 뒤따라오던 순심이 앞으로 나섰다.

"예, 아씨."

"옥화와 월영이 어디로 향하는 것 같더냐?"

순심은 무슨 은밀한 말이라도 하듯이 주위를 살피며 목소리를 낮추었다.

"실은 뒤쫓아 가서 물어보았더니, 술자리에 흥을 돋우러 간다고 하였습니다."

"그래? 누구의 술자리라고 하더냐?"

순심이 은후를 힐끗 쳐다보았다.

"저…."

"왜 그러느냐? 어서 말해 보아라."

"예문관 윤 대교 나리인 듯싶습니다."

옆에서 듣고 있던 은후가 깜짝 놀라며 물었다.

"지금 무어라 했느냐? 윤 대교 나리라고?"

순심은 기어들어가는 목소리로 대답했다.

"예, 도련님…."

순간, 은후는 귀가 번쩍 뜨여 지난여름 계곡으로 탁족을 하러 갔던 일이 떠올랐다. 아무래도 또 누군가가 음모를 꾸미고 있는 게 분명했다. 그렇지 않고서야, 매사에 바르고 흠 잡힐 일이라곤 일절 하지 않는 사부가 국상 중에 술자리에 갈 이유가 없었다. 갑자기 은후가 몹시 불안한 표정을 짓자, 기색을 눈치 챈 설화가 슬쩍 물어왔다.

"무슨 일 때문에 그러십니까?"

은후는 설화의 물음에 대답하는 대신 순심에게 다그치듯 물었다.

"술자리가 어디라고 하더냐?"

"종루 피맛길 쪽에 있는 집입니다."

"그곳에 집이 어디 한 두 채더냐. 이 일을 어쩐다?"

은후가 안절부절못하자, 갑자기 순심이 손뼉을 치며 말했다.

"아! 생각났다. 지난봄 피맛길 어느 가게에서 도련님이 관복을 갈아입으신 적이 있지 않습니까?"

"응? 그, 그랬지."

"그 가게 뒷집입니다. 홍매 행수님의 친척이 살고 있는 집인데, 가끔 그곳에서 술손을 받기도 한답니다."

설화가 확인하듯 물었다.

"그 작은 기와집 말이냐?"

"예, 아씨도 들렀던 적이 있지 않습니까."

"그래, 전에 한번 들렀던 것 같구나."

은후는 작별 인사도 없이 곧장 인파를 헤치며 시전거리를 내달리기 시작했다. 백사모가 바람에 날려 길바닥에 떨어지자, 그녀는 허겁지겁 다시 주워 머리에 얹고는 한 손으로 붙든 채 달렸다. 설화는 영문을 모른 채 허겁지겁 달려가는 은후의 모습을 어리둥절한 표정으로 바라보았다.

한참을 내달려 지난번 그 가게 앞에 당도한 은후는 안쪽을 기웃거리다 담장을 따라 옆으로 돌아갔다. 뒷집의 대문을 찾지 못해 한동안 이리저리 헤매던 그녀는 담장 아래에서 폴짝폴짝 뛰어올라 집안을 살폈다. 결국 마음이 다급해진 그녀는 담장 안을 향해 큰소리로 외쳤다.

"사부! 사부!"

"…."

담장 안에서는 아무런 인기척도 없었다. 은후는 계속 폴짝폴짝 뛰어오르며 외쳐댔다.

"사부! 사부! 사부!"

갑자기 옆집 대문이 열리며 한 사내가 나오더니 은후를 이상하다는 듯한 눈빛으로 훑어보았다. 은후는 그에게 다급히 물었다.

"이보시오. 이 집 대문이 어디요?"

사내는 은후의 얼굴을 빤히 바라보며 손가락으로 담장 반대편을 가리켰다. 은후는 재빨리 사내가 가리킨 방향으로 뛰었다. 대문 앞에 다다른 은후는 사람을 부를 여유도 없이 무작정 문을 밀고 안으로 들어가며 외쳤다.

"사부! 사부!"

방문이 활짝 열리면서 세주가 밖으로 나왔다. 누군가 외치는 소리에 건넌방에 있던 옥화와 월영도 얼굴을 내밀었다. 다들 어안이 벙벙한 모습으로 서로를 쳐다보고 있을 때, 은후가 다짜고짜 외쳤다.

"사부, 어서 피하십시오."

세주는 여전히 연유를 모르는 눈치였다.

"자네가 여긴 웬일인가?"

"사부, 빨리 내려오십시오."

"왜 그러는가?"

"어서요, 사부!"

보다 못한 은후는 마루 끝에 서 있는 세주의 소맷자락을 붙잡았다. 그녀에게 이끌려 세주는 신발을 신는 둥 마는 둥 하며 밖으로 따라나섰다. 그들이 담장 모퉁이를 돌자, 때마침 앞에서 이지벽이 걸어오고 있었다. 세주가 그를 불러 세웠다.

"이보게!"

좌우를 살피며 집을 찾고 있던 이지벽이 세주를 보고는 빠른 걸음으로 다가왔다.

"먼저 오셨군요. 한데, 무슨 일로 저를 부르셨습니까?"

"응?"

그제야 세주는 자신이 누군가의 함정에 빠졌다는 사실을 알아차렸다. 목을 길게 빼고 골목길을 살피던 은후가 말했다.

"어서, 이곳을 피해야 합니다."

영문을 모르는 이지벽은 두 사람을 번갈아 쳐다보았다. 은후가 또다시 재촉했다.

"어서, 어서요."

세 사람이 서둘러 골목길을 빠져나와 피맛길에 닿을 무렵, 한 무리의 군사들이 옆으로 우르르 지나갔다. 세주와 은후는 얼굴을 담장 쪽으로 돌려 그들을 외면했지만 이지벽은 여전히 무슨 일인지 감을 잡지 못한 채 지나가는 군사들의 뒷모습을 빤히 바라보았다.

어느새 목멱산(남산)에 어스름이 짙게 내리고 있었다. 그들은 하마터면 큰일이 날 뻔했다는 사실을 뒤늦게 알았던 탓인지, 허탈한 마음으로 시전 길을 탈래탈래 걸었다. 혹여 그곳에서 붙잡히기라도 했다면 국상 중에 술판을 벌였다는 불경죄는 피해가지 못했을 것이다.

세주는 은후가 고맙고 기특하게 여겨졌는지 길을 걸으며 자꾸만 옆으로 고개를 돌려 그녀를 쳐다보았다.

피바람이 불고 있었다. 임금은 유자광의 고변을 듣고 남이를 잡아들여 국문을 했다. 궐 안에는 선왕의 죽음을 슬퍼하는 곡소리와 형문을 받는 자들이 울부짖는 소리가 뒤섞여 널리 퍼졌다.

평소 남이를 탐탁지 않게 여기던 자들은 얼마나 다급했던지, 국상을 다 치르기도 전에 그를 역모로 몰아붙였다. 남이는 울분을 토하며 자신의 무고함을 거듭 주장했지만 결국 견딜 수 없는 형문의 고통 앞에 무너지고 말았다. 한 신하의 죽음으로 또다시 많은 공신들이 탄생했다. 임금은 공신들을 3등으로 나누어 책훈策勳했다. 1등 공신에는 유자광과 신숙주, 한명회가 포함되었고, 임금은 유자광에게 남이가 살던 집을 덤으로 주기까지 했다. 결국, 황이 보위에 오르고 처음으로 한 일은 병조판서 남이를 갈아치우고 그를 역모죄로 다스린 일이었다.

백의를 입은 몇몇 당상들이 빈청에 모여 이야기를 나누고 있었다. 그 중에는 한명회도 끼어 있었는데, 그는 시종 입을 굳게 다물고 있었다. 하지만 남이의 일이 깔끔하게 끝나서인지, 가끔씩 그의 얼굴에는 개운하다는 듯한 표정도 엿보였다.

뒤늦게 문을 열고 들어온 홍윤성이 자리에 앉더니 수염을 쓸어내리며 중얼거렸다.

"허허, 뭐가 그리 다급한지 원⋯."

좌의정 박원형이 물었다.

"인산군 대감. 무슨 일 있었습니까?"

"판윤 말입니다."

"한성부 판윤이 왜요?"

"글쎄, 조금 전 이곳으로 오다가 마주쳤는데, 인사도 나누지 않고 황급히 걸어가기에 하는 말입니다."

"무슨 바쁜 일이 있겠지요."

"판윤이 입궐했다면 필시 전하께 뭔가 아뢸 일이 있다는 뜻인데… 아무튼 난 그 사람이 입궐만 하면 찜찜한 생각이 듭니다."

양성지가 고개를 갸웃했다.

"혹시, 그 일에 진척이 있어서 입궐한 것은 아닐까요?"

병조판서 박중선이 물었다.

"그 일이라면 괴서사건 말입니까?"

"예, 달아난 그놈들의 은신처라도 알아낸 것은 아닌지…."

"그것은 아닐 겁니다."

"대감께서는 뭔가 아시는 것이 있습니까?"

"그놈들이 숨어 있는 곳을 찾아냈다면 한성부에서 먼저 병조에 알려 도움을 청했을 것입니다."

"음, 그럼 무슨 일로 입궐을 했는지…."

얼마 후, 좌중이 한담을 나누고 있을 때 기척도 없이 문이 열리더니 우승지 어세겸이 들어왔다. 그의 표정이 몹시 다급해 보이자, 모두들 입을 다물고 그에게 시선을 돌렸다.

"영상 대감은 계시지 않습니까?"

어세겸은 좌중을 둘러보며 영의정부터 찾았다. 그러자 양성지가 말했다.

"아까 전하를 뵙고 나온 후 곧바로 의정부로 향하셨소이다. 무슨 다급한 일이라도 있으신 게요?"

"큰일이 생겼습니다."

어세겸의 말에 좌중이 긴장하기 시작했다.

"또 그놈들이 저자에 괴서를 뿌렸습니다."

병조판서는 자신도 모르게 주먹으로 탁자를 내리쳤다.

"뭐, 뭐요!"

"조금 전 한성부 판윤이 전하를 뵙고 돌아갔습니다. 또 저자에 괴서가 나돌고 있다 합니다."

홍윤성이 분위기 파악도 못하고 불쑥 나섰다.

"그것 보세요, 내가 뭐라 했습니까. 판윤이 궐에 들어왔다 가면 틀림없이 무슨 일이 생긴 거라니까요."

한명회가 타박을 주었다.

"어허, 조용히 해보시게."

홍윤성이 시선을 아래로 깔며 헛기침을 했다.

"계속해보시게. 이번에는 또 무슨 내용인가?"

한명회의 물음에 어세겸이 말을 이었다.

"선왕의 묘호에 대해 비난하는 괴서입니다."

"묘호에 대해 비난을 하다니, 대체 그게 무슨 말이오?"

"묘호를 '종'이 아닌 '조'로 정했다고 비난하는 것입니다."

순간, 한명회와 양성지의 눈썹이 꿈틀거렸다. 그들은 우승지의 말뜻을 즉각 알아차렸다. 어린 조카를 죽이고 옥좌를 빼앗은 임금을 어찌 창업지주의 공이 있는 것처럼 묘호를 정했느냐고 비난하는 것이었다.

홍윤성은 자신도 모르게 흥분했다.

"저런 쳐 죽일 놈들을 봤나. 감히…."

병조판서 박중선도 분기를 삭히지 못했다.

"그러게 말입니다. 이런 흉측한 놈들… 어디 두고 보자."

한명회가 지그시 눈을 감은 채 중얼거렸다.

"대체 어떤 자들이기에…."

좌중은 몹시 흥분했지만 상대의 정체를 전혀 모르니, 그저 분기만 삭히고 있을 뿐이었다.

궐에서 돌아온 판윤 이거영은 한성부에 도착하자마자 주요 관원들을 자신의 방으로 불러들였다. 임금에게 크게 꾸지람을 들었는지 그의 얼굴은 매우 상기되어 있었다. 관원들은 판윤의 심기가 불편함을 알아채고 저마다 시선을 떨어뜨린 채 침묵했다. 한동안 말이 없던 이거영이 판관 신벽에게 물었다.

"어찌 되었는가?"

"저자를 샅샅이 기찰해 보았지만 놈들을 추적할 만한 단서는 찾지 못했습니다."

"음…."

좌윤 정달우가 물었다.

"지난번 기습 때, 이미 칼을 맞고 죽어 있던 그자의 정체는 밝혀졌는가?"

"아직입니다만, 곧 밝혀질 것입니다."

"짐작이 가는 것이라도 있는가?"

"며칠 전에 말씀드린 대로, 그자는 선왕께서 잠저에 계실 때 노복으로 있던 막동이라는 자와 연관이 있는 것이 명백합니다. 하여, 지금 그들의 관계를 은밀히 조사하는 중입니다."

판윤 이거영이 신중한 태도를 보였다.

"이보게 판관, 조심해서 알아보아야 할 것이네. 그자의 신분이 아무리 미천하다 할지라도 왕가王家에 속한 사람이라는 걸 항시 잊지 말게."

"명심하고 있습니다, 대감."

선왕이 승하하던 날, 한성부에서는 군사들을 몰고 괴서를 뿌린 자들의 본거지가 있는 동소문 밖 공장들의 임시 거처를 급습했지만 뜻밖에도 아무런 성과를 거두지 못했다. 군사들이 도착했을 때는 이미 모두들 달아난 뒤였는데, 이상한 것은 한성부 군사들보다 먼저 기습을 한 무리들의 흔적이 있었다는 것이다. 근처 산속에서 두 무리가 서로 싸움을 벌인 흔적이 발견되었는데, 아마도 급히 달아나던 무리들을 또 다른 무리가 뒤쫓아 가서 싸움을 벌인 듯했다. 당시 그곳에는 사내 한 명이 칼을 맞고 죽어 있었는데, 그자의 정체를 면밀히 추적해 보니 선왕이 잠저 시절에 가동으로 데리고 있던 막동과 자주 어울려 다니던 자였다. 더더욱 괴이한 것은 군사들이 몰려올 것을 그곳에 있던 자들이 어떻게 미리 알고 몸을 피했는지가 의문이었다. 그곳을 기습할 것이라는 사실은 한성부의 몇몇 관원과 주요 대신들만 알고 있는 기밀이었다. 그것이 어떻게 밖으로 새어 나갔는지 참으로 알 수 없는 일이었다.

"판관은 기밀이 새어 나간 경로에 대해 어떻게 생각하는가?"

"저 또한 아무리 생각해봐도 짚이는 곳이 전혀 없습다."

"음, 우리 한성부가 아니라면 궐 쪽에서 새어 나간 것이 틀림없는데…."

좌윤 정달우가 이거영을 보며 입을 열었다.

"우리 쪽이라 해봐야 그 기밀을 알고 있던 사람은 몇 명 되지도 않을 뿐더러, 그자들과 내통할 만한 이유도 없지 않습니까. 제 생각에는 궐 쪽에서 기밀이 새지 않았나 싶습니다."

"나도 그렇게 생각은 하오만."

"대감, 다시 잘 생각해보시지요. 그자들의 본거지를 알아낸 뒤 급히 수강궁에 들러 승지 권감에게 전하고 돌아오셨다 하지 않았습니까?"

"아, 내가 그리 말했던가요?"

모두가 이거영을 멀뚱한 표정으로 바라보았다.

"예, 전에 그리 말씀하셨습니다만, 그것이 아닙니까?"

"아, 아니오. 당시 전하의 병세가 너무도 위중하여 승지 권감에게 대신 전한 뒤 나는 밖에서 전하의 명을 기다리고 있었지요. 그러다가 궐로 돌아와 오후에 당상 회의 때 그자들의 본거지를 알아낸 경위에 대해 말씀드렸지요."

"그런 일이 있었습니까?"

정달우는 고개를 돌려 신벽을 바라보았다. 그러자 한참 궁금한 낯빛을 하고 있던 신벽이 이거영에게 물었다.

"대감께서는 그때 회의에 참석한 분들을 아직 기억하고 계십니까?"

"음, 기억하고 있네."

이거영은 허공을 응시한 채 기억을 더듬기 시작했다.

"어디 보자… 영의정과 상당군 대감이 계셨고 그리고… 인산군 대감과 대사헌도 그 자리에 계셨고… 아! 병조판서였던 남이도 그 자리에 있었지. 당시 한참 이야기를 나누고 있는데 갑자기 문이 열리더니 동부승지가 뛰어들어와 수강궁에서 급보가 왔다고 했네."

"…."

"왜 그러는가? 뭔가 짐작 가는 것이라도 있는가?"

"아, 아닙니다. 당상들이 그자들과 내통을 했을 리는 없지 않습니까?"

"그건 그렇지."

이거영이 고개를 끄덕이더니 신벽에게 이어 물었다.

"그자들이 화살대를 납품한 군기시軍器寺에는 정말로 관련자들이 없던가?"

"예, 지금까지 조사해 보았지만 그곳에는 관련자들이 없는 듯합니다. 처음 그자들에게 화살대를 납품하도록 한 것은 그자들의 솜씨가 매우 뛰어났기 때문이었다고 했습니다."

이번에는 우윤 이계훈이 물었다.

"불에 타다 남은 문서 조각은 어찌 되었는가?"

공장들은 달아나기 전, 자신들의 거처에 있던 문서를 모조리 소각했는데, 그 중에 타다 남은 손바닥만한 문서 조각 하나가 있었다. 거기에는 '천千과 문자文字' 그리고 '소所와 서署' 자가 희미하게 남아 있었다. 그 글자들이 무엇을 뜻하는지 우윤이 묻고 있는 것이었다.

신벽이 차분한 말투로 대답했다.

"'천'과 '문자' 두 글자 사이에는 글자 간격으로 보아서 네 자 정도의 어떤 글자가 쓰여 있던 것이 확실한데 도무지 연결을 지을 만한 글자가 떠오르지 않습니다."

"음, 그럼 '소'와 '서' 자는 더욱 짐작할 수 없겠구먼."

"예, '소' 자에 먹으로 줄을 긋고 그 옆에 '서' 자를 썼다는 것은 글자를 잘못 썼기 때문에 그렇게 한 듯한데, 그 앞에 어떤 글자가 있었는지는 의문입니다."

"음…."

"혹시 서신은 아닐는지요?"

"어찌 그리 생각하는가?"

"잘못 쓴 글자에 먹으로 줄을 그을 정도라면 문서는 아닐 테고, 분명 격식을 차릴 필요가 없는 상대에게 내용 전달만을 목적으로 하는 서신이 아니었나 싶습니다."

이거영이 고개를 끄덕였다.

"음, 그럴 가능성도 있겠구먼."

정달우가 신벽에게 물었다.

"그것이 서신이라면 어딘가에 그자들의 일당이 또 있다는 뜻이 아닌가?"

"그런 셈입니다."

"허허… 대체 어떤 자들이기에…."

정달우가 새삼스럽게 고개를 절레절레 흔들었다. 몇 달 동안이나 조사를 벌여 왔지만 해결의 실마리는 보이지 않고 점점 의문만 더해가니 그럴 법도 했다.

세조의 인산因山은 80여 일만에 치러졌다. 보통의 경우 5개월 후에 하는 것이 궁궐의 법도였지만, 해를 넘기면 명년 2월 안에는 산운山運이 없다 하여 대길일인 11월 말로 택해 하현궁下玄宮을 했다. 예상했던 날보다 일찍 장사를 지낸 탓인지 신료들은 속으로 은근히 홀가분해 하는 표정이었지만 새 임금은 5개월을 채우지 못한 것을 크게 아쉬워했다.

새 임금 황이 원상들을 불러들였다. 한명회와 신숙주, 구치관 등이 편전에 들어 임금과 마주했다. 몇 달 새 홀쭉해진 임금의 얼굴을 보고 원상들이 저마다 돌아가며 한마디씩 위로의 말을 건넸다. 뭔가 다른 고민이 있는지 시무룩한 표정을 짓고 있던 황이 입을 열었다.

"그동안 노고가 많았소이다. 과인이 원상들을 부른 연유는 실록 편찬에 대해 논의하고자 함입니다."

신숙주가 나서며 아뢰었다.

"전하, 그렇지 않아도 그 일에 대해 신료들 간에 논의를 하고 있던 중입니다."

"그럼, 실록청을 세우는 일은 언제쯤 가능하겠소?"

"명년 정월쯤에는 가능하리라 보옵니다."

황은 금세 실망하는 기색을 드러냈다.

"이번 달에 당장 실록청을 열 수는 없겠소?"

능성군 구치관이 달래듯이 아뢰었다.

"전하, 올해는 며칠 남지 않았으니 명년으로 넘겨야 할 것이옵니다. 실록청을 세우려면 아무래도 준비할 일들이 많기 때문에 다소 시일이 걸리기 마련이옵니다."

"음, 그렇다면 할 수 없지요. 이제부터는 실록청 세우는 일에 다들 힘써 주시기 바랍니다."

원상들이 모두 머리를 숙이며 대답했다.

"예, 전하."

잠시 뜸을 들이던 황이 슬며시 물었다.

"한데, 실록청 영관사는 누구에게 맡기는 게 좋겠습니까?"

곧바로 임금의 속마음을 읽은 한명회가 나섰다.

"전하, 실록청의 영관사는 영의정이 겸임하는 것이 관례입니다만, 혹시 다른 분을 염두에 두고 계시온지요?"

"꼭 영의정이 아니어도 되는 것 아닙니까?"

"물론 그렇사옵니다."

"그럼, 상당군께서 맡아주세요."

"전하, 조정에는 학식이 깊고 덕망이 두터운 신료들이 많습니다. 신처럼 미미한 자가 어찌 그런 중책을 감당해 내겠나이까. 여기 계시는 고령군을 천거하옵니다."

신숙주가 아뢰었다.

"신 또한 중책을 믿을 만한 인물이 되지 못하옵니다."

황이 짜증스러운 목소리로 말했다.

"왜들 자꾸 이러시오. 그럼, 두 분께서 함께 맡아 주세요."

구치관이 임금을 거들었다.

"그렇게들 하세요. 전하께서 두 분을 각별히 여기고 계시지 않습니까."

한명회가 마지못해 대답했다.

"그럼, 여러 당상과 논의해 보겠사옵니다."

황이 만족스러운 듯 고개를 끄덕였다.

"두 분께서 맡아 주신다니 한시름 놓을 수 있겠습니다."

임금이 아예 기정사실로 하자, 두 사람 역시 별다른 내색은 하지 못하고 그냥 받아들였다. 하지만 임금의 표정에는 여전히 어두운 기색이 가시지 않았다. 원상들은 새 임금이 국정 운영에 익숙지 않은 탓에 불안해서 그럴 거라고 짐작했다. 그들은 임금을 안심시키기 위해 한마디씩 조언도 하고 장차 훌륭한 성군이 될 것이라며 용기도 주었다. 하지만 한번 어두워진 임금의 표정은 끝끝내 펴지지 않았다.

원상들이 물러가기 위해 자리에서 일어나자 황이 한명회를 보고 말했다.

"상당군께서는 잠시 앉아 계시지요."

두 원상이 방을 나가자 황이 나직이 말했다.

"좀 더 가까이 내려앉으세요."

한명회가 일어나 두어 걸음 앞으로 걸어가 엉덩이를 내렸다.

"무슨, 긴히 하실 말씀이라도 있사옵니까, 전하."

"상당군 대감, 계유년의 일이…."

황이 하던 말을 갑자기 뚝 끊더니 구석의 사관을 바라보았다. 순간, 사초를 쓰던 검열 이지벽의 붓대가 멈추었다.

"사관은 그만 물러가라."

이지벽이 붓대를 놓고 일어났다. 임금이 신하와 독대를 하고 싶어 하니 어쩔 수 없는 일이었다. 이지벽은 초책을 들고 천천히 뒷걸음질로 물러났다. 사관이 방을 나갈 때까지 가만히 지켜보고 있던 황은 문이 닫히자 곧바로 입을 열었다.

"앞으로 실록청이 열리면 사록을 편찬할 것이 아닙니까."

"그렇습니다, 전하. 말씀하시옵소서."

황은 한숨부터 내쉬었다.

"대감, 과인은 걱정입니다. 계유정난과 노산군의 일이 사책에 어떻게 기록될지 말입니다."

한명회는 임금의 표정이 밝지 않은 이유를 뒤늦게 알아차렸다.

"전하, 당시 두 일은 사직을 지켜내기 위한 불가피한 일이었습니다. 그러니 사책에도 그렇게 기록될 것이옵니다."

"하지만 대감, 그렇게 생각하지 않는 자들도 많다고 들었습니다."

한명회의 콧수염이 가늘게 떨렸다. 보아하니, 임금도 듣는 귀가 따로 있는 듯했다.

"실은 그러한 자들이 없는 것은 아니오나, 그렇다고 걱정하실 필요까지는 없습니다."

"혹시라도 그 일들이 실록에 나쁘게 기록되면 어찌합니까?"

황이 자꾸만 우려하는 쪽으로 말하자 한명회가 정색을 하면서 말했다.

"전하, 그것은 선왕께서도 우려하셨던 바이기도 합니다. 세월이 많이 흐르면 그때의 일들에 대해 시시비비가 있을지 모른다고 선왕께서는 걱정하시어, 서둘러 '정난일기'의 편찬을 명하셨지요."

황의 표정이 조금 밝아졌다.

"아, 그렇군요. 정난일기가 있었지요. 그럼 그 일기를 바탕으로 실록을 편찬하면 되겠군요."

"그렇습니다, 전하. 그러니 너무 염려하지 마십시오."

"한데, 말입니다."

또다시 황의 얼굴에 어두운 기색이 아른거렸다. 한명회는 고개를 들고 임금의 말을 기다렸다.

"사초를 쓰는 사관들 말입니다. 그들이 집에 보관하는 '가장사초'는 어찌합니까?"

한명회는 깜짝 놀랐다. 그도 사관들의 가장사초에 대해서는 미처 염두에 두지 못하고 있었다. 임금의 날카로운 물음에 그는 즉시 대답을 내놓지 못했다.

"대감, 가장사초를 어찌할 것인가 물었습니다. 실록청이 열리면 그동안 사관을 지낸 신료들에게 가장사초를 납입하라는 명을 내릴 것이 아닙니까. 그 사초들 속에는 당시의 일에 대해 선왕을 비난하는 내용도 있지 않겠습니까. 그 일을 어찌하면 좋겠습니까, 대감."

"저… 신도 사관들의 가장사초까지는 어찌할 수 없는 일인지라…"

한명회는 매우 난감하여 말을 더듬었다. 노련한 그도 마땅한 대답을 내놓지 못하자 황은 또다시 불안한 기색을 보이며 재촉하듯 물었다.

"상당군 대감, 이 일을 어찌하면 좋겠소? 그렇다고 가장사초를 실록청에 납입하지 말라고 할 수도 없는 노릇이고."

"그렇긴 합니다만…."

"우선 그 당시의 입시사초들을 과인이 먼저 살펴보면 어떻겠소?"

깜짝 놀란 한명회가 얼결에 용안을 힐끔 쳐다보았다.

"전하께서는 사관이 쓴 사초를 열람하실 수 없나이다."

"아, 답답합니다. 그렇다면 다른 좋은 방도가 없겠습니까?"

"신이 묘책을 찾아보겠습니다."

"대감, 꼭 좀 그렇게 해 주세요."

"전하, 너무 심려치 마시옵소서. 선왕의 은혜를 입은 공신들이 아직도 이 조정에 가득하옵니다. 실록청에서 일할 주요 당상들을 공신들로 채우면 될 것이고, 또한 신과 고령군이 실록 편찬을 잘 살피겠나이다."

"알겠습니다. 어쨌든 과인은 상당군 대감만 믿겠습니다."

"예, 전하. 신에게 맡겨 주소서."

한명회가 자리에서 일어나 무릎을 펴려는 순간 또다시 황이 물어왔다.

"대감, 노산군일기는 어찌 되어가고 있답니까?"

한명회는 다시 제자리에 앉으며 대답했다.

"진척이 많이 된 것으로 알고 있습니다만."

"그럼, 언제쯤 끝날 것 같습니까?"

"아무래도… 시일을 좀 늦추어 선왕의 실록 편찬과 함께 마무리 짓는 것이 좋을 듯합니다."

황이 눈을 크게 뜨며 되물었다.

"아니, 왜 그렇습니까?"

"그렇지 않아도 며칠 전에 노산군일기의 일을 두고 춘추관 당상들과 이야기를 나누었습니다만, 노산군일기를 먼저 만들게 되면 나중에 편찬될 선왕의 실록과 내용이나 이치에 맞지 않는 부분들이 생길 수 있기 때문입니다."

"음, 듣고 보니 그렇겠군요."

한명회가 임금을 바라보며 어색한 미소를 보였다. 황 또한 어색했던지 시선을 허공으로 올렸다. 황은 새삼스럽게 실록을 만드는 일이 참으로 귀찮은 제도라는 생각을 했다.

편전을 나온 한명회는 곧장 빈청으로 향했다. 그는 실록 편찬에 대해 극성스러울 만큼 관심을 보이는 임금을 충분히 이해할 수 있었다. 또한 실록을 편찬하는 일이 결코 자신과도 무관하지 않음을 그는 잘 알고 있었다. 선왕이 역사에서 좋은 평가를 받아야만 자신과 공신들이 훗날 간신으로 남지 않을 것이기 때문이었다. 빈청으로 걸어가는 한명회의 발걸음은 몹시 무거웠다.

한명회가 빈청 마당에 들어섰을 때 마침 신숙주가 계단을 내려오고 있었다.

"전하와 말씀이 길어진 것 같습니다."

"그렇게 되었습니다."

"그럼, 먼저 가겠습니다."

신숙주가 옆을 지나치려 하자 한명회가 그를 불러 세웠다.

"이보시오, 범옹."

신숙주가 옆으로 돌아서며 대답했다.

"왜 그러시오?"

"지금 퇴궐하시는 길이면 잠시 안으로 들지 않겠소?"

"그리합시다. 한데, 긴히 하실 말씀이라도 있는 겁니까?"

한명회가 고개를 끄덕였다.

"안에 누가 있소?"

"대사헌과 영성군(최항) 대감이 들어 있소이다."

"마침 잘되었구먼. 능성군(구치관) 대감은 퇴궐하셨나 봅니다."

"편전에서 나오던 길로 곧장 궐을 나갔소이다."

신숙주가 방문을 열고 먼저 안으로 들어갔다. 한명회가 뒤따라 들어오자 이야기를 나누고 있던 양성지와 최항이 말을 멈추고 엉거주춤 일어났다.

"어서 오시오, 대감."

최항이 인사를 건네자 한명회가 고개를 끄덕였다.

"보름쯤 되었지요?"

"예, 그렇게 되었군요."

"자, 자, 앉읍시다."

모두 자리에 앉자 신숙주가 한명회를 바라보며 물었다.

"그래 긴히 하실 말씀이라는 게 무엇입니까?"

한명회가 가만히 수염을 쓸어내리며 말했다.

"조금 전에 전하께서 사관까지 물리시고 제게 하문하신 말씀이 있습니다."

"예, 말씀해보세요."

"전하께서는 앞으로 있을 실록 편찬에 대해 매우 걱정하고 계신 듯합니다."

최항이 물었다.

"아니, 왜요?"

"계유정난과 노산군의 일이 실록에 어떻게 기록될지 알 수 없기 때문이지요."

"그 일들에 대해서는 이미 편찬된 시정기에 소상히 기록되어 있지 않습니까. 제가 듣기로도 그곳에는 민감한 내용이 없는 것으로 압니다만."

한명회가 한숨을 쉬었다.

"알지요. 허나, 사관을 지낸 사람들이 가장家藏하는 사초가 문제인 게지요."

신숙주가 고개를 끄덕였다.

"맞습니다. 가장사초에는 어떤 내용이 기록되어 있는지 본인 외에는 아직 아무도 모르니 그럴 수 있겠지요."

그제야 양성지도 감을 잡은 듯했다.

"그 가장사초에는 사관 개인의 생각들이 기록되어 있을 것이고, 그것이 실록청에 납입되면 누구의 사초인지도 알 수도 없으니, 전하께서 우려하시는 것도 무리는 아니시겠지요.”

“그렇다면, 누구의 사초인지도 가리지 않고 그저 ‘사신왈史臣曰
(사신은 논한다)’하고 실록에 실을 수도 있다는 뜻인데… 어찌하면
좋겠소?”

한명회의 말에 최항이 대답했다.

“실록청 당상들을 공신들로 채우면 문제없지 않겠습니까?”

양성지가 고개를 가로저었다.

“윗선을 공신들로 채운다 해도 실무를 담당하는 자들은 젊은
신료들이 중심이 될 수밖에 없습니다. 그들이 고집을 부려 가
장 사초에 있는 민감한 내용을 실록에 싣자고 하면 도리가 없게
됩니다.”

한명회가 고개를 끄덕이며 긍정했다.

“실은 전하를 안심시키기 위해 저도 영성군 대감처럼 아뢰었
지요. 허나 대사헌의 말씀처럼 젊은 신료들이 말을 듣지 않으면
일이 커질 수가 있어요.”

신숙주의 표정이 제법 진지해졌다.

“그럼 방책을 세워야 한다는 말씀이군요.”

“그렇게 하지 않으면 우리 공신들이 다 죽게 됩니다. 선왕이
성군으로 평가를 받아야 우리도 사는 것이지요.”

“그럼, 좋은 방도가 없겠습니까?”

한명회가 돌연 소리 없이 씩 웃었다.

“역사는 권력 싸움에서 이긴 자들이 쓰는 것입니다. 그때 우
리가 당했다면 아마 저들이 우리를 기록했겠지요. 그 싸움에서

우리가 이겼으니, 너무 걱정들 마세요. 지금부터 우리가 영원히 사는 길을 한번 찾아볼 테니까요."

　북악산 골짜기를 타고 내려온 찬바람이 궐을 휘감고 지나갔다. 오랜만에 예문관 한림들이 모처럼 한자리에 모여들었다. 응교 손광림이 입시사관인 김유원을 제외하고 나머지 일곱 한림들을 전부 불러 모았기 때문이다. 손광림은 그동안 춘추관에 보관해 둔 시정기와 실록 편찬에 쓰이게 될 각종 문서들을 미리 점검해 보고, 향후 실록 편찬으로 인해 바빠지더라도 사관 본연의 직무에 소홀함이 없도록 하라고 당부했다. 회의가 끝나고 모두 밖으로 나간 뒤 방 안에는 손광림과 세주 둘만 남았다.

"무슨 일 때문입니까?"

세주의 물음에 손광림이 천천히 입을 열었다.

"짐작하겠지만, 서 권지 일이네."

"그렇지 않아도 말씀을 드리고 싶었습니다."

손광림은 난감한 듯 선뜻 말을 잇지 못했다.

"그것 참…."

"나리, 앞으로 서 권지는 어떻게 될 것 같습니까?"

"아직 위에서 이렇다 할 언질이 없으니…."

"궐에 여사를 두려던 계획이 취소된 것은 아니겠지요?"

손광림은 대답을 얼버무리며 허공으로 시선을 보냈다.

"글쎄…."

"서 권지도 느끼고 있는지 요즘 불안한 모습을 보이고 있습니다.”

“그렇겠지.”

“나리, 여사 제도에 대해 전하께 상주해 보시는 것은 어떻습니까?”

“요즘 나도 그런 생각을 하고 있다네.”

“그러시면 당상들과 논의해 보시는 것은….”

“알았네. 아무튼 그 일은 내가 알아서 할 테니, 자네는 서 권지를 계속 맡아서 가르치게.”

“예, 나리.”

“아, 그리고. 서 권지에게는 소상히 말하지 말게. 그렇지 않아도 마음이 심란할 터이니 말이야.”

회의실을 나온 세주는 은후의 방으로 향했다. 아마도 지금 그녀는 혼자 서책을 읽고 있을 것이 틀림없었다. 문 앞에 선 세주는 먼저 인기척을 내어 자신의 존재를 알린 뒤 조용히 문을 열었다. 은후는 무슨 생각에 빠져 있는지 사람이 들어온 줄도 모르고 꼼짝도 하지 않았다. 세주가 나직하게 헛기침을 하자 그제야 은후는 깜짝 놀라며 일어섰다.

“어? 사부!”

“무슨 생각을 그리 골똘히 하는가?”

“아, 아닙니다.”

“날씨가 제법 추워졌는데, 이 방은 어떤가?”

“견딜 만합니다.”

세주는 은후의 얼굴을 들여다보며 물었다.

"자네, 고민이 있어 보이는데?"

은후는 옆으로 고개를 돌리며 자신의 뺨을 어루만졌다.

"그리 보이십니까?"

"자네, 거기 좀 앉아 보게."

은후를 따라 자리에 앉은 세주가 진지한 표정으로 입을 열었다.

"그렇지 않아도 말을 하려던 참이었네만, 선왕께서 승하하신 뒤로 여태껏 자네는 입시할 기회가 없었지 않았는가."

은후는 초롱초롱한 눈으로 세주를 바라보다가 조심스럽게 물었다.

"혹시, 무슨 말씀들이 있었습니까?"

"음…."

세주가 시선을 내려 탁자를 바라보며 망설이자 은후가 재촉하듯 말했다.

"사부, 말씀해 주십시오."

"너무 조급해 하지 말게. 자네를 외사로 내보낸다는 당초의 결정에는 아직 변한 것이 없는 듯하니."

잠시 긴장했던 은후는 한시름 놓는 듯했다. 세주는 그녀의 안도하는 모습에 한편으론 마음이 아팠다. 그녀에게 여사가 되는 길이 쉽지 않을 것 같다고 미리 언질이라도 해주어야 하는 것은 아닌지 갈등이 일었다. 하지만 세주는 차마 입이 떨어지지 않았다.

세주는 여전히 의문이었다. 이 여인이 왜 험난한 여사의 길을 가려고 하는지 도무지 이해할 수 없었다. 보아하니, 누군가가 이 여인을 뽑아 궐로 들여보낸 것이 분명하지만 그녀 또한 스스로 여사가 되기를 진심으로 바라고 있지 않은가. 자신이 여인이라는 사실을 다른 사람들은 모르고 있을 거라 믿고 있는 이 여인에게, 대체 무엇을, 어떻게 물어볼 수 있단 말인가.

"머지않아 실록청이 열릴 것이라고 들었습니다만."

자신의 얼굴을 빤히 들여다보며 딴 생각에 빠져 있던 세주에게 은후가 말머리를 돌렸다.

"엉? 그렇다네."

"언제쯤 실록청이 세워질 것 같습니까?"

"글쎄, 정월쯤이 되지 않을까 여기네만."

"실록은 어떻게 만들어집니까?"

"자네, 관심이 많은가 보군. 응당 사관이라면 누구나 관심이 있을 터이지만. 그럼, 오늘은 실록을 편찬하는 과정에 대해 들려줌세."

은후의 눈빛이 반짝 빛났다.

"나도 실록 편찬에 참여해 본 적은 없네. 하지만 사관으로서 그 과정 정도는 잘 알고 있지. 한 군주의 치세를 기록으로 남겨 후세에 전하는 것은 대단히 흥분되는 일인 동시에 또한 위험한 일이기도 하다네."

"위험하다니, 무슨 뜻입니까?"

"그것은 스스로 알게 될 것일세."

"…."

"이번 실록청은 십수 년만에 열리는 것이네. 문종실록을 편찬한 이후 처음이니까."

"사부도 참여하십니까?"

"물론이지. 사관들은 모두 참여하게 되네. 우선, 실록청이 열리면 최고 책임자인 영사와 그 밑으로 감사, 지사 등 당상관과 실무를 담당하는 편수관, 기주관, 기사관 등 당하관으로 구성이 되네."

"그럼 사부는 기사관으로 참여하게 되는 것이군요."

"그렇지."

"실록청의 인원은 몇 명으로 구성됩니까?"

"그것은 임금의 치세 기간에 따라 좀 다르네. 선왕께서는 햇수로 14년째였으니, 만일 3방房으로 나눈다면 60여 명쯤은 필요하지 않을까 생각되는군."

"방으로 나누는 이유가 무엇인지요?"

"별다른 뜻이 있는 것은 아니고, 일을 분담하기 위해서지."

은후가 고개를 끄덕이자 세주는 말을 이었다.

"실록 편찬의 바탕이 되는 사료는 시정기와 사관이 쓴 사초, 승정원 주서가 쓴 일기 그리고 각 관아에서 올린 문서와 심지어는 개인의 문집 등도 그 대상이네."

"사초라 함은 '가장사초'를 뜻하는 말입니까?"

"그렇지, 사관이 집에서 쓴 사초를 말하는 것이지."

"그럼, 그 사초들을 모두 거두어들이게 되겠군요."

"아마 곧 사초를 납입하라는 명이 내려질 걸세. 그렇게 되면 선왕의 재위 기간 중에 사관을 지낸 분들은 모두 자신이 가장하고 있는 사초를 기한 내에 납입해야 하는 것이지."

"가장사초에는 대신들을 포폄한 내용도 담겨 있을 것인데, 그것을 쓴 사람이 곤란하지 않겠습니까?"

"그래서 가장사초를 납입할 때는 이름을 쓰지 않는 것이라네."

"사초에 이름을 쓰지 않은 채 납입한다는 말씀입니까?"

세주가 고개를 끄덕였다.

"사초에 이름을 쓰게 되면 아무래도 사관의 붓이 위축될 수밖에 없지 않겠는가. 그래서 사초에는 이름을 쓰지 않는 것이 관례네."

세주는 계속 말을 이어나갔다.

"실록청의 각 방에서 시정기와 사초 등을 토대로 초초初草를 만들어 도청都廳에 넘기면, 그곳에서는 빠진 내용을 추가하거나 수정 또는 산삭하여 중초中草를 만들고, 마지막으로 총재관과 도청의 당상들이 살펴본 뒤에 정초正草를 만들게 되지."

"실록을 만드는 과정은 상당히 복잡하군요."

"당연하지. 글자 한 자에 따라 역사가 바뀔 수도 있으니."

"…"

"사록을 다루는 일은 결코 만만한 일이 아니네."

은후의 표정은 시종 진지했다. 실록 편찬에 참여하는 일이 왜 위험한지 그녀는 어렴풋이 알 것만 같았다. 한편으론 앞으로의 일이 걱정스럽기도 했다. 가장사초가 납입되면 대신들은 물론이고 심지어는 임금마저도 선왕의 치세에 흠이 되는 내용이 담겨 있을까봐 전전긍긍할지 모르는 일이었다. 그렇게 되면 또

다시 궐에 피바람이 불지 않으리라 누가 장담할 수 있단 말인가. 은후는 여사가 되고자 마음먹은 자신의 결정이 옳은 것인지 새삼스레 되돌아보았다.

"뭘 그리 생각하는가?"

세주가 탁자를 손가락으로 톡톡 두드리며 말했다.

"예?"

"그럼, 오늘은 이만하고 퇴궐하도록 하지."

은후가 서책을 덮으며 물었다.

"한데, 요즘 무슨 일이라도 있으십니까?"

"응? 내가 그렇게 보이나?"

"퇴궐을 서두르시는 것 같아서 여쭙는 겁니다."

"실은 누군가를 찾고 있는 중이라네."

"소중한 사람인가 봅니다."

은후의 말에 세주는 허공을 바라보며 중얼거리듯이 말했다.

"소중한 사람? 그렇지, 영원히 잊을 수 없는 사람이지…."

귀가 솔깃해진 은후가 은근슬쩍 물었다.

"어떤… 사람입니까?"

"왜, 궁금한가?"

"예, 소중한 분이라 하시니 더욱 궁금합니다. 설마 혼인을 하기로 한 초희 낭자는 아닌 듯 한데…."

"음, 지금은 기억 속에서도 가물가물하지만 아주 오래전에 헤어진 사람을 찾고 있는 중이라네."

"…."

"어릴 적, 아버지께서 친구 집에 가실 때 나를 데리고 가셨는데 그곳에서 그 사람을 처음 만났었지."

세주는 흐릿해진 기억을 더듬어가며 말을 이었다.

"웃을 때는 유독 눈동자가 반짝거리곤 했었지. 두 번째 만났을 때는 나를 오라비라 부르며 따르기도 했었는데…."

세주를 바라보는 은후의 눈동자가 조금 흔들렸다. 그가 지칭하는 '그 사람'이란 분명 사내가 아닌 '여인'을 말하는 것이었다.

"어찌하여 헤어졌습니까?"

"사연이 깊지. 그 집도 계유년에 결국은 역신의 집안이 되어버렸으니…."

"어떤… 사이였는지요?"

세주가 쓴 웃음을 지었다.

"어렸을 때 정혼을 했었지."

그동안 초희 낭자와의 혼인에 대해 소극적이었던 이유를 은후는 이제 알 것만 같았다.

"흠, 내가 괜한 소리를 하고 있구먼. 자, 그만 일어나지."

세주는 서둘러 자리에서 일어났다. 은후도 얼결에 따라 일어나 밖으로 향했다.

둘은 나란히 예문관을 나와 영추문으로 향했다. 퇴궐길에 나선 궐내각사의 관원들이 한꺼번에 영추문으로 몰려들었다. 그들 틈에 끼어 있던 교서관 정자 김광겸이 세주에게 다가와 말을 건넸다.

"한림 나리께서 지금 퇴궐하시는 길인가?"

세주는 고개를 돌리며 담담한 표정으로 대답했다.

"자네도 퇴궐하는 길인가 보군."

먼저 말을 건넨 김광겸은 대답을 하는 대신 은후를 기분 나쁜 표정으로 훑어보았다.

"서 권지, 그동안 잘 지냈는가? 같은 궐담 안에 있으면서도 이렇게 얼굴을 보기 힘드니, 원."

은후는 살짝 고개를 숙였다.

"오랜만에 뵙습니다."

김광겸이 계속 말을 걸어오려고 하자 세주는 그만 걸음을 내딛으면서 뒤따르는 은후를 보며 속삭였다.

"서 권지, 저 사람을 조심하도록 하게."

"저 교서관 나리 말입니까?"

"응, 지난번 술자리를 만들어 나를 위험에 빠뜨리려고 한 일도 저자의 짓이 틀림없을 거야."

"저분이 사부께 왜 자꾸 그런 몹쓸 짓을 합니까?"

"그거야 뻔하지. 한림 천거를 막았다고 내게 앙심을 품고 있는 것이지. 그러니 자네도 각별히 조심하게."

"지난여름 탁족을 하러 계곡에 갔을 때도 저분의 장난이 있었다고 들었습니다만."

"그러니 조심하라는 것이네."

은후는 슬그머니 뒤를 돌아보았다. 김광겸은 홍문관 정자 조필중과 함께 이야기를 주고받으며 뒤를 따라오고 있었다.

궐문을 빠져나오자 기다렸다는 듯이 한 사내 세주에게 다가왔다.

"왔느냐."

세주의 집 노복이 고개를 숙였다.

"예, 도련님."

"정선방 일은 어찌 되었느냐?"

"어제 댁으로 돌아오셨다고 합니다."

갑자기 세주의 표정이 밝아졌다.

"그래? 그럼 어서 가보자."

세주는 은후의 존재도 망각한 채 먼저 두어 걸음 옮기다가 우뚝 멈추었다.

"참! 내 정신 좀 봐. 서 권지, 나 먼저 가네."

"무슨… 다급한 일이라도 있으십니까?"

"내가 아까 말했었지? 사람을 찾고 있다고. 그 일 때문에 서둘러 가봐야 할 것 같네. 자, 그럼 명일에 보세."

세주는 몸을 돌리며 노복에게 말했다.

"정선방으로 가자. 어서, 앞장서거라."

세주가 떠난 뒤 은후는 혼자 육조거리 대로를 따라 걸어 내려갔다. 세주가 옛 정혼자를 찾고 있다는 사실에 은후는 마음이 다소 혼란스러웠다. 만일 그가 정혼자를 찾게 된다면 초희 낭자와의 혼인은 어떻게 될 것이며, 또한 자신이 여인이라는 사실을 밝힌다 해도 이제는 그의 가슴 한구석에 끼어들 자리조차 없을 것이었다. 허탈한 심정으로 길을 걷는 그녀의 머릿속에는 온통 세주에 대한 생각들로 가득 차 있었다.

"어이, 서 권지!"

골똘한 생각에 잠겨 아무것도 듣지 못하던 은후는 상대가 몇 번이나 부르자 겨우 알아차리고는 고개를 돌렸다. 교서관 정자 김광겸과 조필중이 바로 뒤에 서 있었다.

"이 사람, 부르는데 왜 대답이 없는가?"

"아, 예⋯."

김광겸이 얼굴을 앞으로 들이밀며 능글맞게 물었다.

"무슨 생각을 그리 열심히 하고 있었나?"

"아무것도 아닙니다. 그저⋯."

"내가 한번 맞춰볼까?"

"예?"

"혹시 마음에 두고 있는 어떤 사내라도⋯?"

"나리, 웬 농을 그리하십니까!"

은후는 정색을 하고는 곧장 걸음을 옮겼다. 등 뒤에서 김광 겸이 큰 소리로 말했다.

"서 권지, 농일세. 너무 인상 구기지 마시게."

은후는 상대의 말을 무시한 채 빠른 걸음으로 나아갔다. 김광 겸은 천천히 그녀의 뒤를 따라가며 옆의 조필중과 수군거렸다.

"이보게, 저 걸음걸이 좀 보게. 어찌 저리도 여인처럼 요염하 게 걷는지."

"사내가 확실한가?"

"글쎄, 옷을 벗겨보지 않았으니 알게 뭔가. 하지만 내 언젠가 는 저 바지 속을 꼭 들여다볼 걸세."

조필중이 큰 소리로 웃으며 말했다.

"이 사람아, 오히려 자네가 남색을 밝힌다고 소문이 날지 모르니 조심하게. 하하하…."

"차라리 저 바지 속을 한 번이라도 들여다보고 파직이라도 당하면 소원이 없겠네. 저자는 여인인 게 분명해. 내 눈은 절대 못 속이지."

"자네는 저자가 정말 여인이라고 생각하는가?"

"이 사람, 여태껏 내 말 허투루 들었나. 틀림없이 여인이야. 이상하게도 저자 곁에만 가면 여인들에게서나 느낄 수 있는 묘한 감정이 솟는다니까."

"허허, 이 사람 기방을 자주 들락거리더니 도사가 다 됐구먼."

김광겸은 멀어져 가는 은후의 뒷모습을 날카로운 눈빛으로 노려보았다. 옆에서 걷고 있던 조필중도 이제는 고개를 갸웃거리며 새삼스러운 눈길로 은후를 응시했다.

사초납입

해가 바뀐 지도 벌써 20여 일이 지났다. 선왕의 실록을 빨리 편찬하고 싶은 새 임금의 마음은 갈수록 조급해졌고, 그럴수록 신하들을 더욱 재촉했다.

하지만 임금의 급한 마음을 헤아리는 신하들은 많지 않았다. 특히나 당상들은 실록청의 인적 구성조차 서두르는 기미가 보이지 않았다. 그들은 임금이 빨리 실록청을 세우라며 성화를 부릴 때마다 다소 시일이 걸린다는 핑계로 시간을 끌었다. 납입될 가장사초로 인해 자신들의 치부가 겉으로 드러날까 그들은 전전긍긍할 뿐이었다.

임금은 신하들의 그런 심정 따위에는 아랑곳하지 않고, 오로지 선왕의 업적을 후세에 길이 전하고 싶은 마음뿐이었다. 결국, 마음이 급한 임금은 더 이상 참지 못하고 먼저 춘추관 내에 실록청을 세우게 한 뒤 미리 담당자들을 뽑아 벼슬을 내렸다. 한명회를 영의정으로 영성군 최항을 춘추관 영사로 삼고 곧바로 실록 편찬에 들어갔다. 한명회는 두 번씩이나 영의정 자리에 오르는 큰 영광을 누렸다.

춘추관에 있던 영의정 한명회, 신숙주, 최항이 임금의 부름을 받고 편전으로 나아가 배알했다. 신료들이 자리에 채 앉기도 전에 임금 황이 물었다.

"실록 편찬은 어찌 되어 가고 있소?"

신숙주가 머리를 조아렸다.

"아직 문서들을 정리하고 살펴보는 정도입니다."

"그럼 진척이 전혀 없다는 말씀이요?"

"예, 전하. 지금은 실록 편찬에 필요한 사료들을 춘추관으로 거두어들이고 있을 뿐이옵니다."

"허허, 빨리 서둘러야 할 터인데…."

황이 답답하다는 기색을 보이자, 임금의 표정을 살피던 한명회가 나섰다.

"실록청이 세워지면 일의 전척이 빨라질 것이옵니다."

"언제쯤 실록청이 열릴 것 같소?"

"그 일에 대해 오후에 신료들이 빈청에 모여 논의할 예정입니다만, 아마 내달 초순쯤 될 것 같사옵니다."

"실록청에서 일할 편수관들은 어찌 되어가고 있소?"

한명회가 최항을 향해 고개를 돌리자 최항이 대신 나서며 대답했다.

"아뢰옵니다. 겸춘추들과 그 이외에도 필체와 문장이 뛰어난 신료 50여 명을 뽑아두었사옵니다."

"50여 명이라? 인원이 좀 적지 않습니까?"

"각 방에 열 대 여섯 명씩으로 하여 3방으로 나눌까 하옵니다."

황은 인상을 찡그리며 만족스럽지 못하다는 표정으로 허공을 바라보다가 이내 신하들에게 시선을 보내며 입을 열었다.

"아무래도 인원이 너무 적은 것 같습니다. 일을 빨리 마무리 지으려면 좀 더 많은 인원이 필요하지 않겠소?"

"그럼, 몇 명을 더 늘리는 것이 좋겠사옵니까?"

"30여 명쯤 더 늘리는 것은 어떻습니까?"

신료들이 서로의 얼굴을 쳐다보았다. 신숙주가 급히 나섰다.

"전하, 인원이 많을수록 좋겠지만 그렇게 되면 신료들 각자가 맡고 있는 본연의 직무에 지장을 줄 수가 있사옵니다."

"음, 그럼 달리 좋은 방도가 없겠소?"

임금의 조급한 마음을 헤아린 한명회가 신숙주에게 물었다.

"그렇다면 인원을 60여 명쯤으로 하는 것은 어떻겠소?"

신숙주는 임금의 기분을 맞추어주려는 한명회의 의도를 간파했다.

"그럼 10여 명쯤 더 뽑아보겠사옵니다."

황은 여전히 만족하지 못하는 표정이었지만, 신하들의 의견을 전적으로 무시할 수만도 없는 일이었다.

"이렇게 하는 것은 어떻겠소? 인원을 더욱 늘리는 것은 어려울 것 같으니, 60명을 10명씩 하여 6방으로 나눕시다."

한명회가 임금의 기분을 맞추어주었다.

"예, 전하. 아무래도 방을 많이 나누면 일의 진척이 빠를 것이옵니다."

최항도 임금의 제안에 고개를 끄덕였다.

"전하의 분부 받들겠나이다."

"편수관은 60여 명으로 하고 실록청은 내달 초에 여는 것으로 합시다. 더 이상 늦어지면 아니 됩니다."

임금이 결론을 내리자 모두가 대답했다.

"예, 전하."

"그건 그렇고…."

황은 잠시 말을 끊고는 구석에 앉아 열심히 받아 적고 있던 사관 정광유를 흘끗 바라보았다. 그러자 한명회도 구석 쪽으로 살며시 고개를 돌렸다. 고개를 숙인 채 붓대를 쥐고 다음에 나올 말에 온통 정신을 쏟고 있던 정광유가 갑자기 방 안이 조용해지자 슬쩍 고개를 들었다.

"…."

"가장사초는 언제부터 거두어들이는 것이 좋을 것 같소?"

사관과 눈을 마주치지 않으려는 듯 황이 급히 시선을 돌리며 묻자, 최항이 대답했다.

"실록청이 세워진 뒤에 명을 내리는 것이 좋겠나이다."

"알겠소이다. 그리고…."

임금이 또다시 말을 끊자 한명회가 나섰다.

"전하, 말씀하시옵소서."

"…계유정난 때의 사초를 과인이 좀 볼 수 없을까요?"

"예? 저, 전하!"

깜짝 놀란 한명회는 자신도 모르게 큰소리를 내고 말았다. 정광유 또한 크게 놀랐는지 손에 쥐고 있던 그의 붓대가 흔들렸다. 신숙주가 급히 나서며 아뢰었다.

"전하, 그것은 절대로 불가한 일이옵니다. 역대 어느 임금께서도 사초를 열람하신 적은 없었나이다."

황은 물러서지 않았다.

"왜들 그렇게 정색을 하십니까. 그냥 그때의 일이 궁금해서 그럽니다."

최항이 머리를 조아리며 아뢰었다.

"전하, 자고로 군왕은 사초를 열람하실 수 없나이다. 그것은 전하께서도 잘 아시지 않사옵니까. 역대 임금들께서도 그런 유혹들을 잘 이겨내셨으니, 전하께서도 이겨내셔야만 하옵니다."

"가볍게 한번 훑어보자는 것입니다. 그것도 아니 됩니까?"

결국 한명회까지 나서서 임금을 말렸다.

"전하, 사초를 열람하시는 것은 군왕의 도리가 아니옵니다."

세 명의 신료들이 하나 같이 불가함을 아뢰고 심지어 군왕의 도리까지 들먹이자, 마침내 황도 한풀 꺾였다.

"음, 궁금하긴 하지만 다들 불가하다고 하니, 그럼 어쩔 수 없지요."

황은 서운한 감정을 속으로 감추었다. 그는 여전히 사초 열람에 대한 미련을 버리지 못하고 있었다. 그러한 임금의 마음을 읽은 신료들은 찜찜한 마음을 떨치지 못한 채 자리에서 일어났다.

"상당군 대감, 지난번 과인이 말한 것에 대해서는 묘안을 좀 짜봤습니까?"

막 자리에서 일어나던 한명회가 임금 황을 바라보았다. 황의 시선이 사관에게 향하자, 눈치를 챈 한명회가 요령 있게 대답했다.

"좋은 방도가 있는지 찾아보고 있사옵니다."

두 사람 사이에 오가는 대화의 내용이 무엇인지 자세히 알리 없는 사관 정광유는 잠시 붓을 멈추었다. 신료들이 밖으로 나가자 황은 깊은 생각에 잠겼다. 곧이어 정광유도 조용히 일어나 밖으로 물러나왔다.

정3품 이상의 신료들이 빈청으로 모여들고 있었다. 실록청을 세우기 위한 당상들의 회의가 곧 열릴 참이었다. 빈청으로 모여든 신료들의 모습에는 하나같이 긴장감이 배어 있었다. 그들은 될 수 있으면 실록 편찬 같은 위험한 일에 관여하고 싶지 않다는 표정들이었다.

신료들은 간단히 고개만 끄덕여 서로 인사를 나눌 뿐 아무도 입을 여는 사람은 없었다. 영의정 한명회가 방 안에 들어서자 앉아 있던 당상들이 모두 일어나 그를 맞았다. 긴 탁자의 상석에 앉은 한명회가 좌우를 쭉 둘러본 뒤 입을 열었다.

"다들 오신 것 같으니 회의를 시작합시다."

실록청의 최고 책임자로 이미 내정된 신숙주가 말을 받았다.

"오전에 전하를 뵈었습니다. 전하께서는 실록청을 빨리 열라고 거듭 당부하셨습니다. 그러니 여기 모이신 분들께서도 하루

빨리 실록청이 열릴 수 있도록 힘써 주세요."

홍윤성이 대뜸 끼어들었다.

"허허, 답답합니다. 전하께서 실록청을 세우라고 작년부터 말씀하셨거늘, 아직 이러고들 있으니…."

홍윤성이 혀를 차며 좌중의 당상들에게 면박을 주듯이 말하자, 한명회가 헛기침으로 눈치를 주었다. 한 달 전 좌의정이 된 김질도 나섰다.

"불충입니다. 전하께서 여러 번 당부를 하셨는데 아직도 실록청을 세우지 못하고 있으니. 늦어도… 내달 초까지는 열어야 합니다."

실록청 세우는 일을 담당하고 있던 춘추관 영사 최항이 말했다.

"전하께 내달 초에는 실록청을 열 것이라고 말씀드렸습니다."

대사헌 양성지가 물었다.

"실록청에서 일할 사람들이 쉰 명쯤 될 것이라고요?"

"예, 하지만 전하께서는 더 늘릴 것을 요구하셨습니다."

"선왕의 재위 기간이 14년입니다. 그렇다면 쉰 명의 인원으로도 충분하지 않겠습니까?"

"그렇습니다만, 전하께서 인원을 더욱 늘리라고 명하신 것은 실록 편찬을 빨리 마무리 지으시려는 까닭이겠지요."

좌중에서 유일하게 당상이 아닌 응교 손광림이 물었다.

"그럼, 몇 명을 더 늘릴 것인지요?"

"전하께 60여 명쯤이 좋을 것 같다고 아뢰었네."

손광림은 탐탁지 않은 낯빛을 보였다. 그의 입장에서는 결국 실록 편찬에 많은 인원을 빼앗길 경우, 겸춘추 및 사관들의 고유 업무에 지장을 줄 우려가 있었기 때문이다.

"그럼, 10명을 더 뽑아야 되겠군요."

홍윤성이 또 불쑥 나섰다.

"녹만 받아먹으며 놀고 있는 신료들이 많지 않습니까. 이참에 그 사람들을 다 참가시키면 될 것이외다."

한명회가 한심하다는 눈으로 쏘아보자, 홍윤성은 일부러 시선을 옆으로 돌렸다. 예문관 대제학 문승휴가 최항에게 고개를 돌리며 입을 열었다.

"실록 편찬을 서둘러 마치려면 그 정도 인원은 되어야 합니다. 이번에 노산군일기도 함께 만들어야 하니 말입니다."

최항이 고개를 끄덕였다.

"그렇습니다. 이번 참에 노산군일기도 마저 끝마쳐야 하니 결코 많은 인원은 아니라 생각됩니다."

"사초 납입은 어떻게 할 예정입니까? 실록청이 세워지기 전에 서두르는 것이 좋지 않겠습니까?"

문승휴의 말에 수찬관 하정제가 맞장구를 쳤다.

"그리하는 것이 좋을 듯합니다. 당장 납입을 명한다 해도 지방에 있는 사초까지 모두 거두어들이려면 한 달 정도는 걸리니, 미리 납입하라는 명을 내려두면 실록청이 열릴 때쯤에는 거의 당도해 있지 않겠습니까?"

묵묵히 앉아 듣기만 하던 직제학 황겸구가 고개를 끄덕였다.

"그렇게 하는 것이 좋겠습니다. 전하께서도 서두르고 계시니 실록청이 세워지기 전에 편찬에 필요한 사료들을 미리 한곳에 모아서 정리해 두는 것도 좋을 듯합니다."

앞으로 실록청에서 실무를 맡아보게 될 신료들이 가장사초의 납입 문제를 거론하자 공신들은 민감한 반응을 보였다. 한명회가 사초 납입에 대한 자신의 생각을 밝혔다.

"그 일은 서두르지 않아도 될 듯하오. 아무리 급한 일이라도 절차가 있기 마련이에요. 예로부터 실록청이 세워진 뒤에야 사초 납부령이 있었으니, 이번에도 전례를 따라야 하지 않겠소이까."

영의정 한명회의 말에 아무도 이의를 제기하지 못했다. 대제학 문승휴가 신숙주를 보며 물었다.

"대감, 실록청의 총재관과 도청당상들을 먼저 뽑아야 하지 않겠습니까?"

"그렇지요. 실은 지난번 편전에 들었을 때 전하께서 저를 영관사로 삼겠다고 하셨습니다. 저는 몇 번이나 사양했지만 전하의 결심이 어찌나 확고하신지…."

홍윤성이 한명회의 눈치를 살피더니 조용히 물었다.

"영관사는 영상 대감이 맡는 것이 보통의 관례인데, 그렇다면 두 분이 함께 맡는 것입니까?"

신숙주가 고개를 끄덕이자 홍윤성이 호탕하게 웃었다.

"하하… 그것 잘된 일 아닙니까."

문성휴가 고개를 끄덕였다.

"그렇군요. 허면 감관사도 정해졌습니까?"

"예, 전하께서 감관사는 문형文衡이었던 분이 맡는 것이 옳다고 하시며, 여기 영성군(최항) 대감께 부탁하셨습니다."

실록청의 중요 직책들이 이미 공신들로 채워졌다는 말에 공신이 아닌 신료들은 벌써부터 실록 편찬의 공정성에 대한 걱정을 감추지 못했다. 이번 실록 편찬에서 가장 중하게 다루어질 사건들이 바로 계유정난과 노산군의 복위를 둘러싼 일들 그리고 노산군의 죽음 등인데, 그때의 사건에 깊숙이 관여된 당사자들이 실록청의 중요 직책들을 모두 차지하고 앉았으니, 누가 보아도 올바른 역사 편찬은 기대할 수 없을 것 같았다. 역사의 평가를 받아야 할 처지에 있는 당사자들이 오히려 자신들의 역사를 스스로 쓰는 희한한 일이 생길 판이었다.

수찬관 하정제가 의견을 제시했다.

"가장사초의 납입은 그렇다 하더라도 춘추관 밖에서 구해야 할 자료들은 지금부터 서둘러 수집해야 하지 않겠습니까?"

문승휴도 같은 생각이었다.

"옳은 말씀이에요. 하루빨리 서둘러야 할 것입니다."

그러자 한명회가 눈을 홉뜨고 노려보았다.

"어떤 자료들을 말하는 것이오?"

"개인의 문집이나 역사 편찬에 참고가 될 만한 문서들 말입니다."

홍윤성이 따지듯이 나섰다.

"불순한 의도가 담겨 있을지 모르는 개인의 문집을 어디에 쓰려고 그럽니까. 그건 안 됩니다, 대감."

직제학 황겸구가 대신 나섰다.

"예로부터 실록 편찬 때는 개인 문집이나 좋은 글들은 수집하여 편찬 자료로 활용하기도 했습니다. 이제 와서 아니 된다고 말씀하시는 것은…."

"허허, 이거야 원… 금방 말하지 않았습니까. 불순한 의도가 있을지도 모르는 문서들을 실록 편찬에 참고하는 것은 온당치 않다고 말입니다."

홍윤성은 버럭 화까지 내면서 옆으로 살짝 돌아앉았다. 황겸구 또한 물러서지 않고 상대의 말을 받아쳤다.

"대감, 좋은 일만 사록에 남기는 것보다 있는 그대로의 사실을 후세에 전하는 것이 무엇보다 중요합니다. 그러니 민간에서 수집한 개인의 문집을 우선 실록청의 담당자들이 미리 읽어보고 평가할 수 있도록 해야 합니다. 만일 불손한 의도가 담긴 글이라면 실록청에서 당연히 걸러낼 것인데 뭐가 걱정이겠습니까?"

"어허! 흠…."

홍윤성은 불편한 심기를 보이며 입을 꾹 다물었다. 손광림이 거들며 나섰다.

"역사 편찬은 한쪽으로 치우치지 않도록 균형을 잘 잡아야 하는데, 그러기 위해서는 관이나 민간을 가리지 말고 실록 편찬에 필요한 자료들을 폭넓게 수집하는 것이 우선입니다."

수찬관 하정제도 한마디 했다.

"그건 맞는 말이에요. 실록 편찬의 주요 자료인 시정기와 승정원일기 등은 모두 관의 문서들이니, 선왕의 치세를 더욱 분명하고 아름답게 기록하기 위해서는 민간의 글들도 참고로 해야 마땅합니다.”

하정제의 말은 그럴듯했지만, 결국 다른 사람들의 주장과 다르지 않았다. 가만히 듣고 있던 공신들은 내심 불쾌감을 감추지 못했고, 앞으로의 실록 편찬이 자신들의 뜻대로만은 진행되지 않을 것 같은 느낌에 은근히 걱정스럽기도 했다. 그들은 조정에 자신들과 생각이 다른 사람들이 존재하고 있다는 사실을 새삼 인식하게 되었다.

지그시 눈을 감은 채 가만히 듣고만 있던 한명회가 눈을 뜨며 입을 열었다.

“좋은 의견들입니다. 그럼, 개인의 문집 같은 민간의 글들도 수집해 보세요.”

빈청을 나서는 한명회의 머릿속은 한층 더 복잡했다. 사초 납입을 뒤로 미루는 데는 일단 성공했지만, 앞으로가 더 문제였다. 민감한 내용을 담고 있을지도 모르는 가장사초를 어떻게 해야 할지, 그의 고민은 점점 더 깊어졌다.

한성부 판관 신벽은 훈도방에 있는 선왕의 잠저를 주시했다. 모든 괴서사건의 배후에 막동이라는 자가 어떤 형태로든 개입되어 있다고 확신한 그는, 얼마 전부터 수하들을 시켜 몰래 그곳을 감시해 오고 있었다.

하지만 마지막 괴서사건이 발생한 지 석 달이 지나도록 막동은 별다른 행동을 보이지 않았다. 그러자 왕가를 감시하는 일이 내심 부담스러웠던 판윤 이거영은 결국 감시하는 일을 중단하라고 명했다. 윗선의 명을 거역할 수 없었던 신벽은 끝내 미련을 떨치지 못하고 수하 한 명만을 몰래 남겨둔 채 철수해야 했다.

그런데 최근에 막동의 행동에 범상치 않은 징후가 포착되었다. 수하로부터 보고를 받은 신벽은 즉시 이거영에게 그 사실을 알리고 막동의 주변에 사람을 붙여 감시에 들어갔다. 그리고 감시한 지 삼 일 째 되던 날, 한성부 참군이 수상쩍은 자가 막동을 만나러 잠저로 찾아왔다가 잠시 머문 뒤 옆문을 통해 몰래 빠져나가는 모습을 발견하고 뒤를 미행했지만 혼잡한 시전거리에서 놓치는 일이 일어났다.

초조하게 소식을 기다리던 이거영은 삼 일이 지나도록 아무런 보고가 없자, 결국 정신없이 바쁜 신벽을 자신의 방으로 불러들였다. 이거영과 마주한 신벽은 난감한 얼굴로 무엇부터 보고해야 할지 몰라 잠시 망설였다.

"놓쳤다는 그자의 행방은 알 길이 없는 것인가?"

신벽이 민망한 듯이 대답했다.

"예, 대감. 하지만…."

"어서 말해 보게."

"그자를 놓친 저잣거리 주변에 변복을 한 군사들을 풀어 놓았습니다. 거처가 그 주변이라면 다시 나타지 않을까 하여…."

이거영은 수염을 쓸어내렸다.

"그자가 일부러 행선지를 바꾸어 저자로 발길을 돌린 것이라면 어쩔 텐가?"

"그럴 가능성도 있기에 훈도방 잠저 부근에도 군사들을 배치해 두었습니다."

"음, 좋은 기회였는데…."

이거영이 아쉬워할수록 신벽은 더욱 민망하여 고개를 들지 못했다.

"자네에게 한 가지만 묻겠네."

"예, 무엇인지요?"

"막동이라는 자가 정말 괴서사건과 연관이 있는가?"

"예?"

"막동이 괴서사건에 연루된 것이 틀림없는지 물었네."

신벽은 말문이 막혔다. 판윤이 왜 갑작스럽게 이런 질문을 하는지 그 의도를 짐작할 수 없었다.

"저는 확신합니다만…."

신벽이 의아스럽다는 투로 대답하자, 그제야 이거영은 어금니를 꾹 깨물고는 고개를 끄덕였다.

"알겠네."

신벽은 자신의 기찰 보고에 대해 이거영이 미덥지 않게 여기고 있는 듯하자, 지난 일들을 하나하나 거론했다.

"어떤 무리가 사초 하나를 쫓고 있다고 작년에 보고 드린 적이 있습니다. 그 후 좌랑 이응현이 살해를 당했고, 정난일기를 훔친 자들과 괴서사건을 일으킨 자들이 동일한 무리들이라는 것을 밝혀냈습니다. 그리고 동소문 밖 공장들의 임시 거처를 기습했을 때 그 부근에서 죽은 채로 발견된 사내가 막동과 어울려 다닌 적이 있는 것으로 밝혀져 지금까지 막동, 그자를 감시해 왔으며, 게다가 지난해 이응현의 집 근처에서 칼을 맞고 죽은 사내도 결국은 막동과 연관이 있는 것으로 밝혀지지 않았습니까. 한데, 어찌하여…."

"결단을 내려야 할 일이 있어서 물었네."

"무슨… 말씀인지요?"

"아무래도 막동의 일을 영상 대감께 아뢰어야겠어."

"하지만 아직 물증은 없지 않습니까?"

"그러니 아뢰는 것이네. 영상 대감은 그자와 오래전부터 잘 아는 사이니 무슨 조치가 있지 않겠나."

수하가 수상한 자를 미행하다 놓쳤으니, 신벽은 이거영의 계획에 반대할 명분이 없었다. 이거영 또한 궐에서 이번 사건들을 빨리 해결하라고 재촉하고 있는 상황에서 마냥 기찰 결과만 지켜볼 수도 없는 노릇이었다.

"판관은 명심하게. 누누이 말하지만 막동은 왕가에 속한 자일세. 조심해서 감시해야 하네. 말썽이 나면 한성부가 큰일을 치르게 될지도 모른다는 사실을 절대 잊어서는 안 되네."

한성부를 나선 판윤 이거영은 곧장 궐로 향하며 한명회를 만나면 무슨 말을 어떻게 해야 할지 머릿속으로 차근차근 정리해 보았다. 내내 깊은 생각에 잠긴 채 걸음을 옮기다 보니, 그는 자신도 모르는 사이에 어느새 빈청 문 앞에 닿아 있었다. 방 안에서 당상들의 목소리가 흘러나오자, 그는 잡았던 문고리를 놓고 옆방을 향해 몸을 돌렸다. 때마침 맞은편에서 걸어오고 있던 하급 관원이 그를 보고는 종종걸음으로 다가와 고개를 숙였다.

"영상 대감께서도 안에 계시느냐?"

"아닙니다. 입궐 하시자마자 편전으로 향했습니다."

"그럼, 영상 대감께서 오시거든 이 방으로 좀 모시도록 하게."

"예, 대감."

이거영은 옆에 있는 빈방으로 들어가 영의정 한명회를 무작정 기다리기 시작했다. 반 시진 남짓 지났을 때, 한명회가 방문을 열고 들어왔다.

"어쩐 일이오? 나를 따로 보자 하시고…."

이거영은 자리에서 일어나며 허리를 숙였다.

"영상 대감께 긴히 드릴 말씀이 있습니다."

자리에 앉은 한명회는 여전히 궁금한 눈빛으로 상대를 바라보았다.

"대감의 얼굴색을 보아하니, 무슨 일이 있는 것 같구려."

이거영이 망설이는 기색을 보이자, 한명회가 재촉하듯 물었다.

"그래 나에게 할 말이라는 것이 무엇이오?"

"영상 대감, 실은… 긴히 부탁드릴 일이 있어 뵙자고 하였습니다."

"무슨 부탁이기에 그리도 뜸을 들이시오?"

"저… 막동에 관한 것이옵니다."

"막동? 훈도방 잠저에 있는 그자를 말하는 것이오?"

"예, 선왕께서 잠저에 계실 때 가동으로 있던 그자입니다."

한명회는 더욱 궁금한 눈빛을 보였다.

"한데, 그자가 왜요?"

"막동이 괴서사건과 연관이 있는 듯합니다."

한명회의 눈빛이 이제는 궁금함에서 놀라움으로 바뀌었다.

"뭐, 뭐요? 막동이 그 사건을 일으켰다는 말입니까?"

"그런 것은 아니지만, 어쨌든 그자가 연관이 있는 것은 분명합니다."

한명회는 믿을 수 없다는 듯 고개를 갸웃거렸다.

"그럴 리가… 소상히 말씀해 보세요."

"작년 9월 동소문 밖 공장들의 임시 거처를 기습을 했을 때 그곳에는 칼을 맞고 죽은 사내가 하나 있었는데, 그자를 조사해 보니 평소 막동과 잘 아는 사이였습니다."

"그것이 어쨌다는 겁니까? 단순히 서로 아는 사이라고 해서 이번 사건과 연관을 지을 수만은 없는 일일 테고."

"작년 이응현의 집 근처에서 죽은 사내도 알고 보니 막동과 연관이 있었습니다."

이제는 한명회의 눈빛이 흔들렸다.

"그게 사실이오?"

"예, 한성부에서는 작년 가을부터 막동을 주시하며 그의 동태를 감시해 왔습니다. 한데 그를 감시하면 할수록 의문스러운 점이 한두 가지가 아니었습니다. 그는 가끔 칼잡이로 보이는 자들과 어울려 다니기도 하고, 심지어 며칠 전에는 수상한 사내 하나가 은밀히 잠저로 찾아가 그를 만난 뒤 몰래 빠져나가기도 하였습니다."

한명회는 지그시 눈을 감았다.

"…"

"하여 드리는 말씀입니다만, 그자가 이번 사건에 어떻게 연루된 것인지 대감께서 직접 물어보시고 괴서사건을 일으킨 무리를 하루 빨리 붙잡을 수 있도록 그를 설득해 주실 수는 없겠는지요?"

한명회는 어떤 대답을 내놔야 할지 망설였다. 이거영은 막동으로부터 대답을 얻어 올 수 있는 사람은 바로 자신뿐이라는 것을 이미 알고 부탁하는 것이었다. 한편, 막동이 정말로 그 일에 연루되었다면 그것은 예삿일이 아니었다. 물론 그자가 그런 짓을 했다면 필시 무슨 까닭이 있었을 것이고 어쩌면 왕가의 일과도 무관치 않을 것이었다. 그렇게 생각하니, 한명회는 더욱 난감하고 혼란스러웠다.

한명회가 눈을 뜨며 입을 열었다.

"난 도무지 무슨 말인지 감이 오질 않습니다. 하지만 대감께서 도움을 청하니 언제 따로 그자를 만나 자초지종을 물어는 보겠소이다."

조마조마해 하던 이거영의 안색이 밝아졌다.

"고맙습니다, 영상 대감."

"한데, 막동의 일에 대해 다른 신료들도 알고 있소?"

"아닙니다. 영상 대감께 처음 말씀드리는 겁니다."

"그럼, 다른 신료들에게는 알리지 마세요."

"잘 알고 있습니다. 막동이 천한 신분이기는 하나 왕가와 연이 있는 자이니 한성부에서도 조심스럽습니다."

"음…."

한명회는 고개를 끄덕이더니 곧장 일어났다. 그리고 방을 나서며 이번 일이 선왕과 결코 무관치 않을 것이라고 그는 짐작했다.

세주는 매서운 추위에도 아랑곳 하지 않고 정선방 안길훈의 집 앞을 서성거렸다. 지금까지 벌써 열 번째 방문이었다. 오늘도 서너 차례 대문을 두드렸지만 안에서는 별다른 기척이 없었다. 또다시 체념한 채 그만 발길을 돌리려 할 때, 갑자기 문이 조금 열리더니 하인이 얼굴을 빠끔히 내밀었다. 그는 주위를 한번 조심스레 살피더니, 세주에게 들어오라는 손짓을 했다. 세주가 대문 안으로 들어서자 그는 곧장 마당을 지나 뒤쪽의 사랑채로 향했다. 잠시 후, 방 안에 들어선 세주는 설레는 마음을 진정시키며 안길훈을 기다렸다. 그런데 한참이 지나도록 아무도 나타나지 않는 것이었다. 시간이 지날수록 점점 의아한 생각이 든 세주가 그만 자리에서 막 일어서려고 할 때, 안길훈이 방문을 열고 들어섰다. 엉거주춤 방바닥에 다시 앉으려던 세주는 그대로 서서 그와 인사를 나누었다. 아마도 오랜 세월 동안 관노생활을 한 탓인지 그는 마흔 중반쯤의 나이임에도 생각했던 것보다 훨씬 겉늙어 보였다.

안길훈은 앉으라는 듯이 팔을 뻗어 세주에게 자리를 권했다. 세주가 먼저 자리에 앉자 그도 뒤따라 앉으며 상대의 얼굴을 유심히 살폈다.

"함자가 어떻게 되시는가?"

"윤세주라고 합니다."

"음, 그래, 나를 찾아온 연유가 무엇인가?"

안길훈은 짐짓 모른 체하고 물었지만, 처음 세주가 이 집을 방문했을 때 분명 하인에게 찾아온 연유를 전했으므로 그가 모를 리는 없었다. 세주가 차근차근 이 집을 찾아온 연유를 말하자, 한동안 세주의 말을 듣고 있던 그는 차츰 의심의 눈초리를 거두며 편안해진 얼굴로 말했다.

"그럼, 충청도 관찰사 윤 대감의 자제분이시구먼."

"예. 그렇습니다."

"진작 그렇다고 말하지 않고."

"만나 뵙고 말씀드릴 일이라서…."

"그동안 수차례 찾아온 것으로 알고 있네만."

"예, 꼭 여쭙고 싶은 말이 있기에 귀찮게 굴었습니다."

"그래, 알고 싶은 게 무엇인가?"

"작년에 나리께서 충청감영에 들러 제 아버님과 말씀을 나눌 때 신호생이라는 분의 여식에 대해 언급한 적이 있다고 들었습니다만."

"그랬었지. 한데…?"

"실은, 예조정랑으로 계셨던 그분의 여식과 저는 정혼한 사이입니다."

"오, 그런 사이였던가?"

"이미 오래전에 깨어진 혼약이지만 그래도 한때는 혼인을 약속했던 사이인지라, 생사 여부 정도는 알고 싶어 이렇게 무례를 범했습니다. 나리, 그분의 여식에 대해 아시는 것이 있으면 말씀해 주십시오."

방바닥을 내려다보며 뭔가 생각하는 듯하던 안길훈은 곧바로 고개를 들고 긴 한숨을 내쉬었다.

"음, 그 집과 혼약을 맺은 사이였군. 그동안 내가 자네를 피한 것은 더 이상 지난 일에 얽히고 싶지 않아서였네. 관노에서 풀려났다고는 하나 감시하는 눈이 완전히 사라진 것은 아니니 말일세. 이해해 주리라 믿네."

"어찌 나리의 심정을 모르겠습니까."

안길훈은 한 번 더 세주의 얼굴을 깊이 들여다보더니, 결국 천천히 입을 열었다.

"13년 전 병자년에 큰일이 있었지. 경기도 광주에서 귀양살이를 하고 있던 금성대군이 그해 6월 경상도 순흥으로 이배되어 가면서 참혹한 일이 벌어졌다네. 정확히 1년만인 그 이듬해 6월에 어떤 한 관노의 발고로 순흥의 사민들 수백 명이 조정에서 보낸 군사들에 의해 떼죽음을 당한 사건이 있었지. 금성대군을 중심으로 순흥부사와 그곳의 사민들이 노산군의 복위를 위해 불궤한 일을 모의했다는 이유에서였네. 군사들이 몰려오기 하루 전 순흥부사로 있던 큰 처남은 곧 큰일이 일어날 것임을 직감하고 동생인 둘째 처남에게 멀리 피하라고 전했지만 그분은 이미 늦었음을 알고 떠나지 않았지. 대신 한양에서 벼슬을 하고 있던 막내 동생만은 살리고자 집에서 부리던 청지기를 급히 한양으로 보내 모든 사실을 알렸다네. 그때 그 청지기에게 딸려 보낸 아이가 신호생이라는 분의 여식이었어."

세주는 바짝 귀를 기울였다. 순간, 그는 가연을 찾을 수 있을지도 모른다는 희망이 솟았다.

"아마도 친구의 마지막 핏줄만은 지켜주고 싶어 그랬겠지…"

안길훈은 천장을 응시하며 또다시 한숨을 길게 내쉬었다. 간간이 먼 기억을 더듬느라 그의 미간에는 주름이 잡히곤 했다.

"그 후에 어떻게 되었습니까?"

세주가 재촉하듯 묻자 안길훈은 시선을 내렸다.

"나도 곧바로 붙잡혀 관노로 끌려갔으니, 알고 있는 것은 거기까지 뿐이네."

"그렇군요."

세주는 갑자기 희망이 사라지는 느낌이었다.

"그럼 한양에 계셨던 막내 처남께서는 어떻게 되었습니까?"

"지금 나도 찾고 있는 중이라네."

"그럼, 살아 계신다는 말씀이군요."

"그때 청지기로부터 소식을 전해 듣고 피신을 했다고 하더군. 아마 지금 어딘가에 숨어서 살고 있겠지."

"그 청지기를 찾을 수는 없습니까?"

"글쎄, 지금에 와서 그를 어디 가서 찾겠는가."

순간이나마 품었던 희망이 사라지자 세주는 허전한 느낌을 지울 수 없었다. 실망한 모습을 하고 있는 세주를 보며 안길훈이 위로하듯 말했다.

"10년도 더 된 일이라 기억마저 가물거리는군. 도움이 되지 못해 어쩐다?"

"아닙니다, 나리…."

세주는 몇 가지 더 물어본 뒤 일어나려다가 아직 미련을 버리지 못하고 또 물었다.

"혹시 막내 처남께서 평소 친하게 지내던 친구 분이 있었습니까?"

"음, 그러고 보니 한 사람 있었던 것 같구먼."

세주는 다시 희망을 품었다.

"누구입니까?"

"이름은 잘 기억이 나질 않지만 성은 임씨인 것으로 알고 있네. 아마 예문관 검열이라고 들었던 것 같은데…."

"예?"

세주의 눈빛이 반짝거렸다.

"언제 사관을 지낸 분입니까?"

"아마도 을해년이 아닌가 싶어. 임 누구라고 하던데… 도무지 기억이 나질 않는군."

"을해년이라…."

세주의 머릿속에서는 번쩍 스치고 지나가는 것이 있었다.

"고맙습니다, 나리."

대문 밖으로 나온 세주는 자신이 퇴궐 길이었다는 사실조차 잊은 채 곧장 궐 쪽으로 향하다 걸음을 돌렸다. 어쩌면 가연을 찾을 수 있을지도 모른다는 생각에 마음이 조급해진 탓이었다. 그래서인지, 견평방 집으로 향하는 그의 발걸음은 어느 때보다 설레었다. 어둠이 짙게 내린 거리를 걸으며 세주는 빨리 날이 밝기를 학수고대했다.

다음날, 여느 때보다 일찍 입궐한 세주는 곧장 춘추관부터 찾았다. 그곳은 실록 편찬에 필요한 문서들이 가득 쌓여 있는 곳이라 이제는 내금위 군사들이 이중 삼중으로 지키고 있었다.

"일찍 입궐하셨습니다, 대교 나리."

내금위 군관 하나가 인사를 건넸지만 세주는 대답할 겨를도 없이 곧장 안으로 들어갔다. 그리고 서고의 문을 열고 들어가 서각 앞으로 달려갔다.

"어디 보자. 을해년, 을해년…."

세주는 연도별로 정리되어 있는 문서들을 뒤지기 시작했다.

"아, 을해년! 여기 있군."

자신이 찾고 있던 을해년의 문서가 눈에 들어오자, 세주는 일부를 끄집어내 탁자가 있는 곳으로 들고 갔다.

"임씨 성을 가진 사관이라…."

아무리 문서를 훑어보아도 임씨 성을 가진 사관의 이름이 보이지 않자, 세주는 탁자 위의 문서들을 다시 서각으로 가져가

꽂은 뒤 나머지 문서들을 뽑아 들고 왔다.

"임씨라, 임씨…. 아!"

드디어 찾던 이름을 발견한 세주는 자신도 모르게 그 이름을 되뇌었다.

"귀건, 귀건, 임ㆍ귀ㆍ건"

2월 중순으로 접어들면서 추위가 조금 풀렸다. 그동안 실록청을 세우느라 조정 신료들은 너나 할 것 없이 바빴다. 춘추관에 실록청이 세워지자 그곳의 경계는 한층 더 강화되고 출입은 더욱 엄격해졌다.

이제 좀 여유가 생긴 한명회는 은밀하게 막동을 집으로 불렀다. 어둠이 내리자 막동이 뒷문을 통해 한명회의 집 안으로 들어왔다.

막동은 한명회가 자신을 부른 이유에 대해 짐작도 하지 못하고 있었다. 다만, 이유 없이 그냥 자신을 부르지는 않았을 거라는 사실 정도로만 짐작하고 있을 뿐이었다. 십수 년만에 한명회와 단둘이 마주한 그는 어색했던지 시종 시선을 피했다.

"이렇게 보는 것도 아마 계유년 이후로 처음이지 싶구먼."

막동이 실실 웃으며 대답했다.

"예, 대감 마님. 그동안 평안하셨는지요?"

한명회는 못마땅하다는 표정을 지었다.

"에끼! 이 사람. 여태껏 한번도 찾아오지 않고."

막동은 뒷머리를 긁적였다.

"죄송하옵니다."

한명회는 막동의 얼굴을 가만히 살폈다.

"자네도 이제 많이 늙었구먼."

"어찌 세월을 이기겠습니까?"

"음…."

한명회가 자신의 얼굴을 가만히 뜯어보자, 막동은 상대가 하려는 말이 무엇인지 긴장을 놓지 못한 채 가만히 기다렸다.

"막동 자네에게 긴히 물어볼 말이 있어 이렇게 은밀히 불렀네."

"무엇… 이온지요?"

"혹시, 자네가 괴서사건과 연관이 있는가?"

한명회는 상대의 눈을 주시하며 반응을 살폈다. 하지만 막동의 눈동자는 조금도 흔들림이 없었다. 그러고 보니, 그 옛날 어수룩한 막동이 아닌 듯싶었다. 그는 너무도 침착한 목소리로 대답했다.

"예? 괴서사건이… 무엇이옵니까?"

한명회는 그만 피식 웃고 말았다. 그리고 다시 찬찬히 막동의 얼굴을 살피고는, 좀 더 진지한 표정으로 바꾸었다.

"이보게, 막동이. 이미 다 알고 묻는 것이네. 몇 달 전부터 한성부에서 자네를 감시하고 있으니 사실을 말하게"

"무슨, 말씀을 하시는지 소인은 모르겠사옵니다."

막동이 계속 잡아떼자 한명회가 버럭 화를 냈다.

"어허! 이 사람이…."

"대감 마님…."

막동의 눈동자가 미세하게 흔들렸다. 한명회는 틈을 놓치지 않고 더욱 세게 몰아붙였다.

"답답한지고. 이 사람아, 그게 숨긴다고 될 일인가. 조금 있으면 만천하가 다 알게 될 게야. 그러면 자네 또한 무사하지 못할 테고, 어쩌면 선왕께 누가 될 일도 생기지 않겠는가?"

"예?"

선왕까지 들먹이자 막동은 크게 놀라며 흔들렸다.

"옛날에 우리는 한 식구나 다름없었지 않았는가. 그러니 날 믿고 어서 말해 보게."

"…."

"뭘 그리 망설이는가. 나는 자네를 도우려는 것이야. 알겠는가?"

결국 주저하던 막동이 사실을 털어놓기로 마음을 굳힌 듯 천천히 입을 열었다.

"실은… 연관이 있습니다."

한명회는 눈을 크게 뜨고 얼굴을 앞으로 내밀었다.

"그래, 소상히 말해 보게."

막동은 숨을 크게 한번 들이마신 뒤 말문을 열었다.

"그때가 경진년이었으니, 9년 전쯤 되옵니다. 어느 날, 낯선 자가 잠저로 소인을 찾아왔습지요. 궐에서 나왔다고 자신을 소개하며 소인에게 전할 말이 있다고 하였지요. 소인은 그자와 단둘이 방에 들어가 대면했는데, 그자가 대뜸 소맷자락 속에서 밀지 한 통을 꺼내더니 소인에게 내밀었습니다. 하지만 소인이 글을 모른다고 하자, 그자는 봉투 속에서 밀지를 꺼내 펼치더니 읽어 주었습니다."

한명회는 마른 침을 삼켰다.

"그래, 밀지에 무엇이라 적혀 있던가?"

"어떤 문서 하나를 손에 넣고 싶다고 적혀 있었습니다."

"문서? 혹시 사초가 아니던가?"

"그자는 문서라고 읽었습니다."

"그것 외에 또 무슨 말이 적혀 있던가?"

"그 문서를 손에 넣더라도 절대 내용을 보아서는 아니 된다고 했습니다."

"문서는 누구의 손에 있다고 하던가?"

"이조정랑 임귀건이라고 하였습니다."

"음…."

한명회는 잠시 말을 끊었다가 이내 입을 열었다.

"그 밀지의 주인은 누구인 것 같았는가?"

"…."

"선왕께서 보내신 것이었는가?"

"그것만은 말씀드릴 수 없사옵니다."

"음, 알겠네."

갑자기 막동이 벌떡 일어섰다.

"대감 마님, 소인은 이제 그만 돌아가겠습니다."

한명회가 앉은 채로 막동을 올려다보았다. 식은땀이 흐르는 막동의 이마가 그의 눈에 들어왔다. 상대의 갑작스러운 행동에 한명회는 조금 당황스러웠지만, 아무 영문도 모르고 불려와 큰 비밀을 추궁당한 막동의 난처한 입장을 생각하여 오늘은 그만 돌려보내기로 했다.

"그럼, 그리하게. 조만간 다시 부르겠네."

막동은 선 채로 절을 꾸벅하더니 문을 향해 걸어갔다. 한명회가 다시 그를 불러 세웠다.

"아, 이보게!"

막동이 걸음을 멈추고 돌아섰다.

"이제 모든 일은 한성부에서 알아서 할 것이니, 자네는 더 이상 나서지 말게."

막동은 대답하지 않고 고개만 숙여 인사한 뒤 방을 나갔다.

한명회는 홀로 앉아 서안을 내려다보며 깊은 생각에 잠겼다. 막동이 대답은 하지 않았지만, 예상했던 대로 이번 일의 중심에는 역시 선왕이 있었던 게 명확했다. 대체 사초의 내용이 무엇이기에 그렇게나 은밀히 손에 넣으려고 했는지, 그는 생각하면 할수록 궁금증만 더했다. 공신들에게조차 비밀로 해야 하는 그 사초의 내용이란 대체 무엇일까? 촛불이 다 사위어들 때까지 그의 생각은 멈추지 않았다.

뜬눈으로 밤을 지새다시피 한 한명회는 입궐을 하자마자 이조판서 정담을 빈청의 작은 방으로 조용히 불렀다.

"무슨 일이십니까? 영상 대감."

정담이 궁금한 얼굴로 물었다.

"긴히 물어볼 말이 있소."

"예, 말씀하시지요."

"이조정랑을 지낸 임귀건이라는 자에 대해 혹시 아시는 게 있소?"

정담은 두 눈을 껌뻑거렸다.

"임귀건이라…?"

"경진년에 이조정랑이었다고 하오."

"그럼, 9년 전이군요. 임귀건이라…."

"사관을 지낸 적이 있다고 들었소만."

"그럼, 금방 알 수 있을 겁니다. 그 사람에 대해 알아보고 곧 말씀드리겠습니다."

"그렇게 해 주시오."

정담이 갑자기 고개를 갸웃거리더니 입을 열었다.

"임귀건이라…, 아, 혹시 그 사람이 아닌가 싶습니다."

"생각나는 사람이 있소?"

"사관을 지냈다고 하니 생각이 납니다. 제가 예조참의를 지낼 적에 이조의 정랑 한 사람이 갑자기 죽었다는 소식을 들었지요. 그 사람은 사관 출신임에도 청직에 오르지 못하고 육조 이곳저곳을 전전하다 이조정랑이 되었다고 하더군요. 대감께서 물으시는 임귀건이 바로 그자가 아닌가 싶습니다만."

"이미 죽었다고요?"

"예, 대감. 그 사람이 틀림없을 겁니다."

"젊었을 터인데 병을 얻어 죽었을 리는 없을 테고… 어찌하여 죽었는지 아시오?"

"실은 그게… 좀 의문입니다."

한명회는 상대의 말에 바짝 귀를 기울였다.

"어느 날 급사를 했다고 하는데, 한편에서는 독으로 죽었다는 소문이 나돌기도 하여 한성부에서 조사를 나갔지요. 그런데 처음에는 한성부에서도 독살이라고 해놓고 하루 만에 말을 바꾸어 그냥 원인 모를 병으로 죽은 것 같다고 형조에 보고서를 올렸다더군요."

가만히 정담의 말을 듣고 있던 한명회가 고개를 끄덕였다. 이제야 하나씩 의문이 풀리는 듯했다. 임귀건의 죽음은 막동의 짓임에 틀림이 없었다. 한명회는 더 이상 아무것도 묻지 않았다. 오히려 정담이 궁금하다는 표정으로 물어왔지만, 그는 별일 아니라고 둘러대며 방을 나섰다.

한명회가 춘추관에 들어서자 지나가던 신료들이 저마다 걸음을 멈추고 고개를 숙였다. 회의실에서는 신숙주와 양성지 그리고 최항 등이 실록 편찬에 대해 이야기를 나누는 중이었다. 한명회가 문을 열고 들어서자, 신숙주가 말을 멈추고 그를 맞았다.

"어서 오시오, 대감."

한명회는 자리에 앉자마자 최항에게 물었다.

"언제부터 가장사초를 거두어들인다고 했지요?"

최항이 새삼스럽다는 표정으로 한명회를 바라보았다.

"명일에 사초 납부령을 내리기로 하지 않았습니까?

"아, 명일이었던가요?"

"예, 대감."

"허허, 내가 요즘 정신이 없구려."

"대감, 어디 편찮으신 건 아닙니까? 안색이 좋아 보이질 않습니다."

"괜찮습니다. 어젯밤 잠을 좀 설쳤더니 피곤해서 그럽니다."

잠시 머뭇거리던 한명회가 입을 열었다.

"저… 아무래도 사초를 거두어들이는 일은 좀 미루어야겠습니다."

좌중의 눈이 한꺼번에 휘둥그레졌다.

"대감, 무슨 일 있습니까?"

신숙주의 물음에 한명회는 대답을 못하고 망설였다.

"그것이 좀…."

"실록청이 세워졌으니, 사초를 빨리 거두어들여야지요."

최항도 거들며 나섰다.

"그렇습니다, 영상 대감. 전하께서도 빨리 사초를 거두어들여 실록을 만드는 데 차질이 없도록 하라고 명하시지 않았습니까?"

"…."

"대감, 그 일은 급박한 것입니다. 혹시 다른 연유라도 있으신 겁니까?"

한동안 대답을 미룬 채 곤혹스러운 표정만 짓던 한명회가 입을 열었다.

"연유는 다음에 말씀드리기로 하고 어쨌든 며칠만 뒤로 미루겠습니다.”

한명회가 완강하게 나오자 좌중은 틀림없이 그럴 만한 사정이
있을 거라 여기며 더 이상 자신들의 주장을 내세우지 않았다.

“지금 전하를 뵈러 편전에 갈 것입니다. 전하께는 내가 직접
말씀드리지요.”

한명회가 밖으로 나간 뒤 남겨진 사람들은 말없이 서로의 얼
굴만 쳐다보았다. 춘추관을 나온 한명회는 곧장 임금이 있는 사
정전으로 걸음을 옮겼다.

가연을 찾는 일에 큰 희망을 품었던 세주는 임귀건의 소식을
듣고는 무척 낙심했다. 가연의 행방에 대해 알고 있을지도 모르
는 사람이 이미 죽었다는 소식에, 그는 모든 희망이 순식간에
사라진 듯한 느낌이었다.

한동안 낙심한 채 지내던 세주는 다시 힘을 내 가연에 대한
단서를 찾기 시작했다. 우선 실낱같은 기대를 가지고 임귀건의
가족을 만나 혹시 알고 있는 일이 있는지 알아보기로 했다. 하
지만 몇 번씩이나 그의 집을 찾아가 간곡한 청을 넣었지만 그
의 가족들은 끝내 세주를 만나주지 않았다. 그러다가 세주는 대
문 밖으로 배웅하기 위해 따라 나온 늙은 가노의 입을 통해 겨
우 몇 마디 말을 들을 수 있었다. 주인이 왜 세주를 만나주지
않는지 알지 못했던 그 가노는 세주의 묻는 말에 별다른 의심
없이 생각나는 대로 말해 주었다.

가노는 12년 전의 일을 제법 뚜렷하게 기억해 냈다. 초여름

어느 날, 사투리를 쓰는 한 사내가 어린 계집아이 한 명을 데리고 찾아와 주인 나리를 만나게 해 달라고 청을 넣었다는 것이다. 주인 나리를 어떻게 아느냐고 묻자, 사내는 주인 나리와 절친한 사람의 소개를 받고 왔다며 거듭 뵙기를 청했다고 가노는 말했다. 주인 나리를 만나고 돌아갈 때는 자신이 직접 동소문 근처의 어느 종이 만드는 집까지 사내를 데려다 주었다고도 했다. 어린 딸을 혼자 키우기 힘들어 자기 주인 나리께 일자리를 부탁하러 온 듯하여 그 사내가 몹시 가여워 보이기까지 했다고 하면서, 가노는 그때의 일을 또렷이 기억하고 있었다.

세주는 다시 희망을 품고 동소문 근방에 종이 만드는 곳이 있는지 알아보기 위해 가노 복쇠를 서너 차례나 보냈다. 하지만 임귀건의 집 늙은 가노가 말했던 그 종이 만드는 집은 매번 찾지 못하고 되돌아왔다. 결국 세주는 입궐하지 않는 날을 택해 자신이 직접 그곳에 가 보기로 하고 복쇠를 더 이상 보내지 않았다.

세주는 입시사관으로서 편전에 들어 임금과 신료들이 나누는 대화를 기록하고 있었다. 조금 전 실록 편찬의 일로 영의정 한명회와 신숙주, 최항이 임금을 뵙고 막 편전을 나갔다. 임금은 이른 아침부터 조회와 경연 등으로 피곤했던지 안석에 비스듬히 기대어 눈을 감고 있었다. 임금의 휴식을 방해하지 않기 위해 조용히 물러나오려고 일어서던 세주는 때마침 문밖에서 환관의 목소리가 들려오자, 다시 제자리에 앉았다.

"전하, 예문관 대제학께서 뵙기를 청하옵니다."

황이 하품을 하며 눈을 떴다.

"듭시라 하여라."

예문관 대제학 문승휴가 안으로 들어와 자리에 앉자, 황이
물었다.

"무슨 일입니까?"

"그동안 실록청 세우는 일에 열중하느라 아뢰지 못한 것이
있사옵니다."

황이 더욱 똑바로 앉으며 물었다.

"그래, 무엇인지 말씀해 보시오."

"전하, 여사의 제도에 관한 것이옵니다."

순간, 붓대를 놀리고 있던 세주의 손이 멈췄다. 드디어 은후
의 일에 대해 대제학이 아뢰고 있는 것이었다.

"예? 여사라면…?"

황은 선뜻 짐작이 되지 않는지 고개를 갸웃거렸다.

"여자 사관을 일컬음이옵니다."

황이 동그란 눈을 뜨고 말했다.

"대감, 뜬금없이 그 무슨 말씀이요?"

"여사로 하여금 규중 안의 일을 기록하게 하여 후세에 전하
는 것은 어떻겠사옵니까?"

드디어 황이 눈을 부라렸다.

"지금, 여사를 내전에 두자는 말씀이오?"

"예, 그렇사옵니다."

갑자기 찾아와 여사를 두자고 고하는 문승휴의 말에 황은 기

가 막힌다는 얼굴이었다.

"대체 누구의 생각이요. 이제는 임석(잠자리)의 언동까지 감시하겠다는 뜻입니까?"

문승휴는 머리를 조아렸다.

"어찌 신하된 자가 군주를 감시하오리까. 전하, 천부당만부당한 일이옵니다."

황의 마음은 누그러들지 않았다. 그는 자신의 감정을 곧바로 내보였다.

"정말 너무들 하시오! 임금도 사생활이라는 것이 있는 법이오. 하루 종일 사관들이 옆에 붙어 다니며 일일이 지켜보고 있는 것이 얼마나 불편한 일인지 아시오?"

"저, 전하…."

어린 임금이 버럭 화를 내자 미처 예상치 못한 늙은 신하는 당황했다. 새 임금이 군왕의 고충에 대해 아직 익숙지 않은 탓이리라 여기며, 문승휴는 그만 한발 물러서고 말았다.

오후 늦게 편전에서 나온 세주는 예문관으로 향했다. 그가 예문관 마당에 들어서자 마침 조지서의 지장 서치성이 종이 다발을 나르고 있었다. 그는 세주를 보자 여느 때와 마찬가지로 친절하게 인사를 건넸다.

"나리, 안녕하십니까?"

건물 안으로 들어가려던 세주는 걸음을 멈추고 그의 인사를 받았다.

"수고가 많소이다. 요즘은 자주 입궐하나 보오?"

"궐에 종이 나르는 일이 부쩍 늘었습니다."

세주는 종이더미를 보며 물었다.

"한데 웬 종이가 이렇게 많소?"

"춘추관에서 쓸 것입니다."

"그럼 춘추관으로 옮기지 않고?"

"실록청이 세워진 뒤로 춘추관에는 잡인들이 함부로 들락거리지 못하니, 예문관에 쌓아 두라고 해서⋯."

"음, 그렇군요. 자, 수고하시오."

세주가 마루 위로 올라가자 복도 맞은편에서 때마침 밖으로 나오던 손광림이 세주를 보고는 따라 들어오라고 하며 방으로 되돌아갔다. 아마도 임금을 만나고 나온 대제학으로부터 무슨 말인가 들었던 모양이었다. 하지만 손광림과 마주앉은 세주는 임금과 대제학이 나눈 대화에 대해 이미 알고 있으면서도 사관의 직분 때문에 입을 다물어야 했다. 손광림은 궐에 여사를 두는 제도에 대해 아직 뚜렷한 결론이 내려지지 않았다고만 간단히 전하고는 방을 나갔다.

공책 한 권을 챙겨들고 사정전으로 향하려던 세주는 발길을 돌려 은후가 있는 방으로 걸음을 옮겼다. 자신의 앞날에 대해 걱정을 하고 있을 그녀를 조금이라도 위로해 주고 싶었다. 세주가 방에 들어서자 우울한 표정을 짓고 있던 그녀의 표정이 조금 밝아졌다.

"난 오늘 밤 입직이니, 때가 되면 알아서 퇴궐하게."

"예⋯."

은후의 짧은 대답 속에는 여운이 느껴졌다. 아마도 자신의 일에 대해 어떤 소식이라도 들은 것은 없는지 묻고 있는 듯했다.

"자네의 일에 대해서는 아직 결정된 것이 없으니, 미리 걱정 같은 것은 하지 말게. 그리고 학습을 게을리 해서도 안 되네."

"명심하겠습니다."

은후의 목소리에는 그다지 기운이 없었다.

"그럼, 이만."

"저, 사부!"

"응? 무슨 할 말이라도 있는가?"

"제가 듣기로는 실록청이 세워져 몹시 바쁘다고 들었습니다. 경험도 쌓을 겸 해서 제가 실록청 일을 도우면 어떻겠습니까?"

"자네가?"

"예, 서고에서 문서를 찾거나 정리하는 일 정도는 저도 할 수 있습니다."

"글쎄, 가능할지 한번 알아보겠네."

"명일 쉬는 날 무엇을 할 예정입니까?"

"동소문 쪽에 가볼 참이네."

"거기는 어쩐 일로 가시는지요?"

"찾고 있는 사람이 있는데, 그곳에 머물렀는지 알아볼 요량으로 가는 것일세. 한데, 자네는 무엇을 할 참인가? 내가 입궐하지 않는 날이니, 자네 또한 하루 쉴 것이 아닌가."

"그냥, 집에서 서책이나 읽을까 합니다."

"아직 바깥 날씨도 찬데 잘 생각했네."

세주는 은후에게 다정한 눈길을 주고는 곧장 방을 나섰다. 홀로 남겨진 그녀는 자리에 앉아 세주의 일에 대해 생각했다. 아마도 그는 얼마 전에 소식을 알게 되었다는 옛 정혼자의 일로 동소문에 가는 것이 분명했다. 은후는 어린 시절 세주와 정혼했다는 그 여인이 은근히 부럽기도 하고 한편으론 시샘하는 마음도 생겨났다. 초희 낭자와의 혼인이 뜻하지 않게 미루어져 잠시 안도하는 마음이 들더니, 이제는 한 번도 본 적이 없는 사부의 옛 여인까지 나타나 질투심을 불러일으키니…. 그녀는 자신이 정말로 세주를 좋아하게 된 것은 아닌지 혼란스러웠다.

다음날, 입궐하지 않고 하루 종일 집에 있던 은후는 오후 무렵 남장을 하지 않은 채 외출을 했다. 볼일을 마친 그녀가 종루 시전거리 면포전 앞을 걷고 있을 때 어디선가 익숙한 목소리가 들려왔다. 그녀가 걸음을 멈추고 주위를 둘러보자, 이번에 교서관 저작이 된 김광겸과 부정자 정세문 그리고 처음 보는 사내 하나가 이야기를 나누고 있었다. 보아하니, 근처 가게에서 평복으로 갈아입고 누군가를 기다리고 있는 듯했다. 순간, 몹시 당황한 은후는 재빨리 고개를 돌린 채 그곳을 벗어나기 위해 걸음을 서둘렀다. 하지만 몇 걸음 가지도 못해 뒤에서 누군가 부르는 소리가 들렸다.

"거기, 서 권지 아니신가!"

은후는 듣지 못한 척하며 걸음을 빨리 했다.

"이보게, 서 권지! 서 권지!"

누군가 빠른 걸음으로 뒤를 따라오며 계속 불렀다. 은후는 너무 당황한 나머지 달아나다시피 하며 근처 좁은 골목길로 몸을 피했다. 잠시 뒤, 가까스로 담장 모퉁이에 몸을 숨긴 은후는 살며시 목을 빼고 앞쪽을 유심히 살폈다. 자신을 따라오던 사람은 다름 아닌 홍문관 저작 양원지였다. 담장 근처까지 다가온 그는 주변을 두리번거리며 중얼거렸다.

"분명히 서 권지 얼굴이었는데….."

양원지가 담장 주변을 이리저리 살피다가 뒤돌아서자, 은후는 골목길 입구까지 나와 슬그머니 고개를 내밀고 주변을 살폈다. 양원지는 면포전 앞에서 세 사내들과 무슨 말인가 주고받고 있었다.

겨우 한숨을 돌린 은후는 집으로 걸음을 옮겼다. 여인의 차림으로 양원지와 맞닥뜨렸다면 어떻게 되었을까, 하고 생각을 하니, 그녀는 이내 정신이 아득해졌다.

집으로 돌아가며 은후는 곰곰이 생각해보았다. 양원지가 자신의 얼굴을 어렴풋하게나마 본 것이 확실하고, 그렇다면 소문내기 좋아하는 김광겸이 가만히 있을 리 없었다. 그러니, 이대로 가만히 손을 놓고 있어서는 안 될 것만 같았다. 그들이 소문을 내기 전에 무슨 수를 써서라도 서둘러 막아야만 했다. 그것은 자신이 여인이 아니라는 것을 그들에게 증명하는 길 외에는 달리 방도가 없었다. 거기까지 생각이 미치자, 은후는 근처에 있는 집을 향해 달리기 시작했다.

일각쯤 지난 뒤, 남장을 하고 집을 나선 은후는 급한 걸음으로 면주전 쪽으로 달려갔다. 한참을 내달려 겨우 당도했을 때는 이미 다른 곳으로 갔는지 그들이 보이지 않았다. 주위를 두리번 거리며 난감해 하던 은후는 가게로 들어가 그들의 행방을 물어보았다. 주인은 조금 전에 네 사람이 어디론가 함께 몰려갔는데, 아마 기방으로 가는 듯했다고 일러주었다. 그들이 기방으로 갔다면 필시 도원각이 틀림없었다. 면주전을 나선 은후는 그들을 따라 잡기 위해 지름길인 피맛길 뒤편의 좁은 골목으로 뛰어갔다.

얼마 후, 골목을 빠져나온 은후는 도원각으로 통하는 길목에서 김광겸 일행을 기다렸다. 그녀가 잠시 숨을 고르고 있을 때 맞은편 큰길에서 네 사내들이 걸어오고 있었다. 그녀는 이때다 싶어 모르는 척 하며 앞으로 한가롭게 걸어 나갔다.

"엉? 자네, 서 권지 아닌가!"

네 사내 중 김광겸이 가장 먼저 은후를 보고 아는 척을 했다. 은후는 우연히 만나기라도 한 것처럼 놀라는 시늉을 했다.

"저작 나리 아니십니까."

"여기는 어쩐 일인가? 도원각에 술 마시러 왔을 리는 없을 테고…."

"마침 오늘 쉬는 날이라, 이 근처에서 볼일을 보고 돌아가는 길입니다."

은후를 이리저리 뜯어보면서 양원지가 물었다.

"혹시… 자네, 아까 종루 면주전 앞으로 지나가지 않았는가?"

은후는 금시초문인 것처럼 시치미를 뚝 떼며 되물었다.

"무슨 말씀인지요?"

"여기 오기 전에 면주전 앞에서 자네와 똑 닮은 여인을 보았지 뭔가."

은후는 미소를 지어 보이며 여유롭게 말했다.

"여인을요? 나리, 농이 지나치십니다."

"정말… 자네가 아니었나? 내가 보기에 자네와 너무도 닮아서 말이지."

"저는 조금 전까지도 이 근처 아는 분 댁에 있었습니다만…."

"그것 참 희한하네. 앞에서 여인이 빠른 걸음으로 다가오기에 얼굴을 무심코 보았는데, 지나간 뒤에 생각하니 서 권지 자네와 빼다 박은 듯 닮았더라고. 그래서 뒤를 쫓아갔는데, 그만 놓쳤지 뭔가. 혹시 쌍둥이는 아니겠지?"

은후는 일부러 과장된 몸짓을 하며 크게 웃었다.

"정말 농이 지나치십니다. 하하하…."

결국 한풀 꺾인 양원지는 멋쩍은 표정을 지었다. 하지만 여전히 의혹의 눈초리를 거두지 않고 있던 김광겸이 은후의 행동을 유심히 지켜보고 있다가 한마디 던졌다.

"자, 자, 길에서 이러지들 말고, 어서 가세. 자네도 함께 따라오게."

은후가 시치미를 떼고 물었다.

"어디를 가십니까?"

양원지가 처음 보는 사내를 가리키며 말했다.

"서 권지. 오늘 이 사람이 술을 한잔 사겠다고 해서 지금 도원각으로 가는 길이네. 아마 두 사람은 처음이지? 서로 인사 나누게."

사내가 호탕하게 먼저 인사를 건넸다.

"이번에 교서관 부정자가 된 이여철이라 하오."

"반갑소이다. 서은후입니다."

김광겸이 재촉했다.

"자, 어서들 가세."

은후는 망설이는 기색도 보이지 않고 사내들의 뒤를 따랐다. 지금 이들과 함께 어울리지 않고 혼자 빠진다면 김광겸으로부터 더욱 의심을 사게 될 것이 분명했다. 이왕 내친김에 이들과 어울려 사내 행세를 함으로써 자신에 대한 의심을 풀어줄 필요가 있었다.

한 무리의 사내들이 도원각 대문 안으로 들어서자, 마당에 있던 순심이 반가워하며 큰 목소리로 호들갑을 떨었다.

"다들 나와 보시어요! 손님들께서 오셨습니다."

순심의 외치는 소리를 들은 기생들이 마루로 몰려나오더니 버선발로 섬돌을 딛고 내려섰다.

"어서들 오시어요, 나리님들."

기생들은 저마다 사내들의 팔을 붙들고 마루 위로 올라갔다. 그동안 국상 때문에 조용했던 도원각이 오랜만에 와자지껄 시끄러웠다. 은후는 뒤늦게 방에서 나온 춘심의 차지가 되어 함께 방으로 들어갔다.

잠시 뒤, 모두 방에 앉아 옆의 제짝들과 어울려 잡담을 나누고 있을 때 문이 열리면서 큼직한 술상이 들어왔다. 곧이어 따

라 들어온 행수 홍매가 농염한 눈웃음을 흘리며 코맹맹이 소리
를 냈다.

"나리들, 실로 오랜만입니다. 이년, 인사 올립니다."

홍매가 치맛자락을 단정히 하며 정중하게 인사를 올리자, 김
광겸이 농을 했다.

"국상이 조금 더 길어졌으면 자네 얼굴도 잊어버릴 뻔했네."

"그러게 말입니다, 나리. 그동안 이년들이 얼마나 적적했던
지, 앞으로는 나랏님이 천년만년 사셨으면 좋겠습니다."

좌중에서 폭소가 터졌다.

"에끼! 이 사람."

"자, 나리. 한잔 따라 올리겠습니다."

홍매가 술병을 들어 김광겸의 잔을 채우자, 옆에 있던 기생
들도 제짝의 잔에 술을 부었다. 김광겸이 옆에 앉은 이여철을
가리키며 술잔을 높이 쳐들었다.

"자, 오늘은 이번에 부정자가 된 여기 이 사람이 내는 술이
니, 마음껏 취해 보세."

사내들이 술잔을 입으로 가져갔다. 은후는 잔에 입술만 살짝
대고는 상 위에 내려놓았다. 맞은편에 있던 홍매가 은후를 보고
서 눈을 찡끗했다.

"어, 이 사람. 잔을 그냥 내려놓는 법이 어디 있는가. 자네가
술을 못 마신다는 것쯤은 나도 잘 알고 있네만, 그래도 첫잔은
다 비우게."

곁눈으로 은후를 살피던 김광겸이 독촉을 하자, 양원지가 빈

잔을 내려놓으며 말렸다.

"너무 권하지 마시게. 지난번 포쇄하러 갔을 때 서 권지가 취하는 바람에 아주 애를 먹은 적이 있었네."

김광겸이 호기심 어린 눈빛으로 물었다.

"서 권지는 술에 취하면 어떻던가?"

"아예 정신을 잃고 쓰러지더구먼. 하하하…."

김광겸의 눈빛이 야릇하게 빛났다.

"그래?"

은후는 할 수 없이 용기를 내어 잔을 들었다. 좌중의 모든 시선들이 그녀에게로 향했다. 남들에게 보라는 듯이 그녀는 단숨에 술잔을 비웠다. 옆에서 지켜보던 양원지는 지난번과 같은 일이 생길까봐 내심 걱정스러웠지만, 김광겸은 역시 짓궂게 굴었다.

"서 권지. 이번에는 내 술도 한잔 받게. 자!"

김광겸이 술병을 들고 기다렸다. 은후는 토할 것 같은 기분을 억지로 참아가며 아무렇지도 않은 듯 잔을 내밀었다.

"자, 쭉 들이켜게."

은후는 또다시 단숨에 잔을 비웠다. 그녀는 지금이야말로 자신에 대한 모든 의심을 풀어줄 좋은 기회라고 여겼다. 그러니더욱 사내다운 티를 내야만 했다.

"커…."

김광겸이 제법이라는 표정으로 은후를 쳐다보았다.

"이 사람, 보기와는 영 딴판이구만. 이제 보니 영락없는 사내대장부야."

이번에는 옆에 앉은 기생 월영이 술병을 들었다.

"도련님, 이년의 술도 한잔 받으시어요."

은후가 망설이자 또다시 김광겸이 나섰다.

"이보게, 조금 쉬었다 마시더라도 우선 술은 받아 두게."

은후는 할 수 없이 또다시 잔을 내밀었다. 월영은 장난기 가득한 웃음을 지으며 은후의 잔에 술을 부었다.

"자, 마십시다."

부정자 이여철이 잔을 들고 외쳤다. 은후를 뺀 나머지 사내들이 술잔을 부딪쳤다.

"캬! 이 좋은 것을 몇 달간 못 마셨더니, 목구멍이 다 간지럽더군."

"자, 실컷 마시세. 산 사람은 살아야 하지 않겠나."

"어허! 이 사람, 누가 들으면 어쩌려고."

사내들은 오랜만에 술맛을 보아서인지 연거푸 술잔을 비웠다. 술판이 무르익어 가자 홍매는 다른 술손들을 받으러 슬그머니 방을 나갔다. 은후 옆에 바짝 붙어 앉은 춘심은 무엇이 그리도 좋은지 시종 눈가에 웃음을 지으며 애교를 부렸다. 은후가 사내들의 눈치를 보며 술잔을 잡자 춘심이 슬쩍 빼앗아 빈 그릇에 술을 부었다. 제 딴에는 은후를 도와주려는 속셈인 듯했다.

"오늘은 어찌 설화가 보이지 않는가?"

은후가 점잖게 묻자 춘심이 눈을 흘겼다.

"도련님, 설화는 왜 찾고 그러시어요. 혹여 그년에게 마음이 있는 것입니까?"

"아, 아닐세. 그냥 물어본 것이네."

"호호호… 뭘 그리 정색을 다 하고 그러시어요. 이년이 농을 한 것입니다. 설화는 잠시 볼일이 있어 밖에 나갔는데 좀 늦는가 봅니다. 오늘은 이년과 짝이 되었으니, 그년 생각일랑 마시어요."

춘심이 은근슬쩍 팔짱을 끼자 은후는 옆으로 몸을 기울이며 제 팔을 빼내려고 했다. 그럴수록 춘심은 더욱 세게 그녀의 팔을 붙잡고 놓아주지 않았다. 건너편에 앉은 옥화가 그 모습을 보고는 손으로 입을 가리고 소리 없이 웃었다.

술자리가 무르익을수록 은후는 점점 정신이 몽롱해지는 걸 느꼈다. 연거푸 들이마신 두 잔의 술기운이 마침내 서서히 달아오르는 듯했다. 이윽고 눈앞의 사물이 흐릿해지고 오고가는 목소리들이 희미해졌다.

"도련님, 도련님…."

은후는 온몸에 힘이 빠져나가 온전히 앉아 있을 수가 없었다. 춘심이 쓰러지려는 그녀의 어깨를 붙들어 부축했다. 때마침 홍매가 들어오다가 은후의 모습을 보고 곁으로 다가왔다.

"어머나, 권지 도련님은 벌써 취하셨네. 얘, 춘심아. 도련님을 옆방에 좀 눕혀 드려라."

춘심은 은후를 부축해 일으켜 세웠다. 부축을 받으며 문으로 걸어가는 은후를 김광겸이 술잔을 내려놓고 유심히 쳐다보았다. 다른 사내들은 밖으로 나가는 은후가 눈에 들어오지 않는지 제 짝들과 수작하는 데 여념이 없었다.

은후가 방을 나가자 김광겸이 제짝 월영의 귀에 대고 한동안 뭔가를 속삭였다. 가만히 듣고 있던 월영의 얼굴에 서서히 웃음꽃이 피어나기 시작했다. 이번에는 월영이 김광겸의 귀에 대고 몇 마디 속삭이자, 김광겸이 고개를 끄덕였다. 그리고 월영은 자리에서 일어나 곧바로 방을 나갔다.

　은후를 옆방에 눕히고 막 밖으로 나오는 춘심을 보고 월영이 다가가며 물었다.

　"도련님은 좀 어떠시니?"

　"정신을 잃었는지, 이젠 누가 업어 가도 모르겠어."

　춘심은 안됐다는 듯이 혀를 차며 술자리로 되돌아갔다. 월영은 문 앞을 지나가는 척하며 몇 걸음 걷다가 춘심이 방 안으로 들어가는 것을 보고는 은후가 누워 있는 방으로 들어갔다. 그때 밖에 나갔던 설화가 대문 안으로 들어서다가 지나가는 찬모에게 물었다.

　"손님이 오셨는가 본데 어떤 분들이어요?"

　"여인처럼 생긴 그분이 왔어."

　설화의 얼굴이 환하게 펴졌다.

　"예문관 서 도령 말인가요?"

　"맞아. 서 권지라고 들었어."

　설화가 곧장 섬돌을 딛고 마루 위로 올라서자 때마침 방에서 홍매가 나왔다.

　"이제 오니?"

　"홍매 언니, 서 권지께서 오셨다면서요?"

"너는 숨 돌릴 틈도 없이 오자마자 서 도령부터 찾니? 저 방에 누워 계신다."

"무슨 말이에요, 언니?"

홍매가 마루 끝으로 걸어가며 말했다.

"들어가 보면 알 것이 아니냐."

설화는 고개를 갸웃거리며 홍매가 가리킨 방으로 다가가 문을 열었다.

"어머나!"

깜짝 놀란 설화가 비명을 질렀다. 갑작스러운 비명 소리에 놀라기는 월영도 마찬가지였다. 월영이 은후의 바지 끈을 붙잡은 채 멍하니 설화를 올려다보았다.

"너, 지금 뭐하는 거니!"

설화가 눈에 쌍심지를 세우고 소리치자 월영이 손에 쥐고 있던 은후의 바지 끈을 그대로 놓고 일어서며 변명을 했다.

"오, 오해는 하지 마."

"대체 도련님께 무슨 짓을 하려고 한 거니?"

월영이 망설이다가 사실을 털어놓았다.

"실은, 옆방에 있는 교서관 저작 나리가 도련님 속고의를 벗겨 오라고 해서…."

설화는 한심하다는 듯이 월영을 쳐다보았다.

"점잖은 양반이 짓궂은 장난을 다하네. 한데, 그냥은 아닐 테고. 그래 이것아, 너는 돈이 그리도 좋더냐?"

월영은 대답도 못하고 겸연쩍은 얼굴로 가만히 서 있었다.

“꼴도 보기 싫으니, 그만 나가봐!”

설화가 방을 나가라고 하자 월영이 애원하듯이 말했다.

“제발, 내 말 좀 들어봐. 응?”

“네가 무슨 할 말이 더 있니?”

“저… 도련님 속고의를 가져다 달라고 한 진짜 이유가 뭔지 아니?”

월영의 말을 무시하려던 설화는 호기심이 생겼는지 되물었다.

“이유라니…?”

“저작 나리는 서 도련님이 정말로 사내인지 알아보라는 뜻이었어.”

“참, 별 실없는 분도 다 있네. 그럼, 도련님이 여인이라도 된다는 말이야?”

“어쨌든 속고의를 가져가지 않으면 내가 난처해지는데, 좋은 수가 없겠니?”

“걱정할 게 뭐가 있어? 도원각에 와서 속고의를 벗어두고 간 사내들이 어디 한둘이니. 순심에게 하나 달라고 하면 될 것을.”

“다른 사내의 속고의를 보여 주어도 저작 나리가 믿을까?”

설화는 여전히 못마땅한 눈으로 월영을 쏘아보았다.

“그게 누구 긴지 그 나리가 어찌 알겠니. 어서, 빨리 나가기나 해.”

“아, 알았어. 오늘 일은 모른 척 해줘. 알았지?”

월영이 방을 나가고 난 뒤 설화는 누워 있는 은후 곁에 다소곳이 앉아 얼굴을 가만히 내려다보았다. 보면 볼수록 사내가 어찌 이리도 여인처럼 생겼는지, 설화는 자신도 의문이 들 정도였다. 한동안 은후의 자는 모습을 내려다보던 설화가 자리에서 일어서려고 할 때 은후가 몸부림을 쳤다. 그러자 풀어져 있던 은후의 바지 끈이 설화의 눈에 들어왔다. 다시 자리에 앉은 설화는 은후의 바지 끈을 묶어 주려고 바짝 다가가 살며시 끈을 잡았다. 그리고 그 끈을 양쪽에서 살살 당긴 뒤 바지춤을 가지런히 정리했다. 그런데 이상하게도 설화는 가슴이 두근거리며 갑자기 강한 호기심이 솟았다. 잠시 망설이던 설화는, 결국 호기심을 이기지 못하고 은후의 바지를 살며시 내렸다. 설화는 손이 떨리고 가슴이 방망이질하기 시작했다. 곧이어 속고의가 반쯤 드러나자 설화는 후들거리는 손으로 끈 매듭을 잡아 당겼다. 그때 은후가 또 몸부림을 쳤다. 깜짝 놀란 설화는 엉겁결에 몸을 뒤로 젖혔다. 이제 설화의 가슴은 금방이라도 터질 지경이 되었다. 은후가 다시 조용히 잠에 빠져들자, 설화는 속고의 끈을 마저 풀었다. 그런 뒤 손가락을 집게 모양으로 만들어 속고의를 조심스럽게 집어 올렸다.

"응?"

그런데, 이게 웬일인가? 보일 때가 되었는데도 설화의 눈에는 아무것도 보이는 게 없었다. 그녀는 의아하게 여기며 은후의 속고의를 조금 더 위로 집어 올리고 그 속을 들여다보았다.

"헉!"

이, 이럴 수가! 그녀가 여태껏 상상해 왔던, 당연히 있으리라고 믿었던, 아니 당연히 있어야 할 그것이 그 속에 없었다. 어머나! 세상에 어쩜 이런 일이…. 설화는 너무 놀란 나머지 정신이 아찔하여 머릿속이 허예졌다. 잠시 방 안을 서성이던 설화는 풀어 헤친 은후의 아랫도리를 이불로 대충 덮어주고 밖으로 나왔다. 황급히 방을 빠져나오는 그녀를 보고 마루 위로 올라오던 홍매가 물었다.

"너 얼굴이 왜 그 모양이니. 무슨 일 있었니?"

설화는 창백해진 얼굴로 횡설수설했다.

"아, 아니. 일은 무슨…."

홍매가 고개를 갸웃하며 방으로 들어가자 설화는 비틀거리며 제 방으로 향했다. 설화는 손목에 힘이 빠져 문을 여는 것조차 힘겨웠다. 겨우 문을 열고 방 안에 들어선 그녀는 이내 바닥에 쓰러지고 말았다. 몹시 큰 충격을 받은 듯 그녀는 방바닥에 누워 천정을 바라보며 한동안 실성한 사람처럼 중얼거렸다.

"여태껏, 내가 여, 여인을 좋아했단 말인가…."

사초 납부령이 내려지고, 보름이 지났다. 입시사관인 검열 이지벽이 허겁지겁 예문관으로 뛰어왔다. 마침 예문관에서는 응교 손광림이 사관들을 모아놓고 회의를 하고 있었다. 이지벽이 회의실 문을 박차고 들어오자 모두가 황당한 눈빛으로 쳐다보았다.

"자네, 왜 그러는가?"

손광림의 물음에 숨을 헐떡이던 이지벽이 겨우 진정하며 말했다.

"조, 조금 전에 전하의 명이 내려졌습니다."

"무슨 명이 내려졌다는 것인가?"

"그, 그것이…."

이지벽은 덜덜 떨며 말을 더듬었다. 손광림이 답답하다는 듯이 재촉했다.

"어서 말을 해보게."

"납입한 사초에 본인의 이름을 적으라는 명입니다."

사관들은 깜짝 놀랐고, 손광림은 자리에서 벌떡 일어났다.

"뭐! 이미 춘추관에 납입한 가장사초에 이름을 쓰라고 했단 말인가?"

"예, 나리. 지금 그렇게 전하의 명이 떨어졌습니다."

"그것이 정말인가?"

"예, 영상 대감이 편전을 나간 뒤, 전하께서 사초에 본관과 이름을 적도록 승정원에 명을 내렸습니다."

사관들은 서로의 얼굴을 쳐다보며 불안한 기색을 감추지 못했다. 이번 조치로 인해 그들은 자신들에게 미칠지도 모를 화를 먼저 생각하지 않을 수 없었다. 이미 제출한 가장사초에 이름을 적는 것은 자신들의 목숨이 달린 일이므로, 그들은 무슨 수를 써서라도 반드시 막아야 했다. 흥분한 봉교 조명윤이 목소리를 높였다.

"가장사초에 이름을 적는다면 누가 직필을 하겠습니까!"

검열 채길두 역시 얼굴을 붉히며 동조했다.

"맞습니다. 그렇게 되면 사관들은 권신들이 두려워 곡필을 할 수밖에 없습니다."

사관들은 돌아가며 불만을 토로했다. 순식간에 회의장 분위기가 엉망이 되어 버리자, 손광림은 사관들을 진정시킨 뒤 자신이 소상히 알아보고 오겠다며 서둘러 예문관을 나섰다.

빈청에 들어선 손광림은 곧장 당상들이 모여 있는 방으로 향했다. 그가 방 안에 들어서자, 그곳에는 실록 편찬에 참여하고 있는 신료들이 모여 대화를 나누고 있었다. 그런데 역시나 분위기가 심상치 않았다. 그들은 손광림이 들어왔는지조차 모른 채 설전을 펼치고 있었다.

"그건 도대체 있을 수 없는 일이에요."

흥분한 수찬관 하정제의 말에 이번에 좌의정이 된 홍윤성이 타박을 주었다.

"허허, 그 무슨 말씀이시오. 전하께서 결정한 일입니다."

예문관 대제학 문승휴가 차분한 어조로 한명회에게 말했다.

"영상 대감. 사초에 이름을 쓰게 하면, 결국 직필은 사라지고 권세에 아부하는 곡필만 남게 될 것입니다. 그러니 전하께서 이번 결정을 철회하시도록 아뢰어 보심이…."

한명회는 담담한 표정으로 수염을 쓸어내렸다.

"사관은 자신이 쓴 사초에 책임을 지는 것이 본연의 자세입니다. 그리고 남의 눈치를 보며 직필을 하지 않는 사람을 어찌 사관이라 할 수 있겠소이까?"

"하지만 대감, 사관도 사람입니다. 직필을 하고 싶어도 화를 당할까 우려하여 곡필을 할 수 있지 않겠습니까?"

좌의정 홍윤성이 대답을 가로챘다.

"이번 일은 잘 된 일입니다. 진작 그리했어야 할 일이에요. 앞으로는 사관들이 제멋대로 사초를 쓰지 못할 겁니다."

손광림이 굳은 얼굴로 나섰다.

"이미 춘추관에 거두어 놓은 사초에 이름을 쓰게 하는 것은 부당한 일입니다. 사관들이 벌써 자신이 낸 사초 때문에 몹시 불안해하고 있습니다. 이러다가 무슨 일이 생기지는 않을는지 …."

"자신의 사초에 자신이 책임질 수 없다는 것은 말이 안 되지요. 그러니 처음부터 자신이 책임질 수 있는 내용만 기록했어야지요. 이름을 쓰라고 하니 이제 와서 불안해하는 것은 지금껏 제 마음대로 사초를 작성했다는 뜻이 아닙니까."

직제학 황겸구가 홍윤성의 말을 반박했다.

"대감, 사관은 자신이 보고 듣고 느낀 대로 쓰는 사람입니다. 그것은 책임과 전혀 다른 문제예요. 사관이 자신의 글에 대해 나중에 책임져야 한다는 생각이 강하면 사필은 흔들리게 되어 있습니다. 결국 사관은 자기 검열을 하여 자신이 감당할 수 있는 내용만 기록하려 들 것이고, 그것은 곡필로 이어지겠지요."

한명회가 황겸구를 지그시 바라보며 말했다.

"어떤 제도든지 좋은 점과 나쁜 점이 있기 마련입니다. 그동안 익명의 그늘에 숨어 함부로 인물의 선악에 대해 기록하는 폐단이 있었는데, 어쨌든 이번 조치로 그것을 고칠 수 있는 계기가 마련되지 않았습니까. 그리고 사초에 이름을 쓰게 하는 제도는 이번이 처음이 아니에요. 옛날에도 한때 사초에 이름을 쓴 적이 있습니다."

"하지만 대감. 그 제도가 없어진 것은 사관의 직필을 보장해 주기 위함이 아니었는지요. 지금에 와서 갑자기 그 제도를 다시 꺼내는 것은 오해의 소지가 있습니다. 그러니 조정 안팎의 공론을 널리 모아서 충분히 검토한 뒤 시행해도 늦지 않으리라 봅니다."

신숙주와 양성지는 눈을 감은 채 조용히 앉아 있었다. 하지만 그들이 가만히 듣고만 있다는 것은 결국 이번 조치를 긍정하는 의미였다.

빈청에서는 해가 저물도록 논쟁이 이어졌지만, 서로 간의 의견 대립은 조금도 좁혀지지 않았다. 예문관의 전임 사관들과 춘추관의 겸춘추들은 몹시 불안한 마음에 하루 종일 일손을 놓고 새로운 소식에만 귀를 쫑긋 세웠다.

사초에 이름을 쓰도록 한 갑작스러운 조치에 대해 예상대로 신료들의 큰 반발이 이어졌다. 하루가 지난 뒤 젊은 신료들은 삼삼오오 몰려다니며 이번 조치에 대해 권신들을 비난하기 시작했다. 그 중심에는 사간원이 있었다. 그들은 망설임 없이 신료들의 의견을 모아 임금에게 간언했다. 그러자 임금은 가장 선두에서 간언하는 두 신료를 편전으로 불러들였다.

편전으로 불려간 정5품 헌납 장계이와 정6품 정언 원숙강은 바닥에 엎드려 머리를 조아렸다. 한참만에 임금 황이 입을 열었다.

"사초에 이름을 적게 한 조치에 대해 불만이 많다고 들었소. 그 이유를 말해 보시오."

장계이가 아뢰었다.

"사史에서 직필이 사라질까 두렵사옵니다."

황은 대뜸 화를 냈다.

"뭐라 했소! 직필이 사라질까 두렵다고요? 사초에 이름을 쓰게 힌다고 직필이 사라지고 곡필이 난무한다면, 그것은 사관들이 문제인 것이오. 한림들을 뽑을 때 젊고 영리하고 기개가 있는 자를 고르는 연유가 무엇이겠소. 그것은 어떤 외압에도 흔들리지 않을 용기 있는 자를 뽑기 위함이 아니요. 그렇게 뽑힌 자들이 사초에 이름을 쓰는 것 때문에 붓이 흔들린다면 그것은 사관 개인의 잘못이오."

임금의 완고한 태도에 두 신료는 조금 위축되었으나, 장계이는 자신의 의견을 굽히지 않고 고했다.

"지당하신 말씀이옵니다. 하지만 전하, 사초에는 군주의 공덕뿐만 아니라 대신들의 선악도 함께 기록되어 있사옵니다. 그러니 사관의 기개가 아무리 곧을지라도 대신들의 눈치를 보지 않을 수 없는 일이옵니다."

"그 말은 옳지 않소이다. 그런 위협 따위를 이기지 못할 바에야 처음부터 사관이 되어서는 아니 되지요."

"…"

"옛날에도 사초에 이름을 쓴 적이 있다 들었소. 그렇지 않소?"

"신은 알지 못하옵니다."

황이 옆에 있는 원숙강에게 물었다.

"그대는 사관을 지낸 적이 있으니 잘 알 것이 아니요. 어서 대답을 해 보시오."

원숙강은 조심스럽게 아뢰었다.

"신 또한 잘 알지 못하옵니다."

황이 언성을 높였다.

"그럼, 옛 제도에 대해 잘 알지도 못하면서 어찌 사초에 이름을 쓰지 말아야 한다고 주장하였소."

원숙강이 더듬거리며 아뢰었다.

"사초에 이름을 쓰게 하면 사관이 직필을 두려워할 것 같았기 때문이옵니다."

황이 큰소리로 꾸짖듯 말했다.

"사초를 쓰는 목적은 군신의 선악을 후세에 전하기 위함인데, 그대들은 오로지 사관들의 안위만을 생각하여 사초에 이름을 쓰지 말자고 주장하니, 참으로 한심하기 그지없소이다."

두 신하는 진노한 임금의 심기를 더 이상 건드리지 않기 위해 그만 입을 다물었다. 한참 동안 두 신하를 가만히 노려보던 황이 결국 손짓으로 물러가라고 명했다. 그들이 편전을 나간 뒤에도 황의 노기는 여간해서 수그러들지 않았다. 결국 화가 풀리지 않은 황은 승지를 불러 두 신하를 의금부에 가두어 두라고 명했다. 황은 본보기가 필요했던 것이다.

사초에 사관의 이름을 쓰게 하라는 어명은 끝내 철회되지 않았다. 사관을 지낸 적이 있는 신료들은 너나할 것 없이 춘추관에 들어가 이미 자신들이 납입한 사초에 이름을 썼다. 춘추관을 나서는 그들은 하나같이 찜찜한 마음을 금하지 못하는 표정이었다. 공신들은 멀리서 그들의 행동 하나하나를 유심히 살펴보았고 특히, 불안에 떠는 자들을 면밀히 주시했다. 바로 그들의 사초에 자신들의 치부가 적나라하게 기록되어 있을 가능성이 높았기 때문이다.

예문관의 전임 사관들이 한자리에 모였다. 이번 조치로 가장 불만이 많은 곳은 사실 예문관일 수밖에 없었다. 하지만 그들은 사간원의 신료들처럼 드러내 놓고 불만을 제기할 수는 없었다. 사초에 이름을 쓰게 한 임금의 명에 대해 그들 스스로 이의를 제기하는 것은 다소 명분이 약했다. 사필을 잡는 자들의 마음가짐은 어떤 외압에도 흔들리지 말아야 하기에, 사초에 이름을 쓰도록 한 조치 때문에 직필을 할 수 없다고 그들 스스로 외칠 수는 없는 일이었다.

조금 전, 춘추관에서 돌아온 봉교 조명윤이 긴 한숨을 내쉬었다.

"사초에 이름을 쓰는데 왜 그리 손이 떨리던지…."

봉교 김효천이 말을 받았다.

"어제 나도 춘추관을 나서는데 모골이 송연하더구먼."

조명윤이 가만히 침묵을 지키고 있는 세주에게 물었다.

"그런데 자네는 이번 일에 대해 왜 가만히 있는가. 전하의 명이 타당하다고 보는가?"

세주가 침묵을 깼다.

"그럴 리가 있겠습니까. 필시 이번 조치는 전하의 뜻이라기보다 원로공신들의 뜻이겠지요. 선왕의 치세 동안 자신들의 치부를 기록한 사초가 누구의 것인지 몹시 궁금하지 않았겠습니까?"

세주는 이번 조치에 대해 한 걸음 더 나아가 공신들을 비판하기까지 했다. 그러자 방 안에는 갑자기 더욱더 긴장감이 감돌기 시작했다.

대교 정광유가 한탄하며 말했다.

"허, 그거 참! 어쨌든 앞으로 직필은 어렵겠습니다."

김효천이 그를 쏘아보며 꾸짖었다.

"자네, 그게 무슨 말인가. 직필이 어렵다니, 사관이 할 소린가! 우리는 그저 보고 듣고 느낀 대로 기록만 하면 그만이네."

"제 말은…."

"나도 모르는 바는 아닐세. 하지만 후환을 두려워한다면 어찌 사관이라 할 수 있겠는가. 이번 조치는 사필을 잡는 사람들에게 위협적인 일임에는 분명하지만 동시에 우리가 이겨내야 할 몫이기도 하네."

세주가 고개를 끄덕였다.

"그렇습니다. 비록 새롭게 시행하는 제도가 마음에 들지 않더라도 우리 사관들은 지금껏 해 왔던 대로 직필을 하면 그만일 것입니다."

조명윤이 고개를 가로저었다.

"물론 그렇기는 하지만…, 그래도 이번 조치는 우리 사관들을 겨냥한 것일세. 그러니 이대로 가만히 있을 수만은 없지 않은가?"

검열 채길두가 불안한 표정을 감추지 못한 채 입을 열었다.

"의금부 옥에 갇혔던 사간원의 나리들이 어제야 풀려났다고 합니다. 혹시 우리도 그렇게 되지는 않을는지…."

세주가 말을 이었다.

"간쟁을 하는 것은 사간원의 임무인데 그들을 옥에 가두기까지 하였으니, 전하께서는 이번 일에 대해 결코 물러서지 않겠다는 뜻입니다. 그렇다고 우리로서는 명분이 약하니 전하께 주청을 올릴 수도 없는 일 아닙니까. 사초에 이름을 쓴다고 직필할 수 없다면 그것은 사관의 잘못이라고 전하께서 분명하게 말씀하셨으니…. 지금 전하께서는 명분을 쥐고 계신 겁니다. 그러니 우리가 나서 봐야 실익이 전혀 없다고 여겨집니다만."

세주의 말을 듣고 사관들의 표정은 더욱 어두워졌다. 일손을 놓은 채 반나절이나 서로 의견을 주고받았지만 그들이 내릴 수 있는 결론은 아무것도 없었다.

그날 오후, 춘추관에서는 기사관들이 납입된 사초를 정리하고 있었다. 이제 지방에 거주하는 사람들의 것만 제외하면 대부분의 사초에 이름이 표기되었다. 기사관들이 사초를 분류하고 있을 때, 사초 더미 속에서 밀봉된 봉투 하나가 발견되었다. 봉투에 작성자의 이름이 적혀 있지 않아서 누구의 것인지는 알 수 없었다. 이름이 적혀 있지 않은 사초는 절대 그 내용을 보아

서는 안 된다는 엄명이 있었기에, 그늘은 그것을 열어보려다 그
냥 옆으로 밀쳐놓았다.

춘추필법

한성부 판윤 이거영은 입궐하자마자 부랴부랴 빈청으로 달려
갔다. 지나가던 승지가 먼저 고개를 숙였지만 그는 인사를 받을
겨를도 없었다. 방 안에는 조회를 마치고 나온 영의정 한명회와
좌의정 홍윤성 그리고 우의정 윤자운이 차를 마시며 한담을 나
누는 중이었다. 이거영이 인기척도 내지 않고 안으로 들어오자,
정승들이 일제히 그를 쳐다보았다.

심상치 않은 이거영의 낯빛을 보고 우의정 윤자운이 찻잔을
내려놓으며 물었다.

"어서 오시오. 한데, 무슨 일 있소?"

"그, 급히 보고 드릴 일이 있습니다."

허겁지겁 달려왔던 이거영은 목이 타는지 마른침을 삼켰다.

"우선 목부터 축이지 그러시오."

이거영이 자리에 앉자 윤자운이 차를 따라 주었다.

이거영은 찻잔을 들었다가 내려놓으며 한명회를 보고 말했다.

"영상 대감, 어젯밤 김탁우가 돌아왔습니다."

한명회가 의아한 표정으로 되물었다.

"김탁우가 돌아왔다니, 그자가 대체 누구요?"

"지난봄에 갑자기 사라졌던 홍문관 부수찬 말입니다."

"뭐요? 그자가 나타났단 말이오?"

"예, 대감."

"정난일기를 처음 발견했다던 그 기사관 말이지요?"

"그렇습니다."

"소상히 말해 보시오. 어찌 된 영문인지."

이거영은 차를 한 모금 넘긴 뒤 차분한 목소리로 말을 이었다.

"어제 동소문 밖에 있는 어느 산막에서 수상한 자들이 싸움을 벌이고 있다는 신고가 있었습니다. 근처 성문을 지키던 군사들 일부가 급히 현장으로 달려가 보니 싸움을 벌였던 무리들은 이미 사라진 뒤였고, 정체모를 두 사내들이 피를 흘리며 쓰러져 있었는데, 김탁우는 바로 그곳에서 손발이 묶인 채 갇혀 있었다고 합니다."

"동소문이라면 지난해 한성부 군사들이 기습했던 곳이 아니오?"

"예, 공장들의 임시 거처가 있던 곳에서 그리 멀지 않았다고 합니다."

"그 두 사람은 어찌 되었소?"

"군사들이 당도했을 때는 이미 죽은 뒤였습니다."

"음… 김탁우는 상한 곳이 없다고 하던가요?"

"예, 많이 지쳐 보이기는 했지만 몸은 멀쩡했다고 합니다."

윤자운이 의아한 표정을 지으며 물었다.

"그런데 김탁우는 왜 건드리지 않았을까요?"

"그자는 단순히 납치를 당한 듯합니다."

가만히 듣고 있던 좌의정 홍윤성이 한마디 툭 내뱉었다.

"거참, 괴이한 일이로군."

"판관이 김탁우를 심문해 보니, 한밤중에 낯선 사람이 자신의 집으로 찾아와 어떤 겸춘추가 밖에서 기다리고 있다고 하기에 별 의심 없이 따라 나섰다가 골목에 숨어 있던 괴한들에게 납치되어 지금껏 영문도 모른 채 산막에 갇혀 있었다고 합니다."

"그자들의 정체에 대해서는 아는 것이 없다고 하던가요?"

"납치를 당할 때부터 천으로 눈이 가려져 그자들의 얼굴은 볼 수 없었고, 갇혀 있을 때도 복면을 한 자들이 끼니만 넣어주었을 뿐 일체 말을 걸지 않았다고 합니다."

홍윤성이 얼굴을 찌푸리며 말했다.

"철저한 자들이로군! 난 그자들 때문에 하마터면 선왕께 큰 오해를 받을 뻔 했지 뭡니까. 지금도 그 생각만 하면…."

"지난해 대감 댁에 날아든 서신에 대해서도 김탁우는 전혀 모르는 일이라고 하더군요."

한명회가 고개를 끄덕였다.

"그렇겠지. 그놈들이 노린 것이 군신 간의 이간질이었으니…."

"어쨌든, 그자들이 김탁우를 납치한 것은 조정에 혼란을 줄 목적이었던 것 같습니다."

윤자운이 의문을 제기했다.

"한데 말이요, 그자들과 싸움을 벌였던 상대는 대체 누구일까요?"

"그것은 저…."

이거영이 말을 하려다 멈추고 한명회를 쳐다보자, 그는 눈을 지그시 감은 채 고개를 저었다. 눈치를 챈 이거영이 말을 돌렸다.

"그들 또한 정체가 아직 밝혀지지는 않았습니다만… 곧 밝혀질 것입니다."

홍윤성이 코를 벌름거리며 말했다.

"대감, 꼭 밝혀내셔야 합니다. 지난해부터 그자들 때문에 조정이 말이 아니에요. 이놈들! 어디 잡히기만 해봐라…."

한명회가 자리에서 일어서며 이거영에게 지시했다.

"지금 편전으로 가서 직접 전하께 아뢰세요. 그리고 한성부로 돌아가기 전에 의정부에 잠시 들렀다가 가시고."

"예, 영상 대감."

한 시진쯤 지난 뒤, 궐에서 나온 이서영은 곧장 의정부 관아로 들어갔다. 한명회는 이거영이 찾아왔다는 소식에 함께 대화를 나누고 있던 관원들을 모두 물렸다. 잠시 후, 이거영과 마주앉은 한명회가 목소리를 낮춰 말했다.

"내가 부른 연유는 대충 짐작하리라 믿소."

"막동에 관한 것입니까?"

한명회가 고개를 끄덕였다.

"혹, 그자를 만나보셨는지요?"

"지난번 판윤의 부탁을 받고 불러서 보았소이다."

"괴서사건과 연관이 있다고 실토했습니까?"

"아무래도 그런 것 같소이다. 소상하게 털어놓지는 않았지만, 막동이 거느리고 있는 무인들과 괴서사건을 일으킨 무리들이 서로 싸움을 벌인 것은 분명한 듯하오."

"그자는 어찌하여 괴서사건에 연루되었다고 합니까?"

"…."

한명회가 대답을 망설이자 이거영이 연이어 물었다.

"혹시 이번 일에… 선왕께서도 연관이 되어 있는 것입니까?"

"어험!"

한명회가 갑자기 크게 헛기침을 하자, 곧바로 그의 의도를 알아챈 이거영은 입을 다물었다.

"막동이 왕가에 속한 자이다 보니 그런 오해를 받는 것뿐이오. 이번 일은 선왕과는 전혀 관련이 없는 일이니 판윤도 말조심을 하시오."

"예, 대감. 하지만 어제의 일도 막동의 짓이 명백한데, 이유야 어찌 되었든 이제 그자에게 그 일에서 손을 떼라고 명하심은 어떠신지요?"

"지난번에 막동을 만났을 때 이미 말했소이다. 나머지는 한성부에서 맡아 처리할 것이니 더 이상 소란을 피우지 말라고 말입니다.”

“영상 대감의 명도 따르지 않으니 큰일이군요. 그자를 재차 불러 명을 내리시는 것은 어떻습니까?”

“지금은 그자가 종적을 감추어버린 상태요.”

“예? 그럼, 영상 대감께서도 그자의 행방에 대해 모르십니까?”

“그 뒷날 다시 불렀더니, 하룻밤 사이에 종적을 감추었더이다.”

이거영은 자신도 모르게 한숨을 내쉬었다. 한명회 역시 머리가 지끈거리기는 마찬가지였다. 막동의 행동을 제지하지 않으면 일이 더더욱 복잡해질 것이 틀림없었다. 한명회는 막무가내로 행동하는 막동을 보고 선왕이 공신들을 제쳐두고 그자에게 일을 맡긴 연유를 이제야 짐작할 수 있었다. 권력에 아부하고 자신의 체면만을 중시하는 공신보다, 주인의 말이라면 하늘처럼 믿고 따르는 우직한 노비가 더 믿음직스러웠을 것이다.

오후에 한성부로 돌아온 이거영은 판관 신벽을 불렀다.

“두 무리들이 어디로 숨었는지 알아냈는가?”

“흔적조차 찾을 길이 없었습니다.”

“동소문 밖으로 군사들을 풀어 샅샅이 수색하도록 하게.”

“예, 대감.”

“죽은 자들의 정체는 밝혀졌는가?”

“막동의 무리는 아닌 듯합니다.”

“그럼, 괴서사건을 일으킨 무리에 속한 자들이란 말인가?”

“예, 죽은 자들의 인상서를 산막 아랫동네 사람들에게 보였더니 낯설지가 않다고 하는 것으로 보아, 아마도 그 동네 주민들도 본 적이 있는 자들 같았습니다."

"음, 큰일이로군. 전하께서는 하루빨리 그자들을 잡아들이라고 재촉하고 계시니…. 아, 참! 공장들의 거처에서 발견된 문서는 어찌 되어가고 있는가?"

"아직, 입니다만…."

"허허, 큰일이로고. 큰일이야…."

이거영의 탄식하는 소리에 신벽은 고개를 들지 못하고 얼굴만 붉혔다. 이윽고 자리에서 일어나려던 신벽에게 이거영이 재차 당부했다.

"막동이 이번 일과 연관이 있다는 사실은 비밀이니, 아랫사람들에게도 함구하라 이르게."

춘삼월이 되자 봄볕이 제법 따사로웠다. 만물은 봄기운에 취해 서서히 깨어났고, 새싹들은 저마다 소리 없이 부풀어 오르고 있었다.

춘추관을 나와 경회루 연못 쪽 길을 따라 예문관으로 향하던 세주를 뒤에서 누군가 불렀다.

"거기, 윤 대교 아니신가."

세주가 뒤를 돌아보았다.

"아, 첨정 나리 아니십니까?"

"윤 대교, 맞구먼."

"궐에는 어인 일이십니까?"

"볼일이 있어 왔다가 돌아가는 길이네. 오랜만일세."

"지난해 봄에 뵙고 처음이니, 근 일 년만이로군요."

"그렇게 되나? 한데 자네는 요즘 바쁘겠구먼. 실록청이 세워졌으니."

"저뿐만이 아니라, 실록 편찬에 참여하는 분들이 모두 그렇지요."

첨정 민수는 바쁜 세주를 붙잡고 이것저것 계속 물었다. 자신도 사관을 지낸 적이 있어 이번에 사초를 납입했다면서 사초에 이름을 쓰는 걸 어떻게 생각하느냐며 묻기도 했다. 하지만 세주는 자신의 생각을 명확히 말하지 않았다.

두 사람이 이야기를 나누는 모습을 영추문으로 향하던 교서관 저작 김광겸이 멀뚱히 쳐다보며 지나갔다.

"그럼, 이만 가보겠습니다."

세주가 인사를 하고 돌아서려고 하자 민수가 다시 불렀다.

"윤 대교, 잠시만!"

"무슨…."

"조 봉교 좀 만날 수 없을까?"

"봉교 나리는 지금 춘추관에 계십니다만…."

"언제쯤 예문관으로 돌아오는가?"

"오늘은 춘추관에 계실 것 같습니다만."

"그런가? … 알았네. 또 보세."

초조한 낯빛으로 돌아서는 민수를 보며 세주는 고개를 갸웃했다.

예문관으로 들어선 세주는 곧장 은후의 방으로 향했다. 세주가 문을 열자 은후는 창가에 서서 경회루 연못을 바라보며 생각에 잠겨 있었다. 세주는 이미 안에 들여놓았던 한쪽 발을 조용히 뺀 뒤 문을 닫고 돌아섰다. 우울해 보이는 그녀의 모습에 그는 안타까운 마음뿐이었다.

얼마 전까지 은후는 춘추관에서 사초를 정리하며 실록청 일을 거들어주었다. 하지만 사초에 실명을 기입하라는 조치가 내려진 후로 그녀는 더 이상 춘추관에 출입할 수 없게 되었다. 실록청 총재관의 명에 따라 실록 편찬에 직접 참여하고 있지 않는 사람은 춘추관 출입이 제한된 것이다. 그런 이유로, 잠시나마 되찾았던 그녀의 밝은 모습은 요즘 또다시 어두워지고 말았다.

자신의 방으로 돌아온 세주는 조금 전에 보았던 은후의 우수에 찬 얼굴이 자꾸만 떠올라 마음이 개운치 않았다. 자신을 사부라 부르며 따르는 그녀에게 말직의 자신이 해 줄 수 있는 것은 이제 아무것도 없었다. 게다가 가연의 행방을 찾는 일로 정신을 빼앗긴 나머지 요즘 그녀에게 소홀했던 것 같아 그는 더욱 미안한 생각이 들었다.

그동안 세주는 세 차례나 동소문을 다녀왔다. 그 일대의 종이 만드는 집을 모조리 찾아다니며 가연을 데리고 간 청지기의 행적을 탐문했지만 그들의 존재를 아는 사람은 좀처럼 만날 수가 없었다. 그런데 마지막 방문 때, 종이를 파는 어느 지전에서 그 청지기에 대해 어렴풋이 기억하는 주인을 만났다. 그의 말에 의하면, 가끔 지게에 종이를 지고 자신의 가게로 날라다 주곤 했었는데, 언제부턴가 그 사람의 모습이 보이지 않았고 거래를 하던 그 집마저도 갑자기 이사를 갔다는 것이었다. 그리고 그때가 언제였느냐는 물음에는 9년 전쯤이라고 대답했다.

그 말을 듣는 순간 세주는 임귀건을 떠올렸다. 9년 전이라면 바로 그가 죽은 해였다. 임귀건의 죽음과 청지기가 사라진 일 사이에는 어떤 연관이 있음이 확실했다. 맥이 빠진 채 가게 문을 나서는 세주에게, 종이를 만들어 먹고 사는 사람이었으니 아마 지금도 어느 지전에 종이를 대고 있지 않겠느냐고, 가게 주인이 말했다. 세주는 그의 말에 일리가 있다고 여겨 그 후로 틈만 나면 지전을 찾아다니며 가연과 청지기의 행방에 대해 묻고 다녔다.

가연을 찾는 일에 몰두한 세주는 정작 초희 낭자와의 혼인에는 소극적일 수밖에 없었다. 국상이 끝나자마자 최 대감 댁에서 둘의 혼인을 다시 추진했지만 세주는 그다지 적극성을 보이지 않고 끌려가는 모양새를 취했다. 그런 세주의 모습에 초희 낭자는 무척 마음이 상했지만, 자신이 좋아하는 사내를 차지하기 위한 하나의 과정이라 여기며 그녀는 스스로를 달랬다.

세주가 탁자에서 일어서려고 할 때 마침 검열 하계환이 안으로 들어오면서 중얼거렸다.

"조 봉교 나리와 잘 아시는 사이인가…."

"누구 말인가?"

하계환이 자리에 앉으며 대답했다.

"아, 조금 전 춘추관을 나오다가 봉상시 첨정이라는 분을 만났습니다."

"그래? 자네도 그 나리를 아는가?"

"오늘 처음 뵈었는데, 춘추관을 기웃거리기에 누구를 찾는지 여쭈었더니, 조 봉교 나리가 춘추관에 있느냐고 묻더군요."

"아까 내게도 조 봉교 나리에 대해 묻더니, 무슨 급한 볼일이라도 있으신가 보군."

"꼭 그런 것 같지도 않았습니다만. 제가 조 봉교 나리를 잠시 밖으로 부르겠다고 하자, 그냥 집으로 찾아가서 만나겠다고만 전해 달라 했습니다. 대교 나리께서도 그분을 아시는지요?"

"작년에 조 봉교 나리와 함께 만난 적이 있는데, 그분도 한때는 사관을 지낸 적이 있지."

"아, 그렇습니까."

"또한, 서연관을 지내셨으니 전하의 세자 시절 스승이기도 하셨지."

"학문이 뛰어난 분이시군요. 한데 조금 전에는 낯빛이 무척 어두워 보였습니다만."

"무슨 일이 있기는 있나 본데, 조 봉교 나리께 잊지 말고 전해 드리게."

"예. 아! 내 정신 좀 보게. 지금 춘추관으로 가시지요."

"왜 무슨 일 있는가?"

"실록 편찬에 필요한 자료의 채택 여부를 두고 큰 논쟁이 벌어질 것 같다며, 김 봉교 나리께서 사관들을 모두 불러오라 했습니다."

세주는 냉큼 일어섰다.

"그래? 어서 가세."

둘은 즉시 방을 나와 춘추관으로 뛰어갔다.

그들이 춘추관 회의실에 들어섰을 때는 이미 편수관들 사이에서 설전이 오가고 있었다. 그들은 우선 자리에 살그머니 앉은 뒤 주고받는 말들을 가만히 들었다.

"글쎄, 그 문집은 실록 편찬에 별 쓸모가 없으니 빼는 것이 옳다고 봅니다."

기사관인 승정원 주서 남건주가 핏대를 세우며 말하자 봉교 조명윤이 즉각 반박하고 나섰다.

"주서 나리의 말씀은 옳지 않습니다. 실록청에서 자료를 선별하는 기준이 대체 무엇입니까?"

"재차 말하지만 그 문집은 너무 주관적인 글들로 가득하네. 개인의 문집이다 보니 충분히 그럴 수는 있겠지. 하지만 그렇게 객관성을 잃은 글들을 실록 편찬에 참조하는 것은 옳지 않은 일이네."

이번에는 세주가 나섰다.

"주서 나리, 어떤 글이든지 작성자의 주관이 개입되어 있지 않은 글은 없습니다. 만일 너무 주관적이라는 이유로 그 문집이 배제되어야 한다면, 사관 개인의 시각으로 쓴 가상사초는 어찌해야 합니까?"

갑자기 말문이 막힌 남건주가 머뭇거리는 사이에 편수관으로 있는 의정부 사인 신원천이 대신 반격했다.

"제가 그 문집을 읽어보았는데, 남 주서의 말처럼 너무 주관적인 글들로 채워져 있었네. 저자에 떠도는 소문 따위를 적어 놓은 곳도 있었고, 자신이 보지 않은 일들을 마치 본 것처럼 서술해 놓은 곳도 발견되었네. 특히, 노산군의 죽음에 대한 세간의 소문들을 서술해 놓은 대목에서는 아주 위험한 글이라는 생각까지 들었네. 노산군이 자신의 신세를 한탄하며 스스로 목을 매 죽했는데도 그 문집에서는 소문을 빌어 마치 선왕께서 사사하신 것처럼 기록되어 있었네."

신원천의 말이 끝나자 갑자기 방 안에 묘한 긴장감이 돌고 여기저기서 헛기침소리가 들렸다.

"어쨌든 처음부터 편견을 가지고 자료들을 고르면 나중에 객관적 사실에 의거한 실록 편찬은 불가능하게 됩니다. 그러니 우선 모을 수 있는 자료들을 다 모은 뒤, 실록 편찬 때 담당자들이 잘 살펴서 뺄 것은 빼고 넣을 것은 넣으면 되지 않겠습니까. 그것이 객관적 사실을 실록에 담을 수 있는 유일한 길이라 여깁니다."

기주관으로 있는 홍문관 교리 정언우도 한마디 했다.

"그 문제는 그렇다 하더라도, 선왕의 즉위년을 원년으로 삼자는 의견에 반대하는 것은 도저히 이해할 수가 없소이다."

조명윤이 맞은편에 앉은 정언우를 똑바로 바라보며 말했다.

"그것은 유년칭원법踰年稱元法(즉위 다음 해를 원년으로 삼는 것)에 따라 즉위년 다음 해인 병자년을 원년으로 삼아야 마땅하지요."

의견이 다른 신료들의 얼굴이 붉으락푸르락하기 시작했다. 의정부 사인 신원천이 흥분한 표정을 숨기지 못하고 말했다.

"그 무슨 불충한 소린가. 그럼, 폐위된 노산군을 임금으로 인정하자는 말이 아닌가."

"제 말은 그런 뜻이 아닙니다. 비록 폐위된 군주이지만 그래도 한때는 이 나라를 통치하셨으니, 그 사실마저도 부인할 수 없다는 뜻입니다."

"그 말이 그 말 아닌가?"

"아니지요. 노산군으로 강등되기 전에 이미 선위가 이루어졌으니, 역사를 기록함에 있어서는 임금으로 인정할 수밖에 없다는 뜻입니다."

신원천이 은근히 상대를 꾸짖듯 말했다.

"허허, 이 사람 보게. 점점 가관이로군!"

조명윤의 기세 또한 수그러들지 않았다.

"그럼, 그 기간 동안 조선의 역사는 중단된 것입니까?"

"뭐, 뭣이!"

손광림이 나서며 조명윤을 거들었다.

"사인 나리, 의견을 주고받는 자리입니다. 품계로 누를 일이 아니지 않습니까?"

신원천이 눈을 치켜뜨며 말했다.

"뭐요!"

급기야 고성까지 오가며 양측이 팽팽히 대립하자 당상관인 사헌부 집의 이득정이 나서며 말렸다.

"어허, 왜들 이러시는가. 그 문제는 각 방의 당상들이 모여 의논할 것이니, 오늘은 이쯤에서 그만들 하시게."

신원천이 돌아앉으며 못마땅하다는 듯이 인상을 찌푸리자, 한림들 또한 서로의 얼굴을 쳐다보며 불만스러운 표정을 감추지 못했다.

방 안의 분위기가 어색하게 돌아가자 편수관 이득정은 곧바로 자리에서 일어나 밖으로 나갔다. 이득정이 향한 곳은 빈청이었다. 조금 전에 논의된 내용을 실록청의 최고 담당자들에게 전하기 위해서였다. 문을 열고 들어서는 이득정을 보고 지사 겸 공조판서가 된 양성지가 물었다.

"어찌 얼굴이 그리 상기되어 있소?"

이득정이 자리에 앉은 뒤 입을 열었다.

"조금 전 춘추관에서 당하관들 간에 논쟁이 있었습니다."

"보아하니, 설전이 꽤나 격렬했나 보군요."

"예, 좀 그랬습니다."

"그래, 무슨 말들을 주고받았소?"

"선왕의 치세 원년을 즉위년으로 할 것인지, 아니면 그 다음 해로 할 것인지에 대해 논쟁이 있었습니다."

홍윤성이 못마땅한 표정으로 이득정을 쏘아보았다.

"그 무슨 말 같지도 않은 소리입니까? 당연히 즉위년을 원년으로 삼아야지요. 대체 어떤 자들이 다른 주장을 펼칩니까?"

"예문관 한림들과 젊은 겸춘추들 중 일부의 의견입니다."

"그놈들이 세상 무서운 줄도 모르고, 감히….."

한명회가 인상을 찌푸렸다.

"좌상은 좀 가만히 있으시게."

그리고 이득정에게 시선을 돌렸다.

"그들의 의도가 무엇인 것 같소?"

"예?"

"단순히 실록 편찬 원칙에 따라 즉위년 다음 해를 원년으로 삼자고 주장하는 것은 아니지 않겠소."

한명회의 날카로운 물음에 이득정은 우물쭈물했다.

"그런 면도 없지는 않지만…."

"그들이 유년칭원법에 따라야 한다고 주장하는 것은 자칫 노산군을 군왕으로 인정하자는 말과 같은 뜻이 되는 것이오."

결국 홍윤성은 참지 못하고 큰소리를 내고야 말았다.

"내 말이 그 말 아닙니까. 그놈들을 역모로 다스리든지 해야지, 원…."

한명회는 차분히 말을 이었다.

"무슨 일이 있어도 세조께서 즉위한 을해년을 원년으로 삼아야 합니다. 이런 문제에서부터 밀리기 시작하면 끝이 없어요."

이득정은 난처한지 얼굴이 상기되었다.

"하지만 그들의 주장이 워낙 강경하니…."

"그 문제는 실록청 당상들이 알아서 할 터이니, 더 이상 논쟁하지 말라 이르시오."

"예, 영상 대감."

이득정은 짧게 대답하고 좌중의 눈치를 살폈다. 실록청을 담당하는 공신들은 앞으로 있을 험난한 실록의 편찬 과정을 예상이나 한 듯 표정이 무거웠다.

퇴궐 무렵이 되자 한바탕 설전을 벌인 사관들은 기분을 풀기 위해 도원각으로 몰려갔다. 그 무렵 은후도 퇴궐을 하기 위해 막 예문관을 나와 영추문 쪽으로 걸어가고 있었다. 그녀가 궐문을 빠져나오자 담장 근처에 서서 동료를 기다리고 있던 김광겸이 그녀를 불렀다.

"어이, 서 권지!"

은후가 고개를 돌리며 걸음을 멈추자 김광겸이 능글맞은 얼굴로 다가왔다.

"잘 지내셨는가?"

"안녕하십니까, 저작 나리."

"그러고 보니, 지난번 도원각에서 함께 술자리를 한 뒤로 처음이구만."

"그땐 실례가 많았습니다."

"아닐세, 술을 권한 내가 잘못이지."

김광겸은 히죽 웃더니 눈을 내리깔면서 은후의 아랫도리를 훑었다.

"왜 그러시는지…?"

"자네, 보기보다 속은 꽉 차고 튼실한 것 같아 그러네."

"예?"

"겉모습은 가녀리게 보이는데, 속은 꼭 그렇지만도 않은 것 같다는 말일세. 자네 속고의 크기도 아마 내 것과 비슷할 걸. 안 그런가?"

김광겸이 망측스러운 이야기를 늘어놓기 시작하자, 은후는 별

실없는 사람 다 보겠다는 눈길로 상대를 쳐다보았다. 때마침 맞은편에서 지난번 함께 술을 마신 부정자 이여철이 걸어오고 있었다. 은후는 그가 오면 또다시 말이 길어질까 싶어 곧바로 자리를 떠났다.

뒤에서 김광겸이 큰소리를 말했다.

"서 권지, 어디 가서 술이라도 한잔 하세."

은후는 뒤도 돌아보지 않고 횡, 하니 앞으로 걸어갔다.

"저 사람, 서 권지 아닙니까?"

이여철이 손가락으로 은후를 가리켰다.

"맞네. 빈말로 술이나 한잔 하자고 했더니 도망치듯 가는구먼. 하하하…."

"그럼, 우리끼리라도 한잔 하는 것은 어떻습니까?"

김광겸이 손사래를 쳤다.

"아이쿠, 이젠 기방에 가는 것도 재미없네. 요즘은 세상만사가 다 귀찮아."

"그러지 마시고 도원각으로 가시지요."

"허허, 이 사람. 벌써 기방에 재미 붙였나? 가려면 다른 기방으로 가세."

"다른 기방이라니요?"

"글쎄, 도원각에 가는 연유가 뭔가? 설화 가야금 뜯는 소리 들으려고 가는 거 아닌가."

"그렇지요."

"한데, 요즘 그 아이가 실성했다는 소문이 있어. 보름이 넘

도록 방에 누워 헛소리만 하고 있다는 게야. 허니, 그곳에 간들
무슨 재미가 있겠나."

"별일이 다 있군요."

"걱정이야, 미인박명이라는 말도 있는데…."

둘은 실없는 이야기를 나누며 육조거리로 향했다.

한편, 예문관 한림들이 도원각 마당으로 들어서자 기생들이
버선발로 내려와 맞이했다.

"이게, 얼마만이에요."

춘심은 애교 섞인 콧소리를 내며 아양을 떨었고, 이에 뒤질
세라 옥화도 교태를 부리며 눈웃음을 진득하게 흘렸다.

"아, 앙… 나리들 얼굴 잊어버리겠어요."

기생들은 제 마음에 드는 사내를 짝으로 삼으려고 서로 신경
전을 펼쳤다. 뒤늦게 홍매가 마루에서 내려와 정중히 인사를 올
리고는 야단을 쳤다.

"귀한 나리들께서 오셨는데, 뭣들 하느냐. 어서 방으로 뫼시
지 않고."

기생들은 제각각 사내들의 팔을 붙잡고 방으로 들어갔다. 술
상이 들어온 뒤에도 설화의 모습이 보이지 않자 김효천이 옆에
앉은 옥화에게 물었다.

"어찌하여 오늘은 설화가 보이지 않는가?"

"참, 나으리도. 옆에 이년이 있는데 그년은 왜 찾고 그러십니
까?"

"그 아이 가야금 소리를 듣고 싶어 그러지. 어디 갔는가?"

옥화는 한숨부터 쉬었다.

"아휴, 말도 마십시오. 제정신으로 돌아온 지 얼마 되지도 않았습니다."

"누구, 설화 말인가?"

"예, 얼마 전까지 제 방에서 꼼짝도 않고 앓아누워 있었지요."

조명윤이 잔을 내려놓으며 물었다.

"어딘가 크게 아팠던 모양이구만."

"예, 아팠지요."

"건강해 보이더니 갑자기 어디가 아팠는가?"

월영이 나서며 자신의 가슴에 손바닥을 댔다.

"여기가 많이 아팠지요."

"허허, 그럼 상사병이로구만."

"예, 누군가를 짝사랑이라도 한 듯합니다."

"누군지 궁금하구먼. 도도하기로 소문난 설화가 짝사랑한 사람이 다 있었다니. 부럽군, 부러워….

그때 문이 열리며 홍매가 들어와 상 앞에 다소곳이 앉더니 상석에 앉은 김효천에게 술을 권했다.

"한잔 올리겠습니다, 나리."

잔을 내밀며 김효천이 물었다.

"듣자하니, 설화가 아프다고 하던데?"

홍매는 술을 따르며 대답했다.

"예, 얼마 전까지 앓아누웠습죠."

"그 아이 가야금 뜯는 소리 듣고 싶어 왔는데, 우리가 날을 잘못 택했나 보군."

홍매가 술병을 내려놓으며 손사래를 쳤다.

"아닙니다, 나리. 지금 들라 하겠습니다."

"아픈 사람을 불러다 놓고 가야금을 뜯게 하는 건 좀 그렇지 않은가?"

"이제 다 나았습니다. 곧 불러올 터이니, 잠시만 기다리시어요."

홍매는 곧장 밖으로 물러갔다.

세주 옆에 바짝 붙어 앉아 교태를 부리리던 춘심이 세주의 잔에 술을 따르며 슬쩍 물어왔다.

"나리, 오늘은 서 도련님이 보이지 않습니다."

"먼저 집으로 간 모양이네."

춘심이 손으로 입을 가리고 키득거리자 세주가 고개를 돌리며 물었다.

"어찌하여 그러는 것이냐?"

춘심이 터져 나오는 웃음을 억지로 참으며 대답했다.

"서 도련님 생각이 나서 저도 모르게 웃음이 나왔습니다."

"무슨 일 있었던 것인가?"

"지난번 서 도련님이 여기 오셨는데, 그날은 술이 많이 취해 주무시고 가셨지요."

"서 권지가 술에 취해 여기서 묵었다고?"

깜짝 놀란 세주가 되묻자 춘심이 웃으며 말했다.

"예, 나리. 교서관 저작 나리 일행과 함께 오셨는데, 글쎄 두어 잔 받아 마시더니 그대로 쓰러지더군요. 호호호… 그 도련님은 술 마시는 것도 꼭 여인네 같지 뭡니까."

세주의 눈이 커졌다.

"교서관 저작 김광겸과 함께 왔었다고?"

"예, 모두 다섯 분이 오셨지요."

"서 권지가 쓰러지고 나서 별일은 없었는가?"

"이년이 옆방으로 모시고 가서 자리에 뉘었지요."

"정말 아무 일도 없었단 말이지?"

세주가 재차 확인하듯 묻자 춘심은 그의 귀에 입을 바짝 대고 말했다.

"별 일은 없었는데 저작 나리가 도련님께 자꾸 술을 권해 일부러 취하게 만들었지요."

"일부러 그랬다고?"

"예, 그 나리가 저기 월영에게 서 도련님의 속고의를 몰래 벗겨 가져오라 했답니다."

"뭣! 그자가 왜 그런 짓을?"

"아마도 서 도련님이 사내인지 아닌지 확인하려고 그랬던 것 같습지요."

세주는 빈 잔에 술을 넘치도록 따라 단숨에 벌컥 들이켰다.

"속고의는 벗겨왔던가?"

"호호호… 월영이 그것을 벗기려다 설화에게 들키는 바람에 뜻을 이루지 못했답니다. 설화가 그 도련님을 좋아하지 않습니까."

"음…."

세주는 잠시 긴장했던 마음을 놓으며 술병을 잡았다. 그때 문밖에서 인기척 소리가 들리더니 문이 열렸다. 홍매가 설화를 데리고 안으로 들어왔다. 조용히 따라 들어온 설화의 얼굴이 조금은 수척해 보였다.

"설화야, 나리들께서 네 가야금 소리를 기다리신다. 어서 한 곡조 들려드리려무나."

홍매가 재촉하자 설화는 병풍 옆에 놓여 있는 가야금을 안고 살포시 앉았다. 설화가 가야금을 무릎 위에 얹고 조용히 마음을 가다듬자 갑자기 술자리가 조용해졌다. 사내들은 저마다 술잔을 내려놓고 다소곳이 앉아 있는 그녀를 바라보았다.

잠시 슬픈 표정으로 가야금을 내려다보던 설화는 팽팽한 줄 위에 손가락을 얹었다. 그리고 가냘픈 손가락을 천천히 움직여 줄을 튕기기 시작했다. 이내 방 안의 사내들은 넋을 잃고 그녀의 가야금 소리에 빨려 들어갔다. 그녀의 손가락은 마치 봄바람에 흔들거리는 버드나무 가지처럼 부드러웠다. 어느새 은은한 봄 향내가 방 안에 진동하는 듯했고 사내들은 꿈속을 거니는 기분에 젖어들었다. 가파르게 치닫던 가야금 소리가 절정을 지나 다시 잔잔해 지자 사내들도 덩달아 꿈에서 깨어났다. 바쁘게 움직이던 설화의 손이 드디어 멈추자 여기저기서 손뼉 치는 소리가 들렸다. 현실로 되돌아온 사내들은 술잔부터 들어 바짝 마른 제 목들을 축였다.

"우리 설화 가야금 소리 대단하지 않습니까?"

홍매가 은근히 자랑하듯 말하자 김효천이 흡족한 표정을 보였다.

"언제 들어도 훌륭하군. 정말, 훌륭해."

옆자리에 앉아 있던 조명윤도 고개를 끄덕이며 응수했다.

"그러게 말이야. 천상의 소리가 봄바람을 타고 들려오는 듯하구만."

대교 정광유도 가만히 있을 수 없다는 듯이 한마디 보탰다.

"역시 장안의 사내들이 안달을 할 만 하구만."

설화는 제 무릎 위의 가야금을 옆으로 밀친 뒤 술자리를 둘러보았다.

"이리 와서 잔을 받게나."

설화는 말없이 일어나 조명윤의 곁으로 다가가 앉았다. 제 잔을 마저 비운 조명윤이 설화에게 잔을 내밀었다.

"자네 가야금 소리에 대한 답례일세. 자, 한잔 들게."

조명윤이 빈 잔에 그윽이 술을 따랐다. 잔을 받아든 설화는 옆으로 조금 고개를 돌리고 술을 마셨다. 빈 잔을 내려놓는 그녀에게 바로 옆의 세주가 말을 건넸다.

"잘 들었네. 듣던 대로 대단하구만."

"과찬입니다, 나리. 제가 한잔 올리겠습니다."

세주가 빈 잔을 들어 내밀었다.

"…서 도련님께서는 잘 계시는지요?"

설화가 술을 따르며 은후의 안부를 물었다.

"잘 지내고 있다네."

"한데, 오늘은 어찌 함께 오시지 않았습니까?"

"뭐, 그렇게 되었네."

잔을 비운 뒤 세주는 설화에게 지나가는 말투로 슬쩍 물었다.

"얼마 전에 서 권지가 여기에 왔다고 들었네만."

설화는 조금 놀란 듯한 표정을 지었다.

"예, 교서관 나리 일행과 함께 오셨지요."

"그날 서 권지가 많이 취했다고 하던데, 혹시… 별일은 없었는가?"

설화의 목소리에 미세한 떨림이 일었다.

"벼, 별일이라시면…?"

"아, 아니네. 그냥 무슨 일이라도 있지는 않았나 하여…."

"그날 밤은 아무 일도 없었습니다."

"그, 그런가. 다행이구만."

세주의 허둥대는 듯한 모습에 설화는 새삼스럽다는 듯이 쳐다보았다.

봄이 깊어 갈수록 새 임금 황의 걱정도 깊어갔다. 황은 춘추관에서 진행되고 있는 실록 편찬을 두고 한시도 마음을 놓지 못했다. 선왕에 대한 사가史家들의 평가가 어떻게 내려질지 황은 몹시도 궁금하여 견딜 수가 없었다. 그렇다고 실록에 실릴 내용들을 신료들에게 물어볼 수도 없는 일이어서, 황은 혼자서만 끙끙 앓고 있었다.

임금이 급히 찾고 있다는 소식에 도승지 권감이 편전으로 달려갔다. 초조한 얼굴로 방 안을 서성이던 황이 문밖에서 대전 내관의 목소리가 들려오자 그제야 제자리로 돌아가 위엄을 갖추고 앉았다. 다급한 모습으로 들어온 권감은 성큼 임금 곁으로 다가갔다.

"전하, 찾으셨나이까?"

황이 손짓으로 앉으라는 신호를 보냈다. 권감은 영문을 몰라 하며 엉거주춤 앉았다.

"저기…, 도승지!"

황이 무슨 말을 하려다 주저하는 눈빛을 보이자 임금의 속마음을 읽은 권감이 나직이 아뢰었다.

"전하, 무슨 어려운 하명이라도 있으시옵니까?"

"도승지, 과인은 실록 편찬에 대해 몹시 궁금하오."

"무슨 뜻이온지… 지금 실록 편찬은 아무 일 없이 잘 되어 가고 있습니다만."

"그런 뜻이 아니라, 선왕에 대해 사관들이 사초에 어떻게 기록하였는지가 궁금하다는 뜻입니다."

권감은 자신도 모르게 눈을 크게 뜨고 용안을 힐끔 쳐다보다가 곧바로 시선을 내렸다.

"하지만 전하…"

황이 도승지의 말을 가로막았다.

"도승지, 과인은 궁금해서 도저히 견딜 수가 없구려. 지금 도승지가 춘추관에 가서 노산군일기와 계유정란 때의 사초를 가져오시오. 과인이 좀 살펴보고자 하오."

"저, 전하. 그것은 아니 되옵니다. 전하께서는 사초를 보실 수
없사옵니다."

"이보시오, 도승지. 그러니 이렇게 긴히 부탁하는 것이 아니요."

권감은 무척 난감했다. 그로서는 임금의 부탁을 단번에 거절
할 수도 없고 그렇다고 흔쾌히 받아들일 수도 없는 일이었다.
도승지가 가타부타 대답 없이 망설이기만 하자, 황은 다시 한번
더 간곡히 부탁했다.

"도승지, 뭘 망설입니까. 과인의 부탁이라 하지 않소."

재차 임금이 부탁하자 권감은 차마 거절할 수 없었다.

"그러 하오시면, 지금 신이 춘추관으로 가서 일기와 사초를
구해 오겠나이다."

"고맙소, 도승지. 얼른 다녀오시오."

도승지 권감은 곧장 일어나 뒷걸음질하며 물러갔다.

편전에서 물러나온 권감은 급히 춘추관으로 걸음을 옮겼다.
지나가는 신료들이 인사를 건넸지만 그는 깊은 생각에 빠져 알
아차리지 못했다. 잠시 뒤 춘추관에 이르자 권감은 실록청 당상
들이 있는 방이 아닌 기사관들의 방으로 향했다. 도승지가 문을
열고 들어오자 일을 하고 있던 말직의 기사관들이 모두 일어나
예를 갖추었다.

"그래, 일들 하시게."

권감은 별일 아니라는 듯이 고개를 끄덕이며 방 안을 이리저
리 거닐었다. 한동안 기사관들의 어깨너머를 힐끔거리던 권감이

조용히 서각으로 다가가 근처에 있던 한 기사관에게 물었다.

"계유년 때의 사초는 어디에 있는가?"

"저기 오른쪽에 있는 서각입니다."

권감은 서각에 꽂힌 문서들을 훑어보는 척하며 그곳으로 걸음을 옮겼다. 기사관이 가리킨 서각 앞으로 다가간 권감은 서둘러 계유정난 때의 사초를 찾기 시작했다. 잠시 뒤, 자신이 찾던 사초를 발견한 권감은 좌우로 고개를 돌려가며 주위를 살핀 뒤 그것을 소맷자락 속에 몰래 집어넣었다. 그는 기사관들이 앉아 있는 탁자로 다시 걸어 나와 승문원 박사 최심훈에게 물었다.

"노산군일기의 초초본이 완성되었다고 들었네만."

탁자에 앉아 있던 최심훈이 일어나며 대답했다.

"예, 그렇습니다."

"잠시 보여줄 수 있는가?"

최심훈이 서각으로 노산군일기 초초본을 가지러 간 사이에 권감은 수염을 만지작거리며 주위 눈치를 살폈다.

"여기 있습니다."

최심훈이 내민 노산군일기 초초본을 받아든 권감이 표제를 살피더니 고개를 끄덕였다.

"음, 잠시 훑어보고 제자리에 꽂아둘 것이니, 자네는 가서 일을 보게."

"예, 도승지 나리."

최심훈이 뒤돌아서자 권감은 책자의 내용을 살피는 척하며 몰래 주변을 살폈다. 자신을 바라보는 사람이 아무도 없다는 것을 확인한 그는 재빨리 품속에 책자를 집어넣고는 뒷짐을 진 채 유유히 문 쪽으로 다가갔다. 방 안에 있던 기사관들은 자신의 일에 열중하느라 권감이 밖으로 나가는 것조차 눈치를 채지 못했다.

권감이 방을 나서자 마침 방문을 열려고 하던 검열 김유원이 옆으로 비켜서며 고개를 숙였다. 권감이 곁을 지나가자 그는 곧장 안으로 들어와 서각으로 다가갔다.

"어? 어디 있지?"

서각에서 책자를 찾던 김유원이 혼자 중얼거리고 있을 때 뒤에서 최심훈이 다가왔다.

"혼자서 뭘 그리 중얼거리는가?"

김유원은 고개를 갸웃거리며 물었다.

"나리, 여기 꽂혀 있던 일기를 다른 곳에 두었습니까?"

"무슨 소린가. 조금 전까지 여기에 있었는데."

"오자誤字가 있는지 살펴보려던 참인데 일기가 보이질 않습니다."

최심훈은 김유원을 밀치고 서각에 바짝 다가가더니 위아래 칸들을 샅샅이 훑기 시작했다.

"조금 전까지 여기 있었는데, 이상하다? 도승지 나리께서도 보셨는데…."

"도승지 나리께서요?"

아무리 찾아도 노산군일기가 보이지 않자, 다급해진 최심훈은 밖으로 뛰어나가려다 물었다.

"자네, 이곳으로 오다가 도승지 나리를 보지 못했는가?"

"조금 전에 문 앞에서 마주쳤습니다만."

"그래?"

최심훈은 허둥지둥 밖으로 뛰쳐나갔다. 일에 열중하고 있던 기사관들은 무슨 일인지 몰라 두리번거리며 서로의 얼굴을 쳐다보았다. 밖으로 나온 최심훈은 마당 한켠에서 예문관 대제학 문승휴와 이야기를 나누고 있는 권감을 발견했다. 최심훈이 급한 걸음으로 두 사람에게 다가가자 문승휴가 고개를 돌리며 물었다.

"무슨 일인가?"

잠시 머뭇거리던 최심훈이 권감을 흘깃 쳐다보고는 조심스럽게 아뢰었다.

"도승지 나리께 여쭐 것이 있어서…."

"나에게? 그래, 무엇을 말인가?"

"…조금 전, 도승지 나리께서 보시던 노산군일기 초초본이 보이지 않기에, 어디에 두셨는지 여쭙고자 하였습니다."

권감은 시치미를 뚝 뗐다.

"난, 그 자리에 도로 꽂아두었네."

"아무리 찾아도 그 자리에는 없었습니다."

"허허, 그럼 좀 더 샅샅이 찾아보도록 하게."

"도승지 나리, 잠시 방으로 들어가셔서 그 책자를 꽂아둔 곳을 알려주시지요."

권감은 몹시 당황스러웠지만 이왕 일이 이렇게 되었으니, 계속 시치미를 뗄 수밖에 없었다.

"왜 자꾸 나를 귀찮게 하는 것인가? 다시 찾아보시게."

사색이 된 최심훈이 보채 듯이 말했다.

"도승지 나리, 부탁드리옵니다."

옆에서 지켜보고 있던 문승휴도 지난번 갑자기 사라졌던 정난일기를 떠올리고는 사태의 심각성을 깨닫기 시작했다.

"이보시게, 도승지. 잠시 안으로 들어가서 어디에 두었는지 알려 주시게."

권감은 태연히 대답했다.

"잠시 훑어보고 그대로 꽂아 두었습니다. 만일 그곳에 없다면 전 모르는 일입니다."

최심훈이 또다시 간청했다.

"도승지 나리, 제발 부탁드리옵니다."

그때 뒤에서 묵직한 음성이 들려왔다.

"무슨 일인가?"

모두가 뒤를 돌아다보자, 한명회가 뒷짐을 진채 우뚝 서 있었다. 순간, 도승지 권감의 낯빛이 굳어졌다.

"무슨 일이기에 길을 막고 옥신각신하는가?

"아무 일도 아닙니다, 영상 대감."

한명회가 최심훈을 쳐다보며 물었다.

"말해 보게, 무슨 일인가?"

최심훈이 차근히 연유를 말하자, 가만히 듣고 있던 한명회가 권감을 슬쩍 살피고는 고개를 끄덕였다.

"알았네. 자네는 그만 안으로 들어가 있게."

최심훈이 여전히 물러가지 않고 머뭇거리자 한명회가 눈을 부라렸다.

"어허! 물러가지 않고."

최심훈이 뒤돌아서자 한명회가 근엄한 표정으로 두 사람을 바라보며 말했다.

"좀 따라들 들어오시오."

둘은 한명회의 뒤를 말없이 따랐다. 당상관의 방에 들어선 한명회는 조용히 상석에 앉아 두 사람이 자리에 앉기를 기다렸다.

"어찌 하여 거짓을 말하였는가?"

한명회가 날카로운 눈빛으로 권감을 쳐다보자, 그는 곧 난처한 기색을 보이더니 결국 입을 열었다.

"전하의 간곡한 분부가 계셔서…."

한명회가 혀를 끌끌 찼다.

"허허, 그렇다고 그 꼴이 무엇인가?"

권감이 무안한 표정을 지으며 품속에서 책자와 문서를 꺼내 탁자 위에 내려놓았다. 문승휴가 그것들을 제 앞으로 당겼다.

"도승지, 아무리 전하의 부탁이라도 이건 너무하지 않소? 이 일을 대간들이 알면 어쩔 것이오?"

권감은 여전히 민망한 얼굴을 한 채 고개를 들지 못했다.

"…."

한명회가 문서를 펼쳐보더니 물었다.

"이건 계유정난 때의 사초가 아닌가?"

권감이 겨우 대답했다.

"예, 영상 대감. 전하께서는 그때의 일을 사관들이 어떻게 기록했는지 무척 궁금해 하고 계십니다."

"이번 일은 도승지 자네가 큰 실수를 하였네."

"이 일을 어찌하면 좋겠습니까?"

못마땅한 눈으로 권감을 쳐다보던 한명회가 고개를 돌렸다.

"대제학이 다른 사람 눈을 피해 빨리 제자리에 가져다 놓도록 하시오."

"예?"

"지금 지체할 시간이 없소이다. 조금 더 있으면 궐내에 소문이 나돌 거요. 그러니 대제학이 조용히 제자리에 갖다 놓는 수밖에 없지 않겠소."

"그, 그러지요."

책자와 문서들을 품속에 집어넣은 문승휴는 곧바로 자리에서 일어나 밖으로 나갔다. 둘만 남게 되자 권감이 조용히 물었다.

"영상 대감, 전하께는 어찌 아뢰는 것이 좋겠습니까?"

한명회는 즉답을 피한 채 지그시 눈을 감았다.

"음…."

"전하께서는 계유정난과 노산군의 일에 대해 소상히 알고 싶어 하십니다. 그래서 그때의 사초와 일기를 편전으로 가져오라는 명을 내리신 것 아닙니까. 영상 대감, 어찌하면 좋을는지요?"

한명회가 눈을 뜨며 말했다.

"지금 나와 함께 편전으로 가세."

한명회가 자리에서 벌떡 일어서자 권감도 얼결에 따라 일어났다. 편전으로 향하는 동안 한명회는 한마디도 하지 않았다. 뒷짐을 진 채 앞만 보고 걷는 한명회의 머릿속에는 임금의 궁금증을 어떻게 풀어주어야 할 것인지에 대한 생각들만 가득 차 있었다.

"자네는 여기 있게."

편전 문 앞에 당도한 한명회는 권감을 밖에 남겨두고 혼자 안으로 들어갔다. 춘추관에 간 도승지 권감을 기다리고 있던 황은 뜻밖에도 한명회가 들어오자 무슨 일인가 하여 눈을 동그랗게 떴다.

"영상 대감이 어인 일이오?"

한명회는 허리를 굽히며 공손하게 아뢰었다.

"춘추관에 간 도승지의 일로 찾아뵈었나이다."

한명회의 말에 황은 갑자기 안색이 변하더니, 우선 시치미를 뚝 뗐다.

"도승지에게 무슨 일이라도 있소?"

"전하…."

"무슨 일이냐고 물었습니다."

"도승지가 춘추관에 있는 노산군일기와 사초를 몰래 가지고 나오다 들키고 말았나이다."

깜짝 놀란 황이 더듬거렸다.

"무, 무엇이라고요? 드, 들켰다고 하셨습니까?"

"예, 전하."

"그럼, 또 궐이 시끄럽겠군요."

"전하, 전하께서는 그 기록들을 보실 수 없나이다. 그것은 선대 임금들께서 어렵게 세우신 원칙이오니 절대로 가볍게 여기시면 아니 됩니다."

"영상 대감, 과인은 실록청에서 혹시 선왕에 대해 좋지 않은 평가를 할까봐 잠이 오질 않습니다."

"전하, 신과 고령군이 실록청을 맡고 있는 한 그러한 일은 절대 없을 것이오니, 안심하소서."

황은 굳어 있던 얼굴을 펴며 고개를 끄덕였다.

"과인은 영상 대감만 믿겠습니다."

"예, 전하."

그래도 마음이 놓이지 않았는지 황이 슬그머니 물어왔다.

"그때의 기록을 볼 수 있는 방법은 없겠소? 그냥 궁금해서 그럽니다."

"정 그러시다면, 전하께서 열람하실 수 있는 기록들을 편전으로 들이라 이르겠나이다."

"응? 과인이 열람할 수 있는 기록들이 있습니까?"

"예, 승정원일기는 열람이 가능하옵니다. 도승지에게 명하셔서 계유년과 노산군 때의 승정원일기를 등서謄書해서 가져오라 명하십시오."

"승정원일기라면 사관이 쓴 사초와는 좀 다르지 않겠습니까?"

"별반 다르지 않을 것이옵니다. 신을 믿으시옵소서."

"음, 그렇다면…."

"신이 두 눈을 뜨고 지켜보고 있는데 승정원일기와 실록의 내용이 어찌 다를 수가 있겠습니까. 이번 실록에 승정원일기의 내용이 그대로 고스란히 실릴 것이오니 염려 놓으시옵소서."

황이 거듭 당부했다.

"그 일은 영상 대감께서 잘 챙겨 주시기 바랍니다."

그날 저녁, 신숙주의 집에 하동군 정인지가 찾아왔다. 요즘 두 사람은 누구보다 걱정이 태산이었다. 실록 편찬이 진행되어 감에 따라 그들은 지난날 자신들의 처신이 몹시 후회로 다가왔다. 하지만 그러한 마음을 겉으로 드러내는 것은 크나큰 불충일 뿐 아니라, 어쩌면 자신들의 목숨마저 위태롭게 할 수도 있는 일이었다. 그러니 그들은 이러지도 저러지도 못하고 속만 끓이고 있었다.

"공판(양성지) 대감이 오신다더니 늦나 봅니다."

정인지의 말에 신숙주가 들었던 술잔을 내렸다.

"그러게 말입니다."

정인지가 자꾸 한숨을 내쉬자 신숙주가 허탈한 웃음을 지었다.

"이게 우리의 업보가 아니겠습니까."

"음, 그럴지도 모르지요. 저는 요즘 술만 마셨더니 속병이 날 지경입니다."

"저도 마찬가지입니다."

"실록청 쪽의 말을 들어보니, 그때 그 일에 관해서 드디어 우리의 이름이 거론되고 있다 합니다. 대감께서는 실록청 영사이니 누구보다 잘 알겠군요."

신숙주가 다시 잔을 채웠다.

"그렇습니다. 정축년(1457, 세조 3년) 9월에 하동군 대감과 제가 노산군을 사사하도록 전하께 주청을 드린 일이 당시 사관의 사초에 소상히 기록되어 있더군요."

"아마… 실록에도 실리겠지요?"

"틀림없이 그럴 겁니다."

정인지는 체념한 듯했다.

"음, 역시 피해갈 수 있는 일은 아닌 것 같군요."

"어쩌면 훗날 혹독한 평가를 받겠지요."

정인지가 술잔을 비우고는 속이 쓰린지 얼굴을 찌푸렸다.

"고령군 대감은 만일 과거로 돌아간다면 어찌하겠습니까? 그때와 마찬가지로 역시 선왕의 편에 서서 노산군을 사사하라 주청을 드리겠습니까?"

신숙주는 천장을 쳐다보며 허허, 웃었다.

"그거 참으로 어려운 질문이십니다. 아마 그 당시로 뒤돌아간다 해도 제 선택은 마찬가지일 겁니다. 한데, 그렇게 물으시는 대감은 어떻습니까?"

정인지는 허망한 눈빛을 보였다.

"만일 그때로 되돌아간다면 난 모든 것을 내던지고 도성을 떠나겠습니다. 어린 노산군을 지킬 용기는 없고 목숨은 부지해야 하니, 마땅히 정치를 그만두고 낙향을 택해야 하지 않겠습니까.”

“대감께서는 그때 일을 많이 후회하시는 것 같습니다.”

정인지는 한숨을 길게 내쉬며 이제는 넋두리하듯이 말했다.

“당시 영의정이었던 내가 끝까지 노산군을 지켰어야 했는데… 오히려 사사하라고 앞장서고 말았으니….”

“이제 와서 어쩌겠습니까. 하지만 당시에는 그것이 옳은 선택이라고 믿지 않았습니까? 노산군이 살아 있는 한 역모는 끊이지 않았을 것이고 사직은 위태로웠을 겁니다.”

“음, 어쨌든 먼저 간 집현전 동료들을 생각하면 마음이 무겁고 한편으론 우리 행동이 훗날 어떻게 평가될지도 몹시 두렵습니다.”

“저 또한 마찬가지입니다. 하동군 대감과 저는 사는 길을 택해 부귀영화를 누렸고, 그들은 죽어서 영원히 사는 길을 택했으니….”

정인지가 술잔을 단숨에 비우고는 문 쪽으로 고개를 돌렸다.

“공판 대감은 오시지 않으려나 봅니다.”

“그러게 말입니다. 한데, 요즘 그분도 경황이 좀 없을 겁니다.”

“아니, 왜요?”

“납입된 사초를 훑어보니, 공판 대감의 이름도 오르내리고 있더군요.”

정인지가 씁쓸한 웃음을 지었다.

“허허, 그러고 보니 저승사자가 따로 없었군요.”

“그러게 말입니다. 지금 생각해보니 사관들이 바로 저승사자였던 셈이지요."

사월 초순, 가장사초를 납입하라는 명이 떨어진 지 꼭 한 달
째 되는 날이었다. 한양과 경기도 근방에 거주하는 사람들은 이
미 빠짐없이 사초를 납입했고 멀리 지방에 거주하는 사람들 또
한 대부분 납입을 마친 상태였다. 춘추관에서는 납입된 사초에
혹시 이름이 쓰여 있지 않는 것은 없는지 세밀히 살폈다. 한편
사관을 지낸 적이 있는 신료들은 자신이 납입한 사초로 인해
혹시나 불이익을 당하지 않을까 전전긍긍했고, 사초를 읽어본
공신들은 속으로 분노를 터트리면서도 후세의 평가를 두려워하
고 있었다.

수찬관 하정제가 춘추관 당상관의 방으로 향했다. 사초의 납
입기한이 끝남에 따라 그 상세 내역을 보고하기 위해서였다. 방
안에는 영의정 한명회와 신숙주, 감사 최항이 앉아 실록 편찬에
대해 이야기를 나누고 있었다. 하정제가 문서를 내밀었다.

"사초를 거두어들이는 일이 모두 끝났습니다."

최항이 문서를 살피며 물었다.

"모두 빠짐없이 납입하였던가?"

"아직 두 분이 납입하지 않았습니다."

"기한이 다 되도록 납입하지 않은 사람이 있단 말인가? 대체
누구인가?"

"이조정랑을 지낸 조원영과 성균관 직강을 지낸 최해량입
니다."

"별다른 기별도 없이 납입하지 않았다는 말인가?"

"조원영은 함경도로 낙향하여 살고 있는데 거리가 멀어서인지 아직 사초가 당도하지 않았고, 최해량은 3년 전에 병으로 죽었습니다."

"사초를 납입해야 할 당사자가 죽었다면, 그의 가족들이 대신 납입해야 할 것이 아닌가."

"예, 하지만 가족들이 그 사실을 모르고 있는 것 같습니다."

"두 사람의 사초에 대해 어떻게 된 일인지 소상히 파악해 보게."

"예, 대감."

한명회가 가만히 물었다.

"혹시 기명을 하지 않은 사초는 없던가?"

"납입된 사초 중에 주인을 알 수 없는 것이 하나 있었습니다."

신숙주가 눈을 크게 뜨면서 말했다.

"사초를 납입할 때 필히 이름을 쓰라고 명하지 않았나? 한데 어찌하여 주인을 알 수 없는 사초가 있다는 것인가?"

"사초에 이름을 쓰라는 명이 내려지기 전에 납입된 것입니다."

"그럼, 아직도 그 사초의 주인이 춘추관에 찾아와 기명하지 않았단 말인가?"

"예, 영상 대감. 여기 오기 전에 기사관들에게 물어보았으나, 어떻게 납입되었는지 아무도 아는 사람이 없었습니다."

"허허, 괴이한 일이로다!"

한명회가 묘한 눈빛으로 쏘아보았다.

“그 사초는 언제 쓰인 것이던가?”

“밀봉된 봉투에 들어 있어서 그 내용은 알지 못합니다.”

“음, 봉투를 뜯지 않았다?”

한명회는 뭔가 생각하는 듯하더니, 곧 자리에서 일어섰다.

“이보게, 잠시 따라 나오게.”

갑작스러운 한명회의 행동에 하정제가 엉거주춤 따라 일어
섰다.

“예, 영상 대감.”

한명회가 신숙주를 내려다보며 말했다.

“난 의정부로 급히 가봐야 할 것 같습니다.”

“갑자기 무슨 일입니까?”

“별일은 아닙니다만, 나중에 말씀드리지요.”

한명회는 더 이상 설명도 없이 서둘러 밖으로 나갔다. 마당
에 내려선 그는 뒤따라 나온 하정제에게 가까이 다가오라고 손
짓했다.

“조금 전에 말했던 그것을 몰래 가지고 나와 의정부로 오게.”

“예?”

하정제는 한명회가 무슨 말을 하는지 알아듣지 못했다.

“사초가 든 봉투를 가지고 의정부로 가져오라는 말이네.”

“어찌하여 그러한 명을 내리시는지…?”

“그럴 만한 사정이 있어서 그러니 연유는 묻지 말고 은밀히
가지고 나오게. 난 먼저 의정부에 가 있겠네.”

“하오면….”

하정제는 즉시 기사관들의 방으로 향했다. 잠시 그의 뒷모습을 지켜보고 서 있던 한명회는 곧장 춘추관을 나섰다.

한명회가 자신의 집무실로 돌아온 지 얼마 되지 않아 수찬관 하정제가 의정부 관아로 들어섰다. 한명회는 홀로 집무실에 앉아 그가 오기를 기다리며 생각에 잠겨 있었다.

"영상 대감, 수찬관께서 오셨습니다."

밖에서 하급 관원의 목소리가 들렸다.

"들라 하게!"

하급 관원이 문을 열자 수찬관이 안으로 들어왔다. 한명회는 그가 자리에 앉기도 전에 팔을 뻗어 봉투부터 찾았다.

"어서, 이리 주게."

하정제는 소매 속에서 봉투를 꺼내 건네주었다. 한명회가 봉투를 뜯다 말고 상대를 빤히 쳐다보며 입을 열었다.

"자네는 이 봉투에 대해 누구에게도 말해서는 아니 되네."

"하지만 영상 대감, 그 봉투 안에 있는 것은 사초가 아닙니까?"

"이것은 사초가 아니라 불순한 무리들이 사초를 가장하여 보낸 괴서일 뿐이네. 그러니 자네는 이 봉투에 대해 더 이상 알려고 들지 말게. 알겠는가?"

"예…."

"다시 말하지만 이 봉투에 대해 절대 발설하지 말게."

"영상 대감의 뜻을 잘 알겠습니다. 그럼, 저는 이만…."

하정제가 방을 나가자 한명회는 기다렸다는 듯이 마저 봉투를 찢고 속에 들어 있던 사초를 꺼내 펼쳤다. 몇 줄을 읽어 내

려가던 한명회의 낯빛이 창백해지더니, 결국은 입에서 헛바람
빠지는 소리가 났다.

"허…."

한명회는 사초를 손에 꽉 쥔 채로 부들부들 떨었다.

"이, 이것이 정녕 사실이란 말인가…."

작성자의 이름과 날짜가 없는 가장사초였다. 그는 사초를 탁
자 위에 내려놓고 실성한 사람처럼 중얼거렸다.

"허허, 이 일을 어찌한다…."

방 안을 거닐다가 앉았다 일어서기를 반복하던 한명회가 밖
을 향해 목청을 높였다.

"밖에 누구 있느냐!"

문밖에 있던 하급 관원이 재빨리 안으로 들어왔다. 한명회는
다짜고짜 손가락으로 허공을 가리키며 더듬거렸다.

"거기, 거기로 가서 이리로 오라고 하여라."

하급 관원은 무슨 말인지 몰라 조심스럽게 여쭈었다.

"거기라 하시면…?"

"거기 말이다. 하, 한성부. 가서 판윤을 빨리 데려오너라."

"예, 영상 대감."

하급 관원은 대답한 뒤 급히 방을 나갔다.

한명회는 불안한 마음을 감추지 못하고 다시 자리에서 일어
나 방 안을 오락가락 했다. 봉투에 들어 있던 사초의 내용이 밖
으로 새어 나간다면 조정에 일대 파란이 일 것은 불을 보듯 뻔
했다. 그러니 어떤 수단과 방법을 다 동원해서라도 이 사초가

세상에 나오는 일만은 반드시 막아야 했다. 막동이 그토록 손에 넣기 위해 쫓아다니던 문서가 바로 이 사초임이 분명했다.

하급 관원이 방을 나간 지 이각쯤 지나 한성부 판윤 이거영이 의정부 관아로 들어섰다. 마침 한성부 관아에 머물고 있던 이거영은 한명회가 자신을 급히 찾는다는 소식에 지체 없이 달려온 것이다.

"영상 대감, 판윤께서 당도하셨습니다."

방 안에서 다급한 목소리가 밖으로 흘러나왔다.

"어서, 안으로 드시라 하여라."

영문도 모르고 무작정 달려온 이거영이 숨을 고르며 안으로 들어섰다.

"급히 찾으신다는 소식을 듣고 왔습니다."

"이리로 와서 좀 앉으시오."

이거영은 궁금한 얼굴로 한명회의 말을 기다렸다.

"대감, 지난번에 사초에 대해 이야기한 적이 있지요?"

앞뒤 말을 뚝 잘라버리고 무작정 사초에 대해 묻자, 이거영이 눈을 껌뻑거리며 되물었다.

"무슨… 사초를 말씀하시는 건지요?"

"작년에 예조좌랑으로 있던 자가 살해당한 후, 대감이 당상들과 이야기를 나누다 노산군 때의 사초 하나에 대해 언급한 적이 있다고 들었소만."

이거영은 기억이 떠오르는지 고개를 끄덕였다.

"예, 영상 대감. 한데…"

"그 사초에 대해 소상히 말해 보시오. 아마도 이것과 연관이 있지 않나 싶소이다."

한명회는 탁자 위에 놓여 있던 문서를 가리켰다. 이거영이 무심결에 팔을 뻗어 문서를 제 앞으로 당기려 하자, 한명회가 재빨리 막았다.

"그대로 두시오."

이거영은 조금 놀라는 눈빛으로 한명회를 바라보았다.

"그 사초에 대해 어서 말해 보시오."

한명회가 자꾸 재촉하자 이거영은 미간을 찌푸리며 가물거리는 기억을 억지로 떠올렸다.

"제 기억으로는 경진년인 것 같습니다. 당시 제가 형조에 있었는데, 임귀건이라는 이조정랑이 급사했다는 보고가 올라온 적이 있었지요. 한데 그가 독살을 당했다는 소문이 떠돌아 당시 한성부에서 조사를 나갔는데, 처음에는 독살이라고 보고했다가 뒤에 말을 바꾸어 단순히 병으로 죽었다고 결론을 내리더군요. 아무래도 미심쩍은 부분이 있어 형조에서 따로 조사를 해보니, 역시 그는 병으로 죽은 것이 아니라 누군가에 의해 독살된 것이 틀림이 없었습니다. 그리고 한 가지 더 밝혀낸 사실은, 그의 집에 보관되어 있던 가장사초 중 일부가 없어졌다는 겁니다. 누군가가 그의 사초를 노렸던 것이 분명하여, 제가 판서 대감께 그 사실들을 전하께 아뢰어야 하지 않겠느냐고 여쭈었더니 대감께서는 그냥 알았다고만 하신 뒤 아무런 조치도 취하지 않더군요."

한명회가 어금니를 꽉 깨물고는 고개를 끄덕였다.

"그럼, 판윤이 말한 노산군 때의 사초란 그자의 가장사초를 일컫는 것이었소?"

"예, 아마도 그의 가장사초들 중에서 아주 민감한 내용을 담고 있는 것이 하나 있지 않나 여겨집니다."

"음, 그럴 수도 있겠구려."

"틀림없을 겁니다. 그렇지 않다면 가장사초만 훔쳐갈 이유가 없지 않겠습니까?"

"판윤이 보기에는 어떤 내용의 사초인 것 같소?"

"그것까지 짐작할 수는 없지만, 아주 특이한 사실이 하나 있습니다."

한명회가 호기심 가득한 눈빛으로 이거영의 입을 바라보았다.

"그게 무엇이오?"

"을해년 윤 6월 10일에 입시했던 사관이 바로 임귀건이라는 사실입니다."

"을해년, 윤 6월 10일이라… 아!"

눈을 껌뻑거리며 허공을 응시하던 한명회가 깜짝 놀라며 시선을 떨어트렸다.

"그, 그날은 노산군이 선왕께 선위하기 바로 전날이 아니오?"

"맞습니다. 그자가 그날 입시사관이었지요."

"그렇다면….'"

"아마도 그날 입시사초에는 특이한 내용이 없었을 겁니다. 다만, 그가 입직을 한 뒤 집으로 돌아가 어떤 민감한 내용이 담긴 사초를 썼던 게 틀림없습니다.”

한명회는 이제 모든 것이 명확해지는 느낌이었다. 그렇다면, 하정제가 건네준 봉투 속의 사초 내용이 사실일 가능성이 높았다.

“그럼, 사초 하나를 추적하고 있다는 무리가 바로 막동이었소?”

“예, 영상 대감.”

“한데…, 누구인 것 같소?”

“예? 무슨 말씀이신지….”

“누가 그 사관의 가장사초를 훔쳐간 것 같소?”

“글쎄요, 처음에는 막동이 아닌가 하였지만, 그자도 그것을 찾고 있는 것으로 보아 아마도 괴서사건을 일으킨 무리들의 손에 있지 않겠습니까?”

“….”

“막동의 무리가 임귀건의 집에서 가장사초를 훔쳐 나왔지만 정작 그 속에는 자신들이 찾던 것은 없었을 겁니다. 임귀건이 이미 다른 사람에게 그것을 건넨 뒤였으니, 막동은 한발 늦었던 셈이지요.”

이거영의 날카로운 추리에 고개만 끄덕이던 한명회가 잠시 후 대뜸 물었다.

“막동이 왜 그런 짓을 저지르고 다니는 것 같소?”

“거기까지는 아직 모르겠습니다만….”

“우리끼리인데 뭘 망설이오.”

이거영은 지난번 선왕에 대한 이야기를 거론했을 때 지었던 한명회의 표정을 떠올리며 끝내 입을 다물었다. 이거영의 얼굴을 빤히 쳐다보며 한명회가 입을 열었다.

"그럼, 더는 묻지 않겠소. 그 사관이 썼다는 사초의 초고를 반드시 찾아야 하오. 만일 그것이 밖으로 새어 나간다면 조정에 큰 소란이 벌어질 것이오. 그리고 사초를 찾더라도 절대로 그 내용을 보아서는 아니 되오."

"잘 알겠습니다, 영상 대감."

"우선 사라진 막동부터 빨리 찾아내시오. 자칫 잘못하다가는 그자가 일을 다 망칠지 모르니, 한시라도 빨리 그자의 행방을 알아내야 합니다."

"예, 사방에 군사들을 풀어 그자의 행방을 찾겠습니다."

이거영이 돌아간 뒤 한명회는 탁자 위에 놓인 사초를 한참이나 멀거니 내려다보았다. 잠시 후, 그는 아직도 파르르 떨리는 손으로 사초를 접어 다시 봉투 속에 집어넣었다. 창백해진 한명회의 낯빛은 한동안 가라앉을 줄 몰랐다.

춘추관 서고에서 사초를 정리하던 검열 하계환의 눈이 점점 커졌다. 한참 동안이나 사초 하나를 유심히 내려다보고 있던 그는 너무 몰입한 나머지 누가 옆에 다가오는지조차 알아차리지 못했다. 검열 채길두가 등을 가볍게 두드리자, 그제야 그는 깜짝 놀라며 고개를 들었다.

"무얼 그리 넋을 놓고 보고 있는가?"

채길두가 옆 자리에 앉으며 묻자 하계환은 보고 있던 사초를 내밀었다.

"이것을 좀 보게."

"응? 사초가 아닌가."

빠르게 사초를 훑어보던 채길두는 믿을 수 없다는 표정을 지었다.

"아, 아니. 이럴 수가!"

"개서改書를 한 흔적이 틀림없지?"

"고쳐 쓴 곳이 한두 군데가 아니구먼."

하계환이 목소리를 낮추며 물었다.

"어찌하면 좋겠는가?"

"가만… 잠시 생각을 좀 해보세. 이거 예삿일이 아닌 걸."

"그러니 하는 말 아닌가."

채길두는 선뜻 갈피를 잡지 못했다.

"음…."

"아무래도 윗선에 알리는 것이 좋겠네. 모른 체했다는 사실이 들통이라도 나면 우리 역시 화를 면치 못할 걸세."

"그럼, 그렇게 하세."

둘이 한참을 속닥이고 있을 때 마침 수찬관 이영은이 다가왔다. 서로 눈치를 보며 먼저 말하기를 꺼리고 있을 때, 이상한 낌새를 알아차린 이영은이 그들을 똑바로 쳐다보며 물었다.

"왜들 그러는가?"

결국 하계환이 나섰다.

"저, 나리…."

"말해 보게."

"실은… 사초를 정리하다가 고쳐 쓴 흔적을 발견했습니다."

이영은이 깜짝 놀란 얼굴로 되물었다.

"무엇이라! 개서된 사초가 있다고?"

하계환이 사초를 내밀었다.

"예, 이것입니다."

잠시 사초를 훑어보던 이영은은 당혹감을 감추지 못했다.

"이런! 가만, 사초의 주인이… 민수."

"예, 봉상시 첨정 민수 나리의 것입니다."

"허허, 그자가 어찌 이런 참담한 짓을 저질렀단 말인가."

이영은은 사초의 내용을 꼼꼼히 살핀 뒤 그것을 소맷자락 속에 넣었다.

"이 일은 매우 중대한 사안이니, 내가 윗분들에게 알릴 것이네."

이영은은 곧장 춘추관을 나섰다. 뒤에 남은 하계환과 채길두는 앞으로 벌어질 일을 마치 예상이라도 한 듯 불안한 기색을 감추지 못했다.

춘추관을 나선 이영은은 의정부로 향하려던 걸음을 돌려 빈청부터 들렀다. 때마침 방 안에서는 삼정승과 실록청 최고 담당자들이 모여 한담을 나누고 있었다. 이영은이 무슨 말부터 꺼내야할지 몰라 우물쭈물 망설이자 최항이 빤히 쳐다보았다.

"왜 그러고 서 있는가?"

이영은은 떨리는 가슴을 진정시키며 차마 떨어지지 않는 입을 겨우 열었다.

"…춘추관에서 사초를 정리하던 기사관들이 이상한 점을 발견했습니다."

"어서 말해 보게."

이영은이 소맷자락에서 사초를 꺼냈다.

"저… 이것이옵니다."

"그게 무엇인가?"

이영은이 사초를 건네며 말했다.

"봉상시 첨정 민수의 사초인데, 그자가 몰래 개서를 한 듯합니다."

"허허, 이런 고얀 사람을 다 보았나!"

받아든 사초를 살펴보던 최항이 혀를 차면서 한명회에게 건네주었다.

"고쳐 쓴 흔적이 명백하군요."

사초를 건네받은 한명회는 가늘게 실눈을 뜨고 내용을 훑어보다가 입가에 냉소를 머금었다.

"여러 군데 고쳐 쓴 듯한데, 고령군 대감과 나에 관한 것도 있소이다. 허허허…."

"어디 좀 봅시다."

신숙주는 자신에 관한 내용이 기록되어 있다는 말에 얼른 사초를 건네받았다. 옆에 앉은 홍윤성이 한명회에게 물었다.

"나에 관한 것도 들어 있습니까?"

한명회가 피식 웃었다.

"좌의정이 빠지면 안 되지."

"그, 그래요? 무슨 내용입니까?"

"자네 눈으로 직접 보시게."

신숙주가 불쾌한 표정으로 사초를 내려놓자, 홍윤성이 재빨리 집어 들고 살피기 시작했다.

"이런 터무니없는 거짓을 기록해 놓다니…. 허허, 한데 이 일을 어찌할꼬…."

홍윤성이 사초에서 눈을 떼지 못하며 중얼거리자 양성지가 궁금한 얼굴로 물었다.

"저에 관해서도 기록되어 있습니까?"

아무도 대답하지 않고 헛기침만 하자, 양성지는 자신에 관한 내용도 들어 있음을 곧 알아차렸다. 곧이어 얼굴이 벌겋게 달아오른 홍윤성이 사초를 건넸다.

"대감도 좀 보시구려."

양성지는 사초를 집어 들지 않았다.

"보아서 무엇 하겠습니까. 어차피 지울 수도 없는 글인데…."

홍윤성은 분통을 터뜨렸다.

"이런 자를 그냥 내버려 둬서는 아니 될 것입니다. 보아하니 무려 여섯 군데나 고쳐 쓴 듯해요."

신숙주가 한명회에게 물었다.

"어찌하면 좋겠소?"

"그냥 넘길 사안이 아니지 않습니까. 당장 잡아들여 문초를 해야지요."

한명회는 이미 결심이 선 듯했다.

"우선 이 일을 먼저 전하께 알려야 마땅하지 않겠소. 고령군 대감은 지금 나와 함께 편전으로 갑시다."

두 사람은 자리에서 일어나 밖으로 나갔고, 홍윤성은 괘씸하다는 표정으로 재차 사초를 들여다보며 중얼거렸다.

"사관이라는 자들이 소문 따위의 거짓을 적어놓고 그것도 모자라 개서까지 하다니. 허허, 참…. 이놈들, 이번 참에 단단히 버릇을 고쳐줄 터이니, 어디 두고 보아라."

지그시 실눈을 뜨고 점잖게 앉아 있던 양성지도 못내 사초의 내용이 궁금했던지, 탁자 위에 놓인 사초를 서너 차례 흘깃거렸다.

역시 임금 황의 진노는 대단했다. 한명회와 신숙주가 편전으로 달려간 뒤 얼마 지나지 않아 곧바로 명이 떨어졌다. 봉상시 첨정 민수를 당장 잡아들여 의금부 옥사에 가두라는 어명이었다. 궐은 삽시간에 불안감에 휩싸이기 시작했고 그 기운은 곧장 궐담을 넘어 육조거리까지 널리 퍼졌다. 사초에 기명을 하도록 했던 조치가 결국 돌이킬 수 없는 큰 화를 불러오고야 말았다.

필화筆禍

이튿날, 조회를 마친 임금이 민수를 친국하기 위해 사정전 뜰로 나왔다. 지난밤 의금부 나장들이 집으로 들이닥치자 민수는 일이 잘못되었음을 깨닫고 황급히 자결하려 하였으나, 가족들의 만류로 뜻을 이루지 못했다. 의금부 옥에서 하룻밤을 지낸 민수의 얼굴은 몹시도 초췌했고 살아서 집으로 돌아갈 수 있을지는 그 자신도 장담할 수 없는 일이 되었다.

임금이 국문장에 나와 자리에 앉았다. 민수는 곤장 틀에 묶인 채 지난날 자신이 가르치던 제자와 얼굴을 마주했다.

민수를 가만히 노려보던 황이 호통을 쳤다.

"어찌하여 사초를 개서하였느냐!"

곤장 틀에 엎드린 채 민수가 대답했다.

"급히 사초를 납입하느라 미처 수정하지 못한 곳이 있어서 그리하였나이다."

"무려 여섯 군데나 고쳐 썼다고 들었다. 진정한 이유를 말해 보라.”

이미 죽기를 각오한 민수는 머뭇거리지 않았다.

“처음 신이 납입한 사초는 직필이었는데, 사초에 이름을 쓰게 되자 무척 두려웠나이다. 신의 사초에는 양성지 대감뿐만 아니라 여러 실록청 당상들의 득실이 적혀 있어 혹시나 신이 불이익을 받을까 염려하여 그리하였나이다.”

“너의 불이익을 염려하여 사초의 글을 지우고 고쳤다면 대신들에게 아부하기 위함이 아니더냐?”

“아니옵니다. 신은 대신들에게 원망을 들을까, 두려웠을 뿐이옵니다.”

“사초는 어떻게 손에 넣었느냐?”

“사관을 지낸 동료에게 빌려서 필삭筆削한 뒤 되돌려주었나이다.”

“네 사초를 춘추관 밖으로 전해 준 자가 누군지 물었다!”

이 대목에서 민수는 잠시 대답을 머뭇거렸다. 자신으로 인해 무고한 동료가 희생되는 것은 너무나 가슴 아픈 일이었다.

“어서 말하라!”

임금의 호통이 날아들었다.

“…”

“여봐라! 장을 쳐라.”

대기하고 있던 나장이 곤장을 내리쳤다.

“악! 악! 악…”

“그만 멈춰라!”

장 스무 대를 맞은 민수는 실신했는지 목이 아래로 쳐졌다. 옆의 나장이 찬물을 끼얹자 민수의 몸이 꿈틀거렸다. 시종 냉정한 눈빛으로 민수를 내려다보던 황이 크게 외쳤다.

"누가 사초를 건네주었느냐!"

"…처음에 봉교 조명윤에게 부탁했지만, 그는 자신의 소관이 아니라고 거절하며 기사관 강치성이 담당이라고 하였나이다. 하여 다음날, 신이 강치성에게 부탁하여 춘추관에 보관되어 있던 신의 사초를 건네받아 고쳐 쓴 뒤, 곧바로 되돌려 주었나이다."

"이런 몹쓸 자들이 다 있나!"

황이 금부도사를 쳐다보았다.

"강치성은 어찌 되었느냐?"

금부도사가 앞으로 나서며 아뢰었다.

"지금 아비의 병 때문에 죽산현에 내려가 있는데, 당장 군사들을 보내 붙잡아오겠사옵니다."

황이 쾌씸한 표정으로 일어섰다.

"이번 일과 관련이 있는 자들은 모두 붙잡아 들이시오!"

다음날 사간원 정언 원숙강도 붙잡혀 와 옥에 갇혔다. 지난번 사초에 이름을 쓰게 한 조치에 불만이 많았던 그를 공신들이 가만히 놓아둘 리 없었다. 사정전 뜰로 끌려나온 그를 한명회가 직접 국문했다.

"너는 사초에 기명하는 것을 옳지 않다고 했는데, 필시 이번 일과 관련이 있을 것이다. 아는 대로 모두 실토하라."

원숙강은 자신의 무고함을 거듭 주장했다.

"저는 이번 일과 아무런 관련이 없습니다. 다만, 지난번에 사초에 이름을 쓰게 한 조치가 옳지 못하다고 한 것은 사관들 사이에서 직필이 사라질까, 우려했기 때문입니다."

"솔직하지 못하다. 틀림없이 너는 이번 개서사건과 연관이 있을 것이다. 어서 말하라!"

"영상 대감, 억울하옵니다."

한명회가 고함을 내질렀다.

"이런! 안 되겠다. 장을 내리쳐라!"

"으! 으악! … 어, 억울하옵…."

원숙강이 장 열 대를 넘기지 못하고 기절하자, 한명회가 팔을 치켜들었다. 나장이 원숙강의 머리통에 물을 끼얹었다. 잠시 뒤 그가 깨어나자 다시 국문이 이어졌다.

"너는 이번 일과 명백히 연관이 있을 것이다. 어서 말하라!"

원숙강은 눈물을 흘렸다.

"사초에 이름을 쓰게 하는 일이 옳지 않게 여겨져 동료들과 의논했을 뿐입니다. 진실로 이번 일과는 아무 관련이 없습니다."

"그들이 누구인가?"

"조간과 성숙입니다."

한명회가 대기하고 있던 금부도사를 쳐다보며 명했다.

"당장 그들을 잡아들여라!"

"예, 영상 대감."

"아! 그리고, 사초에 이름을 쓰도록 한 조치에 반대했던 헌납 장계이도 잡아들여라."

　도사가 나장 일부를 데리고 뜰을 빠져나갈 때 맞은편에서 최
항이 편수관 김계창과 함께 걸어오고 있었다. 한명회는 그들이
다가올 때까지 잠시 국문을 멈추었다. 최항이 한명회에게 다가
와 말했다.

　"이번 개서사건을 계기로 춘추관에 제출된 모든 사초를 다시
점검해 보았더니, 저기 원숙강도 사초를 고친 흔적이 있었습니
다."

　한명회가 고개를 돌려 원숙강을 노려보았다.

　"그러면 그렇지. 저놈이 뭔가 구린 일이 있기 때문에 사초에
이름 적는 것을 극구 반대한 것이야."

　최항이 함께 온 편수관 김계창에게 고개를 끄덕였다.

　"말씀 드리시게."

　김계창이 앞으로 걸어 나왔다.

　"사초를 점검하던 중 저기 원숙강의 사초에서도 개서한 흔적
을 발견했습니다."

　한명회가 곤장 틀에 묶여 있는 원숙강을 손가락으로 가리켰다.

　"저자도 들을 수 있도록 크게 말해 보시오."

　김계창이 목소리를 높였다.

　"원숙강의 사초에 '권남이 졸卒하였다.'라는 대목이 있었는데,
그 아랫부분에 있는 글자들을 모두 지워버렸습니다."

　한명회가 원숙강에게 물었다.

　"지워버린 글자들이 무엇이냐!"

원숙강은 흐느끼며 대답했다.

"'임금이 부처를 좋아하였다.'는 말과 '권남이 큰 집을 지었다.'라는 글이었습니다."

"그것이 다가 아니지 않느냐!"

"…."

"어찌하여 지웠느냐!"

"…권남의 졸기卒記를 적다보니 어쩔 수 없이 대신들의 이름을 썼는데, 혹시나 그분들에게 원망을 들을까 염려하여 지웠습니다."

한명회가 비웃으며 말했다.

"네 이놈! 그러고도 네가 정녕 사관이었더냐?"

"…."

"게다가 군왕에 관한 기사를 불경스럽게도 '권남이 졸하였다.'라는 글귀 밑에 써넣다니. 너의 자질이 의심스럽다!"

원숙강은 모멸감과 두려움으로 부들부들 떨었다.

"…."

원숙강을 지그시 노려보던 한명회가 나장에게 말했다.

"전하께서 결죄決罪하실 것이니, 다시 가두어라. 오늘은 문초를 마칠 것이다."

한명회가 국문을 중단하자, 나장들이 원숙강을 일으켜 세운 뒤 양측에서 부축해 밖으로 끌고 나갔다. 한명회는 끌려가는 그의 뒷모습을 가만히 지켜보며 회심의 미소를 지었다.

사초 개서사건으로 국문을 시작한지 삼 일째 되는 날이었다. 궐의 살벌한 분위기는 조금도 수그러들지 않았다. 특히나 춘추관과 예문관의 관원들은 걸음걸이조차 매우 조심스러웠다. 그들은 이번 광풍이 반드시 누군가가 재물로 희생되어야만 끝날 것임을 이미 짐작하고 있었다.

이번 일로 가장 곤혹스러운 사람은 바로 공조판서 양성지였다. 그는 본의 아니게 민수가 사초를 개서한 원인 아닌 원인을 제공한 사람이 되어버렸다. 결국 자신의 이름이 세간에 오르내리자 그는 실록청의 직임을 그만두겠다고 임금께 아뢰었다. 하지만 황은 그의 청을 윤허하지 않고, 오히려 이번 일을 사관들의 자질 탓으로만 돌렸다.

예문관의 분위기는 이루 말할 수 없이 침통했다. 민수가 사초를 고쳐 썼다는 사실을 알면서도 제때 보고하지 않았다는 이유로 봉교 조명윤이 의금부 옥에 갇혔고 또한 이번 일을 처음 발견했던 예문관의 검열들 역시 옥에 갇히는 신세가 되었기 때문이다.

사관들은 회의실에 모여 손광림의 말을 듣고 있었다. 그들은 묵묵히 듣기만 할 뿐 누구도 입을 열지 않았다. 손광림은 말을 하다가 멈추기를 거듭하며 긴 한숨을 내쉬곤 했다. 전혀 예상치 못한 뜻밖의 큰일에 그도 윗선의 결정만 기다리고 있는 듯 보였다.

"두 검열들은 죄가 가벼우니 곧 풀려날 수도 있겠지만, 조 봉교는 아마 힘들지 싶어…."

손광림이 또다시 한숨을 내쉬었다. 사관들은 여전히 고개를 숙인 채 듣고만 있었다.

"이번 일은 참으로 고약하게 되었네. 예문관이 더 이상 이번 일에 휘말리지 않도록 모두 처신에 신중을 기하기 바라네."

사관들이 맥 빠진 목소리로 겨우 대답했다.

"예…."

손광림이 다시 말을 이어가려고 할 때, 밖이 소란스럽더니 문이 활짝 열리며 나졸들이 몰려들어왔다.

"무, 무슨 일인가?"

손광림이 놀라서 묻자 금부도사가 앞으로 나섰다.

"윤 대교를 옥에 가두라는 명을 받았습니다."

방 안에 있던 사관들이 화들짝 놀라며 세주의 얼굴을 바라보았다. 당사자인 세주 또한 자신의 귀를 의심할 지경이었다. 세주가 떨리는 목소리로 확인하듯 물었다.

"나를 말하는 것이오?"

금부도사는 대꾸도 없이 곧바로 나졸들에게 명했다.

"어서 데려가라!"

나졸들이 달려들며 세주의 좌우 겨드랑이를 잡아챘다. 순식간에 벌어진 일에 어안이 벙벙해진 사관들은 눈만 껌뻑거렸다.

"나를 끌고 가는지 연유를 말해 주시오!"

세주가 밖으로 끌려 나가며 큰소리로 외쳤지만 금부도사는 대답도 하지 않고 나졸들만 재촉했다.

"서둘러라!"

세주마저 끌려가자 나머지 사관들은 더욱 불안한 표정으로 서로의 얼굴만 쳐다보았다. 잠시 멍하니 서 있던 손광림이 갑자기 밖으로 뛰쳐나갔다. 아마도 춘추관에 있는 대제학 문승휴에게 달려가는 듯했다.

드디어 저녁 무렵이 되자 갖가지 소문이 나돌기 시작했다. 지난달 민수가 궐에 들렀을 때 세주가 그와 만나는 모습을 보았다는 고변이 있었다고 했다. 당시 두 사람은 은밀히 무언가 속닥이는 모습이었는데, 그때는 별 의심하지 않았지만 이번 민수의 개서 사건을 보니 그들이 사전에 공모했음이 분명하다고 누군가 의금부에 고변을 했다는 것이었다.

고변자의 말을 듣고 의금부에서는 즉시 옥에 갇혀 있는 민수를 문초했다. 민수는 자신이 궐에 들렀을 때 우연히 세주와 마주친 것뿐이라고 주장했다. 하지만 민수의 말만 듣고 세주를 무조건 풀어줄 수만은 없는 상황이 되면서, 앞으로 세주가 어떻게 될지는 누구도 장담할 수 없었다.

세주가 의금부 옥으로 끌려갔다는 소식은 은후에게도 전해졌다. 그녀 역시 처음에는 자신의 귀를 의심하여 두어 차례 확인하듯 되물었고, 결국은 사색이 된 얼굴로 안절부절 어쩔 줄을 몰라 했다. 그녀는 하루 종일 방 안을 왔다 갔다 하며 한시도 초초한 마음을 누르지 못하고 퇴궐도 미룬 채 세주에 관한 다른 소식에 촉각을 곤두세우고 있었다. 해가 완전히 넘어가고 어둠이 내리기 시작할 즈음, 그녀는 초조하고 불안한 마음으로 방을 나섰다. 복도를 걸어 나오던 그녀는 혹시나 또 다른 소식이 전해지지는 않았나 하여 회의실을 기웃거렸다.

마침 안에는 교서관에서 급히 달려온 제조 최경욱과 응교 손광림이 대화를 나누고 있었다.

"윤 대교의 일을 윤 대감에게 전해야 하지 않겠는가?"

최경욱의 말에 기운 없이 앉아 있던 손광림이 고개를 끄덕였다.

"그래야겠지요…."

"지방으로 내려가던 윤 대감이 아들을 잘 부탁한다고 수도 없이 당부했건만…."

"오래전부터 절친한 벗이셨으니, 누구보다 마음이 아프시겠습니다."

"어디 친하다 뿐인가. 내가 노산군 복위 사건에 휘말렸을 때, 당시 사헌부 장령으로 있던 그 사람이 목숨을 걸고 나를 구해 주었지. 이제는 내가 그 빚을 갚아야 할 차례인데, 어찌한다?"

방에서 흘러나오는 두 사람의 목소리를 듣고 서 있던 은후는 발뒤꿈치를 들고 조용히 물러나 마당으로 내려섰다. 오늘따라 달빛이 구름에 가려 밤하늘이 음산했다. 불안하고 초조한 마음을 가누지 못한 채 궐문을 나서던 은후의 머릿속에 한 가지 생각이 번개처럼 스쳐 지났다. 지나가던 관원들이 멍한 표정으로 서 있는 은후를 힐끔거리며 쳐다보았다.

"이보시오."

멍하니 서 있는 은후의 어깨를 수문장이 다가와 툭 건드렸다.

"무슨 일인지는 모르나, 궐문을 막고 서 있지는 마시오."

"아, 미안하게 되었소."

은후는 천천히 걸음을 내디디며 중얼거렸다.

"…사부의 춘부장께서 병자년(1456년)에 사헌부 장령이셨다고? 그, 그렇다면 혹시 사부가…?"

몇 발자국 걷던 은후는 또다시 걸음을 멈추었다.

"설마, 사부가 그분은 아니겠지… 당시 윤 장령은 역적으로 몰려 죽었다고 확실히 들었는데… 그럴 리가 없어."

은후는 깊은 생각에 빠진 채 걷다가 멈추기를 수차례나 반복했다. 그녀가 이숭손의 동생 집에 숨어 살 때, 지금의 윤 대감이 사헌부 장령이 되었다는 소식을 어렴풋이 들은 적이 있었고, 그 다음 해 그분 역시 역모에 연루되어 결국은 멸문지화를 당한 것으로 알고 있었다. 그런데 지금까지 자신이 알고 있던 윤 장령은 다른 사람인 듯했다.

"그러고 보니 사부의 얼굴이 영 낯선 것만도 아니었어… 한데, '세주'라는 이름은 전혀 기억이 나질 않는데…."

은후의 머릿속은 무척이나 혼란스러웠다.

"설마… 아니야…."

어느새 은후는 종루를 지나 집 앞까지 와 있었다. 그날 밤 그녀는 잠을 한숨도 이루지 못했다.

다음날, 은후는 여느 때보다 일찍 입궐했다. 밤새 한잠도 이루지 못한 그녀의 눈은 붉게 충혈되었고 낯빛 또한 파리했다. 예문관에 당도하자 그녀보다 먼저 입궐한 봉교 김효천이 마당으로 내려서고 있었다.

"나리, 일찍 입궐하셨습니다."

은후가 다가가며 먼저 인사를 건네자, 김효천 역시 제대로 잠을 이루지 못했는지 푸석푸석한 안색으로 인사를 받았다.

"지금 입궐하는 길인가 보군."

김효천이 무뚝뚝하게 인사를 받고 그냥 지나치려고 하자, 은후가 그를 급히 붙잡아 세웠다.

"저… 봉교 나리."

김효천이 걸음을 멈추었다.

"왜 그러는가?"

"부탁이 하나 있습니다만…."

김효천이 새삼스럽다는 듯 빤히 쳐다보았다.

"무슨?"

"혹여, 이조에 아시는 분이 계신지요?"

"이조에? 응, 있기는 하네만."

은후의 안색이 조금 밝아졌다.

"그러시다면 병자년에 사헌부 장령을 지낸 분이 누군지 알아봐 주실 수는 없겠는지요?"

"병자년이라면… 13년 전의 일이 아닌가? 한데, 갑자기 그것은 왜 알고 싶은가?"

"꼭 부탁드립니다. 제가 아시는 분인지 확인하고 싶어 그럽니다."

"알겠네. 문적을 확인하면 알 수 있는 일이니, 이조에 있는 분에게 부탁해봄세."

"고맙습니다, 봉교 나리."

김효천이 돌아서려다가 멈추었다.

"그건 그렇고. 윤 대교 일로 자네 또한 마음고생이 심하겠구먼."

세주의 이야기가 나오자 은후는 금방 침울한 표정이 되었다.

"실은 걱정이 되어 견딜 수가 없습니다. 윤 대교 나리께서는 아무 일 없겠지요?"

"글쎄, 그러길 바라는 수밖에…."

그때 입직을 한 검열 이지벽이 마당 안으로 후다닥 뛰어 들어왔다.

"무슨 일인가?"

김효천의 물음에 이지벽은 허둥지둥 주위를 두리번거렸다.

"으, 응교 나리께서는 아직 입궐 전입니까?"

"그런 것 같네. 다급해 보이는데 무슨 일인가?"

"어젯밤 강치성이 압송되어 왔다고 합니다."

"그래?"

"조금 전 전하께서 소식을 접하시고는 당장 친국을 하시겠다고 하십니다."

"그럼 오전에 국문하시겠다는 뜻이 아닌가?"

"아마도 그런 것 같습니다."

"허허, 이제 윤 대교와 조 봉교는 어찌 되는지…."

"오늘 국문장에 나오지 않겠습니까?"

"그렇겠지. 아, 이 일을 어찌한단 말인가…."

김효천은 긴 한숨을 내쉬었다. 이지벽은 불안한 표정을 감추지 못한 채 뒤돌아섰다.

"전, 입시사관이라 이만…."

잠시 후, 두 사람이 떠나고 난 뒤 홀로 마당에 남겨진 은후는 한동안 멍하니 서 있다가 곧 안으로 걸음을 옮겼다.

사정전 뜰에 국문장이 마련되었다. 이번 개서사건에 연루된 자들이 모두 끌려나와 엎드린 채 곤장 틀에 묶여 있거나 땅에 꿇려져 있었다. 한명회, 최항, 권감 등이 임금을 기다리는 동안 죄인들을 노려보며 귓속말을 주고받았다. 맨 뒷줄에는 무릎을 꿇고 당당히 정면을 응시하는 세주의 모습도 보였는데, 찢어진 망건 사이로 삐져나온 머리칼이 그의 얼굴을 반쯤 가리고 있었다. 맨 앞 형틀에 묶인 민수와 강치성은 고개를 떨어뜨린 채 곧 다가올 육신의 고통을 미리 생각하며 바들바들 떨고 있었다.

"주상 전하 납시오!"

임금 황이 국문장에 모습을 드러냈다. 심기가 불편한지 그의 얼굴은 딱딱하게 굳어 있었다. 신료들이 좌우로 물러나며 길을 트자, 황이 의자에 앉으며 한명회를 보고는 고개를 끄덕였다. 드디어 삶과 죽음을 결정할 국문이 시작되었다.

"죄인 강치성에게 묻겠다. 너는 첨정 민수에게 사초를 건넨 적이 있느냐!"

한명회의 물음에 강치성이 떨리는 목소리로 대답했다.

"예, 춘추관에 있는 민수의 사초를 밖으로 가지고 나와 그에게 전해 주었습니다."

"그것이 큰 죄에 해당된다는 것을 몰랐더냐?"

강치성은 침착한 목소리로 대답하려고 애를 썼다.

"민수의 부탁을 거절할 수 없었습니다."

"민수가 사초를 개서할 것이라는 사실을 미리 알았느냐?"

"예, 제가 민수에게 사초를 건네며 연유를 물었더니, 자신이 기록한 공조판서 양성지 대감의 대사헌 때 일을 좀 고치고 싶다고 하였습니다."

"고친 글자에 인장은 누가 찍었느냐?"

"제가 서리 이귀림에게 시켰습니다."

한명회가 뒷줄의 서리 이귀림에게 물었다.

"네가 인장을 찍었느냐?"

이귀림이 떨면서 대답했다.

"저는 영문도 모르고 그저 기사관 나리가 시키는 대로 인장을 찍었습니다."

황은 처음부터 원숙강만 노려보고 있었다. 아마도, 사초에 이름을 쓰게 한 자신의 조치를 완강히 반대했던 그가 못내 괘씸한 모양이었다. 황이 팔을 치켜들자 한명회가 허리를 굽히며 뒤로 한 걸음 물러났다. 이제 황이 직접 나섰다.

"원숙강에게 묻겠다! 너는 이미 사초를 고쳤으면서 왜 사초에 기명하는 것을 반대하였느냐?"

원숙강 역시 몹시 떨고 있었다.

"사초에 이름을 쓰게 되면 사관들이 재상의 눈치를 보고 직필하는 것을 꺼려할까 염려했기 때문입니다."

황이 근엄한 눈빛으로 쏘아보았다.

"사초에 이름을 쓴다는 것은 자신의 기사에 책임을 진다는 뜻이다. 재상이 두려워 직필할 수 없다는 것은 사관으로서의 자질이 부족하다는 뜻이 아니고 무엇이냐. 자고로, 사관을 선발할 때 젊은 인재들로 가려 뽑는 연유가 무엇이겠는가? 그것은 젊은이의 총명함 때문만이 아니라, 오히려 굽힐 줄 모르는 기개 때문이 아니더냐?"

원숙강은 할 말이 없었다. 임금의 말이 너무도 옳았기 때문이다.

"너는 재상이 두려워 사초를 고쳤다고 했는데, 어찌 임금은 두려워하지 않느냐!"

원숙강은 임금의 말뜻을 알아차리지 못했다.

"…."

황이 호통을 쳤다.

"재상의 허물은 지우고 군주의 허물은 그대로 두었으니, 너는 재상만 두려운 것이냐?"

원숙강이 흐느끼며 대답했다.

"신이 어찌 군왕을 두려워하지 않겠나이까. 다만, 군왕의 정사는 이미 승정원과 각 관아의 문적에 등재되어 있기에, 신이 사초를 고친다한들 무슨 의미가 있겠나이까."

황의 노기는 더욱 커졌다.

"바른대로 말하라! 어찌하여 재상의 허물은 지우면서 임금의 허물은 지우지 않았느냐."

잠시 머뭇거리던 원숙강이 떨리는 목소리로 대답했다.

"그것은… 재상의 화가 더욱 빠르기 때문입니다."

"군주를 두려워한다고 말하면서도 재상의 화를 더욱 걱정하고 있으니, 너는 여전히 과인을 기망하는구나!"

"저, 전하. 어찌 신이 전하를 기망하겠나이까."

"듣기 싫다!"

황은 민수에게 고개를 돌렸다.

"너는 서연관으로서 과인을 가르친 적이 있다. 한데, 이번 일을 겪고 보니 너에 대한 실망이 몹시도 크구나."

민수는 눈물을 흘렸다.

"모든 것이 신의 불찰이옵니다. 이미 춘추관에 제출한 사초에 이치가 맞지 않는 글귀가 있어서 그것을 조금 고쳐 쓰는 바람에 그만…."

한때 자신의 스승이었던 민수와 이렇게 국문장에서 마주하는 황의 심정 또한 편하지는 않았다. 고개를 떨어뜨린 채 흐느끼는 민수를 지그시 바라보던 황이 다시 국문을 이어 갔다.

"대신들의 허물을 가려서 쓴 죄가 매우 중함을 너는 알고 있느냐?"

"예, 전하. 이번 일은 대신들의 원망이 무서워 사초를 고쳐 쓴 신의 우매함 때문이옵니다. 하지만 처음의 직필을 조금 완곡하게 고쳐 썼을 뿐, 그 말의 실상은 그대로 두었나이다."

뒤에 서 있던 한명회가 임금의 심정을 헤아렸는지 황의 곁으로 다가와 고했다.

"전하, 민수는 줄곧 말하는 것에 변함이 없습니다."

마침 누군가 민수의 편을 들어주길 간절히 바라고 있었다는 듯이 황은 고개를 끄덕였다.

"음, 그런 것 같군요."

한동안 국문은 계속 되었다. 임금은 가끔씩 뒷줄에 있는 사람들에게도 눈길을 돌렸지만 그들에게는 아무런 질문도 하지 않았다. 세주는 차라리 자신에게 무슨 질문이라도 해주었으면 하고 바랐지만 임금은 끝내 그를 외면했다. 그것이 죄가 있다고 여겨서인지 아니면 그 반대인지, 임금의 속마음을 알 길이 없는 세주로서는 더욱 불안하기만 했다.

임금은 앞에 있는 강치성에게 공모자를 대라고 수차례나 다그쳤다. 강치성은 누구와도 공모한 사실이 없다고 눈물로써 아뢰었다. 분노한 임금은 즉시 나졸들에게 명하여 장을 치라 했고 그는 장을 맞으면서도 끝내 공모자는 없었다고 일관되게 주장했다.

임금이 그만 국문을 마치려고 하자 계속 눈물을 흘리며 흐느끼던 민수가 아뢰었다.

"전하, 신이 지은 죄를 생각하면 마땅히 죽음으로써 그 죄를 씻어야 하오나, 신은 독자獨子로서 아직 부모가 살아계시니 목숨만은 부지하게 해주옵소서."

황이 굳어 있던 표정을 풀고 무슨 말을 하려다 사관 쪽을 흘끔 쳐다보고는, 다시 근엄한 얼굴로 단호하게 말했다.

"비록 네가 서연관으로서 한때 과인과 깊은 인연이 있으나, 그 사사로움 때문에 국법을 어긴 너에게 벌을 내리지 않을 수는 없다."

황은 자리에서 일어나며 한명회에게 명했다.

"나머지 관련된 자들도 문초하여 그 죄를 낱낱이 밝혀내도록 하시오."

"예, 전하."

황은 민수에게 한 번 더 시선을 던지고는 곧 국문장을 떠났다. 한명회가 국문을 대신 이어 갔다. 장을 치는 소리가 쉬지 않고 궐담을 넘었다. 궁인들은 국문장 근처에 얼씬도 하지 않았다.

국문은 오후 미시 경에 끝났다. 다행히도 검열 채길두와 하계환은 의금부에서 풀려났지만, 봉교 조명윤은 사실을 알면서도 감췄다는 것이 밝혀져 죄가 더욱 중해졌다.

세주의 경우는 참으로 이해하기 어려웠다. 지난달 민수가 궐에 들렀을 때 세주와 은밀히 만나 어떤 문서를 주고받았다는 것이었다. 당사자인 세주는 펄쩍 뛰며 사실을 부인했지만, 그런 모습을 목격한 사람이 있다고 하여 끝내 옥에서 풀려나지 못했다.

검열 김유원이 교대하러 편전으로 간 뒤 이지벽이 예문관으로 돌아왔다. 그때까지 사관들은 회의실에 모여 그가 오기만을 기다리고 있었다. 그가 방에 들어서자 모두가 동시에 그의 얼굴을 쳐다보았다. 그것이 무슨 의미인지 그 역시 잘 알고 있었다.

"조 봉교 나리는 풀려나기 힘들 것 같습니다."

이지벽의 말에 봉교 김효천이 천장을 물끄러미 바라보며 한숨지었다.

"음…."

은후가 주위의 눈치를 살피며 물었다.

"윤 대교 나리는… 어찌 되는 것인지요?"

대교 정광유가 끼어들었다.

"그래, 윤 대교는 무슨 죄를 지었다고 하던가?"

이지벽이 고개를 갸웃했다.

"그것이 참으로 애매합니다."

"무엇이 말인가?"

"지난달 봉상시 첨정 나리가 조 봉교 나리를 만나기 위해 궐에 들렀을 때 윤 대교 나리를 따로 만나는 모습을 본 사람이 있다는 겁니다."

"그 사람이 누구인가?"

"교서관 저작 김광겸이라고 합니다."

김광겸이라는 말에 모두가 깜짝 놀랐다. 김효천이 확인하듯 물었다.

"뭐, 김광겸이라고?"

"예, 나리."

"평소 예문관에 불만이 많던 자이니, 우연히 마주친 것을 과장하여 말했을 수도 있지 않겠는가."

"그렇긴 하지만 어떤 봉투 같은 것을 서로 주고받는 모습을 보았다고 주장하고 있으니…."

"그럼, 윤 대교가 그 사실을 인정했는가?"

"대교 나리께서는 극구 부인하며, 지난달 중순께 우연히 마주쳤을 뿐이라고 하였습니다."

그때 갑자기 은후가 물었다.

"첨정 민수라는 분의 풍채가 어떤지요? 혹시 배가 불룩하고 몸집이 크지 않는지요?"

김효천이 고개를 끄덕였다.

"응, 맞네만."

"그렇다면, 두 분은 서로 봉투를 주고받은 적이 없습니다."

"무슨 뜻인가?"

"지난달 중순께 제가 우연히 창밖을 보고 있는데 윤 대교 나리가 몸집이 큰 어떤 분과 이야기를 나누고 있었습니다. 윤 대교 나리가 예문관을 향해 걸어오고 있을 때 그분이 춘추관 쪽에서 다가오더니 대교 나리께 말을 걸더군요. 두 분은 잠시 이야기를 나누다 헤어졌는데 명백히 봉투 같은 것은 주고받질 않았습니다."

"그럼, 김광겸 그자의 모함이군. 지난번에 사관 후보자 천거를 막았더니 앙심을 품고 그런 짓을 한 거야. 틀림없어."

은후가 침착한 표정으로 되물었다.

"그럼, 제가 어찌하면 되겠습니까?"

"우선은 응교 나리께 알려 대책을 세워야지. 가만히 있다가는 김광겸 그자에게 당하게 생기지 않았는가?"

정광유가 맞장구쳤다.

"그러게 말입니다. 대제학 대감께도 빨리 알려야겠습니다."

사관들은 저마다 세주를 구하기 위한 자신들의 의견을 쏟아 냈다. 은후는 세주를 옥에서 구해 낼 수 있는 사람은 오직 자신 밖에 없음을 직감했다. 그러자 그녀의 마음은 더욱 조급해지고 한시도 가만히 있기 힘들었다.

이틀이 지나도록 임금은 결정을 내리지 못하고 있었다. 대신 들은 그러한 임금의 마음을 헤아리기보다 이번 사건을 계기로 사관들을 더욱 통제하고 싶어 했다. 그 일환으로, 그들은 사관 들에게 본때를 보여 줄 필요가 있었고 결국은 누군가 피를 흘 려야만 하는 상황이 되었다. 대신들은 임금에게 살릴 자와 죽일 자를 구분하여 아뢰었다. 하지만 황은 신하들의 주청에 묵묵부 답이었다. 아마도 자신의 스승이었던 민수의 생사에 관해 아직 결정을 내리지 못한 듯했다.

의금부에서 풀려난 채길두와 하계환이 예문관으로 돌아왔다. 그들은 지난 며칠 동안 옥사에서 지냈던 이야기를 하며 몸서리 를 쳤다. 은후는 그들의 이야기를 들으며 세주의 고초에 대해 생각했다. 게다가 자신이 그토록 찾고 있던 사람이 어쩌면 세주 일지도 모른다는 생각이 들자 그녀의 마음은 더더욱 아려왔다.

은후는 견평방에 있는 의금부로 가기 위해 예문관을 나섰다. 세주의 일로 의금부에서 은후와 김광겸을 부른 것이다. 손광림 은 김효천에게 은후와 함께 의금부에 다녀오도록 했다. 은후와 김효천이 막 궐문을 빠져나가려고 할 때 맞은편에서 걸어오던 관원 한 명이 웃음을 지으며 다가왔다.

"궐 밖에 볼일이 있으신가?"

이조좌랑 허석선이었다. 김효천이 정중히 인사를 건넸다.

"예, 의금부에 가는 길입니다."

"예문관이 이번에 큰 곤혹을 치르고 있구먼."

김효천은 자조 섞인 말로 내뱉었다.

"어쩌겠습니까. 사관이란 늘 칼날 위에 서 있는 사람들이니…."

"음…."

"참! 지난번 부탁한 것은 어떻게 되었습니까?"

"아, 그 일 말인가. 마침 잘 만났네. 자네의 부탁을 받고 이조의 비초批草(인사 기록부)를 살펴보니, 병자년에 사헌부 장령을 지낸 분은 윤정석과 윤필은 두 분이었다네."

"그럼, 두 분 모두 윤 씨 성을 가진 분들이었습니까?"

"우연히 성이 같았을 뿐 특별한 관계는 아닌 듯했네. 한데, 왜 그분들에 대해 알려고 하는가?"

"그냥 누구의 부탁으로 물어본 것입니다."

"두 분 중 한 분은 당시 역모에 연루되었고, 다른 한 분은 지금 충청도 관찰사로 나가 계시는 분이더군."

김효천이 눈을 동그랗게 떴다.

"예? 그럼, 윤 대교의 춘부장을 말하시는 겁니까?"

"그렇다네. 자네도 몰랐던 게로군."

김효천이 고개를 돌려 은후를 쳐다보았다.

"예…, 어쨌든 고맙습니다."

허석선이 걸음을 내딛었다.

"자, 또 보세.'"

옆에서 이야기를 듣고 있던 은후는 창백한 얼굴로 제자리에 굳어 있었다. 그녀는 허석선이 지나가고 난 뒤에도 꼼짝도 하지 못했다.

"자네도 들었으니 따로 말할 필요는 없겠지?"

김효천의 말이 들리지 않는지 은후는 멍하니 서 있기만 했다.

"이보게."

김효천이 얼빠진 모습으로 가만히 서 있는 은후의 어깨를 툭 쳤다.

"이보게, 서 권지!"

"예?"

"허허, 이 사람 갑자기 왜 그러는가?"

"아, 아닙니다."

김효천이 앞으로 걸음을 옮겼다.

"어서 가세."

걸음을 내딛는 은후의 다리는 휘청거렸다. 역시 그녀의 짐작은 빗나가지 않았다. 그토록 잊지 못해 그리워하던 사람이 여태껏 자신이 사부라고 부르던 대교 윤세주였다니. 은후의 가슴속에는 기쁨과 설렘 그리고 두려움이 교차했다. 우선 그를 만나면 무슨 말부터 꺼내야 할지 도통 아무 생각도 나지 않았다. 그와 만나게 될 거리는 점점 좁혀 오는데도 그녀의 머릿속은 여전히 텅 비어 있었다.

두 사람은 광화문을 지나 의정부 뒤쪽에 있는 의금부 관아로 들어섰다. 관원의 안내로 둘은 곧장 서쪽의 옥사로 향했다. 그들이 마당에 들어서자 그곳에는 이미 형틀이 마련되어 있었고 주변에는 나졸들이 나란히 서 있었다. 잠시 뒤 세주가 결박당한 채 나졸들의 부축을 받으며 옥 밖으로 끌려나와 형틀에 앉았다. 며칠 사이에 초췌한 몰골로 변한 세주를 바라보는 은후의 마음은 이루 말할 수 없었다.

형틀에 앉은 세주는 고개를 들고 앞을 똑바로 바라보았다. 세주의 눈에 침울한 얼굴을 하고 있는 은후의 모습이 들어왔다. 세주는 그녀를 향해 가볍게 고개를 끄덕였다.

은후는 어떠한 말과 표정도 지어보일 수가 없었다. 감정이 복받쳐 올라서 당장에라도 눈물이 왈칵 쏟아질 지경이었다. 은후가 어찌할 줄 모른 채 멍하니 서 있을 때, 의금부 동지사가 걸어 나왔다. 그런데 그의 뒤에는 교서관 저작 김광겸이 따르고 있었다.

동지사는 의자에 앉아 근엄한 눈빛으로 세주를 바라보았다.

"너는 지난달 궐에서 봉상시 첨정 민수를 만난 적이 있는가?"

세주는 또렷하게 대답했다.

"예, 있습니다."

"무엇 때문에 만났는가?"

"경회루 연못 길을 따라 예문관으로 가다가 우연히 마주쳤을 뿐입니다."

"네가 민수와 봉투를 은밀히 주고받는 것을 본 사람이 있다."

"나리, 절대 그런 사실이 없습니다. 대체 그자가 누구입니까?"

세주는 전혀 굽히지 않고 당당하게 물었다. 동지사가 오른쪽으로 고개를 돌렸다.

"앞으로 나오라."

김광겸이 몇 걸음 앞으로 걸어 나왔다.

"두 사람이 봉투를 주고받는 모습을 보았는가?"

김광겸이 세주를 노려보더니 동지사에게 말했다.

"분명히 제 눈으로 보았습니다."

그러자 세주가 항변했다.

"아닙니다. 저는 절대 봉투 같은 것을 주고받은 적이 없습니다."

동지사가 세주에게 물었다.

"민수와 마주쳤을 때 무슨 말을 나누었는가?"

"처음에는 안부를 묻더니 나중에는 사초에 기명하는 것에 대해 의견을 물어왔습니다. 그리고 돌아서는 제게 초초한 낯빛으로 다시 묻기를, 조 봉교를 만나야 하는데 어디에 있느냐고 하였습니다."

동지사가 좌우로 고개를 돌렸다.

"예문관에서 온 서 권지가 누구인가. 앞으로 나오라."

은후는 후들거리는 다리를 간신히 앞으로 옮겼다.

"자네가 두 사람이 만나는 것을 보았다고 하였는가?"

"예, 나리."

"근처를 지나가다가 보았는가?"

"아닙니다. 우연히 창밖을 바라보다가 두 분이 마주치는 장면을 보게 되었습니다. 춘추관 쪽에서 윤 대교 나리가 걸어오는데 뒤쪽에서 몸집이 큰 관원 한 분이 대교 나리를 불러 세웠습니다. 두 사람은 서로 마주본 채 잠시 이야기를 나눈 뒤 헤어졌을 뿐, 봉투 같은 것은 애초부터 주고받지 않았습니다."

김광겸이 은후를 쳐다보았다.

"같은 예문관 소속이라고 감쌀 텐가. 난 분명히 보았네. 두 사람이 헤어질 즈음, 첨정 민수가 팔을 뻗어 봉투를 재빨리 건네는 모습을 똑똑히 보았네."

"그렇지 않습니다. 그때 팔을 뻗은 것은 사실이지만 그냥 윤 대교 나리의 어깨를 가볍게 두드렸을 뿐입니다."

동지사의 눈이 번쩍 빛났다. 그는 김광겸을 향해 물었다.

"자네와 두 사람 사이의 거리는 어느 정도나 되었는가?"

김광겸은 기억을 떠올리기라도 하려는 듯이 허공을 응시하며 눈알을 굴렸다.

"…한 90에서 100보쯤 될 것 같습니다."

이후, 동지사는 김광겸에게 몇 마디 더 물어보았다. 하지만 그의 대답은 갈수록 애매모호해졌고, 동지사는 자꾸만 고개를 갸웃거렸다.

사흘이 지났다. 드디어 사초 개서사건에 대해 전교가 내려졌다. 임금은 기사관 강치성과 정언 원숙강은 참형에 처하고 봉교 조명윤은 장杖 백 대를 때린 뒤 멀리 충군시키라고 명했다. 그리고 민수에 대해서는 한때 임금의 스승이었다는 인연과 잘못을 뉘우치고 있다는 점을 참작하여 참형만은 면하게 해주었다.

하지만 그의 죄가 너무나 중하여 그냥 넘길 수만은 없는 일이어서, 임금은 고뇌에 찬 결정을 따로 내렸다. 결국 민수는 장 백 대를 맞은 뒤 제주 관노로 보내졌다.

예문관 또한 희비가 교차했다. 조명윤은 결국 풀려나지 못하고 본향으로 충군되고 말았다. 그가 장 백 대를 맞고 살점이 찢긴 채 도성을 떠났다는 소식은 예문관 사관들에게 큰 충격이었다. 그런 와중에도 그나마 다행인 것은 세주가 무사히 돌아온 것이었다. 그가 의금부에서 풀려나자 누구보다 기뻐한 사람은 은후였다.

퇴궐을 한 은후는 곧장 세주의 집으로 향했다. 견평방에 닿은 그녀는 세주의 집을 찾느라 한동안 골목길을 헤맸다. 지나가는 행인들을 붙잡고 물어 보았지만 곱상하게 생긴 그녀를 이상한 눈으로 쳐다볼 뿐 누구도 시원한 대답을 주지 않았다. 그녀가 지쳐갈 무렵, 맞은편에서 그녀를 똑바로 바라보며 걸어오는 한 사내가 있었다.

"저, 권지 나리 아니십니까?"

"뉘… 신가?"

사내가 히죽 웃었다.

"전에 한 번 뵌 적이 있는데…."

"응?"

사내는 들고 있던 약봉지 꾸러미를 다른 손으로 옮겨 들면서 자신을 소개했다.

"윤 대교님 댁에 있는 복쇠라고 하옵니다."

"아, 그렇군. 일전에 본 적이 있지?"

"예, 저희 도련님을 찾아오신 건지요?"

"그렇다네. 마침 집을 찾지 못해 헤매고 있었는데, 다행이군."

복쇠가 앞장을 섰다.

"저기 모퉁이만 돌면 됩니다. 절 따라오시지요."

은후는 뒤따라가며 복쇠의 손에 들린 약봉지 꾸러미를 바라보았다.

"윤 대교께서는 많이 편찮으신가?"

"난데없는 고초를 겪었으니 성할 리가 있겠습니까."

복쇠의 목소리에는 분기가 서려 있었다. 은후는 더 이상 묻지 않고 조용히 그의 뒤를 따랐다. 잠시 뒤, 복쇠는 모퉁이를 돌아 두 번째 대문 앞에서 걸음을 멈추었다.

"여깁니다."

복쇠가 대문을 두드리자 어린 여종이 나와 문을 열었다. 여종은 복쇠 뒤에 서 있는 은후의 얼굴을 빤히 쳐다보았다.

"자, 들어오시지요."

은후는 복쇠를 따라 안으로 들어갔다. 마당에 들어선 복쇠는 곧장 은후를 데리고 사랑채로 향했다. 곧이어 사랑채 댓돌 앞에 선 복쇠는 안을 향해 작은 목소리로 아뢰었다.

"도련님, 손님이 오셨습니다."

안에서 아무런 대답이 없자, 복쇠는 조금 더 큰소리로 아뢰었다.

“서 권지께서 오셨습니다.”

역시 이번에도 대답이 없자, 그는 신을 벗더니 살그머니 마루 위로 올라가 방 안을 살핀 뒤 곧 마당으로 내려섰다.

“주무시고 계신 듯합니다.”

“음….”

“그럼, 명일 다시 오시겠습니까?”

“아니네, 이왕 온 김에 대교 나리 얼굴이나 보고 가겠네.”

은후가 마루 위로 올라서자, 복쇠도 뒤따라 올라오려고 신을 벗고 있었다.

“그냥 조용히 얼굴만 보고 돌아갈 것이니, 자네는 가서 일을 보게.”

“예? 예, 그러시면….”

복쇠는 신을 벗으려다 멈추고 댓돌 아래로 내려갔다.

은후는 방문 앞으로 조용히 걸어가 문을 살며시 열었다. 문틈 사이로 잠들어 있는 세주의 얼굴이 눈에 들어왔다. 그 순간, 그녀의 눈가에는 눈물이 핑 돌았다.

은후는 잠든 세주의 얼굴을 물끄러미 내려다보며 생각에 잠겼다. 행여 꿈에서라도 한번 보고 싶었던 그리운 얼굴을 이렇게 가까이에서 볼 수 있다니. 하지만 재회의 기쁨보다 앞으로 닥쳐올 일들에 대한 두려움으로 그녀는 마음이 더욱 혼란스러웠다. 한동안, 그녀는 세주의 잠든 얼굴을 바라보며 옛 기억들을 어렴풋이 떠올렸다.

“으음….”

세주가 몸을 뒤척이며 신음소리를 내자, 생각에 빠져 있던 은후는 정신을 차렸다. 그녀는 세주의 이마에 맺힌 식은땀을 제 소맷자락으로 살포시 찍어냈다. 그리고 이내 안타까운 시선으로 그의 얼굴을 하염없이 바라보았다.

세주의 잠든 모습을 바라보면 볼수록 은후의 마음은 점점 더 복잡해졌다. 그녀는 세주에게 자신을 어떻게 알려야 할지, 또한 남장을 하고 있는 이유를 어떻게 설명해야 할지, 도무지 마땅한 생각이 떠오르지 않았다.

"권지 나리…."

은후가 깊은 생각에 빠져 있을 때 밖에서 목소리가 들려왔다. 그녀는 대답하려다 말고 세주의 이불을 가지런히 한 뒤 자리에서 일어났다.

"여태껏 계셨습니까?"

마루로 걸어 나오는 은후를 보며 댓돌 아래에 서 있던 복쇠가 말했다.

"속이 상하다 보니… 그리 되었네."

"진지라도 드시고 가시지요."

"아닐세. 어두워지기 전에 가야겠네."

은후는 배웅하려고 대문 밖까지 따라 나온 복쇠에게 부탁했다.

"윤 대교께서 많이 편찮으신 것 같으니, 자네가 잘 보살펴 드리게."

"여부가 있겠습니까. 살펴 가십시오."

발길을 돌리는 은후의 걸음은 무거웠다. 하지만 그녀의 마음은 더욱 무거워지고 있었다.

　다음날 아침, 깊은 잠에서 깨어난 세주는 온 몸이 쑤시고 움직일 때마다 팔다리 근육이 욱신거렸다. 미음으로 아침 요기를 간단히 마친 세주는 천장을 바라보고 누워 지난 며칠 동안의 악몽을 떠올리고 있었다.

　"도련님…."

　밖에서 복쇠의 목소리가 들렸다.

　"들어오너라."

　복쇠가 약사발을 들고 안으로 들어왔다.

　"탕약을 가져왔습니다."

　이불을 밀치고 간신히 일어난 세주는 약사발을 비운 뒤 복쇠에게 빈 그릇을 건넸다.

　"도련님, 어제 저녁에 서 권지께서 다녀갔습니다."

　"뭣? 서 권지가 여기 왔었다고?"

　이불 속으로 들어가려던 세주가 일어나 앉으며 되물었다.

　"예, 도련님께서 주무시는 모습을 한참이나 지켜보다 돌아갔습니다."

　세주가 아쉽디는 투로 말했다.

　"날 깨우지 않고, 그냥 돌아가게 하였더냐?"

　"주무시는 모습만 잠시 보고 돌아간다고 하시기에…."

　"내 잠자는 모습을? 음…."

　복쇠가 밖으로 나가려다가 뒤돌아섰다.

"아 참, 도련님, 기쁜 소식이 있습니다."

"무슨… 아, 그 동소문의 청지기에 관한 것이더냐?"

복쇠가 고개를 끄덕이며 밝게 웃었다.

"예, 도련님."

세주의 얼굴에 생기가 돌아왔다.

"어찌 되었느냐?"

"지난번 동소문에 갔을 때 청지기를 기억하던 그 지전 주인 말대로 소인이 그동안 도성 안팎의 지전 가게를 두루 살펴보았더니, 종루의 육의전 가게 중에 그 청지기와 거래하는 곳이 있는 듯했습니다."

"어서 말해 보거라."

"바로 종이의 원료입니다."

"응?"

"동소문에서 그 청지기가 주로 만들던 종이가 두꺼운 상지桑紙였다는 말이 기억나서 소인은 상지를 파는 가게만 찾아다녔습죠. 그런데 상지 중에서도 후지厚紙만 주로 파는 곳이 육의전뿐이었습니다."

세주가 미간을 좁히며 말을 더듬었다.

"그, 그러면…."

"그렇습니다. 그 청지기가 육의전의 어느 지전과 거래를 하는 게 틀림없습니다."

세주의 표정이 밝아졌다.

"그동안 네가 고생이 많았구나. 당장 오늘부터라도 종루 지전거리에 나가 그 청지기의 행방을 알아 보거라.”

“예, 도련님.”

복쇠가 방을 나간 뒤 세주는 이불 속에 누워 천장을 바라보며 가연의 얼굴을 떠올려 보았다. 이제는 너무 오랜 시간이 흘러서인지 기억의 저편에서 가물거릴 뿐 그녀의 모습은 또렷하게 떠오르지 않았다. 하지만 그의 마음속에서는 곧 그녀를 만날 수 있을지도 모른다는 새로운 희망이 솟았고, 그러자 지난 며칠간 겪었던 고통 따위는 이내 사라져갔다.

판윤 이거영은 한성부의 주요 관원들을 모두 한자리에 불러들였다. 판관 신벽이 몇 가지 새로운 사실을 알아냈고 또한 지금까지 풀지 못했던 문자 하나를 해독한 것이다. 그동안 신벽은 수하들에게 명을 내려 을해년(1455) 윤6월 10일 입시사초를 쓴 임귀건이라는 인물에 대해 은밀히 조사를 해왔는데 놀라운 사실은 9년 전에 갑자기 죽은 임귀건의 주변 인물들에 관한 것이었다.

“임귀건이라는 자가 순흥부사 이숭손의 막내 동생 숭문과 절친한 사이였다고?”

판윤 이거영의 질문에 신벽은 확신에 찬 목소리로 대답했다.

“예, 대감. 그리고 지난해 살해된 기주관 이응현의 아비가 이숭문과 동문수학했던 사이였답니다.”

“이응현의 아비는 어찌 되었는가?”

“6년 전에 죽었다고 합니다.”

좌윤 정달우가 의아스러운 듯 물었다.

"그자들 모두가 이번 사건과 연관이 있다는 말인가?"

"그런 셈입니다. 임귀건은 자신이 쓴 사초를 죽기 전에 이승문에게 전했고, 그는 그것을 보관해 오다가 이응현에게 전달했을 겁니다."

"그럼, 이응현은 왜 그 일에 관여한 것 같은가?"

"아마도 이승문 그자가 이응현 아비와의 인연을 거론하며 그를 설득했을 테지요."

이거영은 입을 꾹 다문 채 천천히 고개를 끄덕였다. 하지만 정달우는 여전히 이해가 되지 않는 눈치였다.

"임귀건이 왜 이승문에게 자신의 사초를 전했는지 의문이구만."

"아마도 선위의 부당함을 알리고 싶었겠지요."

"…노산군의 선위를 일컬음인가?"

"예, 그 사초에는 선위 전날에 있었던 어떤 일에 대해 기록되어 있었을 겁니다. 임귀건은 그 사초를 몰래 숨겨오다 자신에게 곧 위험이 닥칠 것을 눈치 채고 서둘러 이승문에게 건넨 듯합니다."

"이승문이라… 그럴 만한 자가 되는가?"

이거영이 나섰다.

"이승문 그자가 누구요, 바로 순흥부사 이승손의 막내 동생이 아닙니까. 정축년 순흥 역모사건 이후 지난 12년 동안 그자를 붙잡기 위해 뒤를 쫓아왔지만, 아직 행방조차 모르고 있지 않소이까."

신벽이 뒤를 이어 말했다.

"임귀건은 정축년 역모사건을 지켜보며 이숭문도 노산군의 복위에 뜻이 있음을 알고 자신이 간직해 오던 사초를 건넸을 테지요. 자기 스스로 그 사초의 존재를 세상에 알리기는 어렵고 또한 목숨마저 위태로울 수 있기에, 이숭문이라면 능히 그 일을 할 수 있을 거라 여겼을 겁니다."

이제야 이해가 되는지 정달우가 고개를 끄덕였다.

"음… 이숭문이 이응현에게 사초를 전했고, 이응현은 그 사초를 보관하고 있다가 실록청이 열리면 춘추관에 몰래 들여와 납입된 사초 더미 속에 끼워 넣은 뒤, 그것을 편찬 자료로 쓰이게 하려 했다? 허허, 이거 이야기가 딱 들어맞는구면."

서윤 김규현이 고개를 갸웃거리더니 신벽에게 물었다.

"그럼, 지난해 이응현이 살해되기 전 그와 함께 사랑방에 있었던 자는 누구인 것 같은가?"

"아마도 이숭문의 일당 중 한 명이었을 겁니다. 사초를 추적하고 있는 무리가 이응현의 손에 그것이 있다는 것을 알아내고 그의 집에 침입했으나, 이숭문 일당이 한발 빨랐던 셈이지요."

"음… 누군가 그 사초를 노리고 있음을 미리 알아채고 이숭문이 다시 회수해 갔다는 뜻인가?"

"예, 그렇게 짐작이 됩니다."

"그럼, 정난일기 분실사건과 그 이후 일어난 괴서사건들이 모두 그자들의 소행이라는 말인가?"

"예, 이번 사건들의 배후는 이숭문이 확실합니다."

"그렇다면… 작년에 동소문 밖 공장들의 임시 거처에서 달아난 자들이 이숭문의 수하들이라는 뜻이로군. 그렇다면… 막동은 왜 그자들을 뒤쫓는 것인가? 혹시 그가 바로 사초를 쫓는 자인가?"

"예? 그건…."

순간, 신벽이 이거영을 쳐다보았다. 그러자 이거영이 재빨리 나서서 말을 가로챘다.

"그 이유에 대해서는 소상히 논하지 않는 것이 좋겠소. 다만 그자를 빨리 찾아내 더는 이번 일에 개입하지 못하도록 하는 것이 우리 일입니다."

다들 궁금한 듯 했지만, 이거영의 말에 아무도 더 이상 토를 달지 않았다.

"하지만 그 역도들의 행방을 어떻게 찾는단 말인가…."

정달우가 한숨을 내쉬며 넋두리 하듯이 말하자, 신벽이 조심스럽게 대답했다.

"어쩌면… 어렵지 않은 일일 수도 있습니다."

신벽의 말에 좌중이 놀란 눈으로 쳐다보았다. 가만히 듣고만 있던 우윤 이계훈이 재빨리 나섰다.

"그럼, 혹시 불에 타다 남은 문서 속의 글자가 무엇인지 알아낸 것인가?"

"예, 그렇습니다."

이거영이 재촉했다.

"어서 말해 보라."

"그 문서 조각에 남아 있던 '천千'과 '문자文字'는 아직 무슨 뜻인지 알아내지 못했지만, '소所'와 '서署'자는 밝혀냈습니다. 그것은 다름 아닌 조지소造紙所와 조지서造紙署를 일컫는 말이었습니다."

좌중은 가만히 신벽의 얼굴만 쳐다볼 뿐 말이 없었다. 그때 갑자기 정달우가 손뼉을 치며 외쳤다.

"맞아! 자네 말이 맞아. 3년 전에 조지소가 조지서로 이름이 바뀌지 않았나. 그래서 누군가 그것을 모르고 조지소라 썼다가 조지서로 고쳐 썼음이야."

이제야 오랜 의문이 풀린 듯 나머지 사람들도 고개를 끄덕이며 표정이 밝아졌다. 이계훈은 다소 흥분한 듯 보였다.

"그럼 그자들이 조지서로 서신을 보내려고 했다는 뜻인데, 그렇다면 조지서 내에도 그들 일당이 있다는 말이 아닌가?"

신벽은 고개를 끄덕이며 거의 확신하는 듯했다.

"예, 틀림이 없을 겁니다."

"하지만… 조지서의 많은 사람 중에서 그자들을 어떻게 찾아낸단 말인가?"

"그 역시 어려운 일이 아니라 여겨집니다. 그자들이 조지서에 숨어든 것은 궐에 드나들기 편했기 때문일 것입니다."

이거영은 대충 짐작하고 있다는 투로 말했다.

"궐에 종이를 댄다는 핑계로 말이지?"

"그렇습니다. 특히나 춘추관은 종이를 많이 필요로 하는 곳이다 보니, 그곳을 마음대로 드나들 수 있었겠지요."

"그럼 조지서에 있는 자들 중 궐에 드나드는 자들이겠구먼."

"그럴 가능성이 큽니다. 하여, 이숭문의 인상서를 만들어 혹시 그자가 조지서에 있는지도 살필 계획입니다."

"지난번 궐 안에 첩자가 있는 것 같다고 하더니, 그 말인가?"

"아닙니다, 대감."

이거영이 눈을 치켜떴다.

"아니라니? 그럼, 또 다른 자가 있다는 뜻인가?"

"지금으로서는 명확하지 않지만, 또 다른 누군가가 있는 게 확실합니다."

"어째서 그렇게 생각하는가?"

"두 번째 괴서사건 때문이옵니다. 소인이 알아본 바로는 첫 번째 괴서의 내용은 정난일기의 기록과 일치하지만 두 번째 괴서는 어떤 문서에도 없는 내용으로 오로지 실록에만 그 근거를 두고 있다고 들었습니다."

"그래서 어쨌다는 것인가?"

"두 번째 괴서의 내용이 실록에 있는 글이라면 그자들이 실록을 보았다는 뜻이 되지 않겠사옵니까?"

이거영이 놀라는 기색을 보였다.

"무어라! 그자들이 실록을 보았다?"

"예, 대감."

가만히 듣고 있던 우윤 이계훈이 불쑥 끼어들었다.

"이보게, 판관. 그자들이 어떻게 실록을 볼 수 있단 말인가?"

"소인 역시 그것이 궁금합니다만…."

"실록은 아무나 열람할 수도 없는 일이고 더구나 충주, 성주, 전주 등 외방의 사고에 보관되어 있지 않은가?"

김규현이 고개를 가로저었다.

"아니지요. 그자들이 궐내에 있는 내사고에서 보았을 수도 있겠지요."

이번에는 신벽이 고개를 가로저었다.

"그것은 더더욱 어려운 일일 겁니다. 내사고의 경계는 외사고보다 훨씬 더 엄중하지 않습니까. 게다가 실록을 열람했다면 그 기록 또한 남아 있을 터이고…."

"하긴, 궐에 있는 사고에는 아무나 접근할 수 없지. 그렇다면 외사고에서 실록을 보았다는 뜻인데… 한데, 외사고도 경계가 엄중하기는 마찬가지고, 게다가 춘추관의 허락이 있어야만 사고의 문을 열 수 있지 않은가?"

잠시 생각에 잠겨 있던 이거영은 작년 팔월 말 두 번째 괴서 사건이 발생한 뒤 편전에서 선왕과 양성지 대감이 나누던 대화를 떠올리며 혼잣말처럼 중얼거렸다.

"그럼 정말로 그자들이 문종 임금의 실록을 본 것인가…."

김규현이 신벽에게 물었다.

"실록의 내용이 확실한지 춘추관에 가서 물어보면 어떻겠는가?"

"소인도 그것을 명확히 하기 위해 어제 춘추관에 가서 물어보았지만, 누구도 알지 못한다고 했습니다."

"음, 그래. 어쩌면 당연하겠지. 문종 임금의 실록 편찬은 15년 전의 일이니, 지금 춘추관에 있는 관원 중에서 그 내용을 아는 사람은 거의 없을 테고, 또한 알고 있다 한들 함부로 발설할 자가 누가 있겠는가."

"어제 소인이 듣기로는 당시 실록 편찬 때 양성지 대감께서 기주관으로 계셨다고 합니다."

"공조판서께서?"

"예, 그러니 공판 대감께 여쭈어 보시는 것이…."

신벽의 시선이 자신에게로 향하자 이거영이 고개를 끄덕였다.

"음… 그건 내가 알아보겠네. 한데, 그 괴서의 내용이 실록의 글과 일치한다고 하더라도 그것을 본 자를 어떻게 밝혀낼 수 있단 말인가. 자네, 뭐 짚이는 것이라도 있는가?"

"소인이 곰곰이 생각해 보았는데, 사고에 보관된 실록의 내용이 밖으로 새어 나갈 수 있는 경우는 딱 두 가지뿐인 것 같습니다."

좌중은 신벽의 다음 말에 촉각을 곤두세웠다.

"첫째는 실록 편찬 때 실록청에서 일했던 관원들입니다. 하지만 그들이 발설했을 가능성은 매우 낮습니다."

김규현 역시 그렇게 생각하는지 두 번째의 경우에 대해 물어 왔다.

"두 번째는 무엇인가?"

"바로 포쇄입니다."

"뭐! 포, 포쇄?"

“예, 사고의 문을 여는 경우는 오로지 포쇄할 때뿐이지 않습니까?”

이거영은 뭔가 감을 잡은 눈치였다.

“그럼, 포쇄를 담당한 자들 중 하나란 말인가?”

“예, 포쇄를 할 때 누군가 실록의 내용을 본 것이 아닌가 여겨집니다.”

“음…, 그렇다면 작년에 포쇄한 관원들이 누구인지 당장 알아보게.”

“어제 춘추관에 들렀을 때 이미 알아봤습니다.”

이거영이 몸을 앞으로 당기며 물었다.

“그게 누구인가?”

“홍문관 저작 양원지와 예문관 대교 윤세주입니다.”

“언제 어디를 다녀왔다고 하던가?”

“작년 여름에 충주 사고를 다녀왔다고 했습니다.”

“그럼 두 번째 괴서사건이 발생하기 전이 아닌가?”

“그렇습니다.”

마침내 좌중이 술렁거리기 시작했다.

“한데… 이상한 일이 하나 있습니다.”

“또 무엇이 있는가?”

“포쇄관 양원지와 대교 윤세주 외에 예문관에서 한 명을 더 보냈다고 합니다.”

“그자가 누구인가?”

“서 권지라는 자입니다.”

"예문관에는 권지가 없지 않은가?"

"소인도 그것이 궁금하여 여쭈어 보았으나, 명쾌한 답을 얻지는 못했습니다."

이거영이 천장을 바라보며 눈을 껌뻑거렸다.

"뭔가 이상하구만. 예문관에 권지라니…."

김규현이 이거영을 보며 말했다.

"포쇄를 다녀온 세 명 모두 면밀히 조사해 보아야 할 것입니다. 특히 서 권지라는 그자에 대해서는 더더욱 말입니다."

이거영이 고개를 끄덕였다.

"그래야겠군요. 이보게, 판관."

"예, 대감."

"자네 말대로라면 어쨌든 그 세 사람 중에 놈들의 첩자가 있다는 뜻인데, 당장에라도 조사해 보아야 하지 않겠나?"

"이미 수하 참군들에게는 준비하라 일렀습니다만, 두 번째 괴서의 내용이 사초에 있는 글인지 확인하는 것이 우선인 듯합니다."

"그것은 염려 말게, 오후에 내가 궐에 들어가 알아보고 올 것이니. 그리고 자네는 조지서에서 일하는 자들 중 궐을 드나드는 자가 누구인지 빨리 알아보게. 아마 그 배후는 이숭문이란 자가 틀림없지 싶어."

"알겠습니다, 대감."

이거영은 고개를 끄덕이며 중얼거렸다.

"음, 이제야 대충 감이 오는구먼…."

미시가 조금 지난 뒤 궐에 들어선 판윤 이거영은 곧장 예문관으로 향했다. 그는 우선 지난해 포쇄를 하러 충주에 내려간 세 사람에 대해 나름대로 알아볼 참이었다. 이거영이 예문관 앞에 당도하자 마침 밖으로 나오던 손광림이 인사를 했다.

"판윤 대감께서 이곳엔 어인 일이십니까?"

이거영이 예문관 건물을 가리키며 손짓했다.

"잠시 안으로 들어가세."

손광림은 영문을 모르는 채 어리둥절한 표정으로 다시 계단을 올랐다. 방으로 들어선 그는 이거영에게 상석을 권하고 자신은 맞은편에 조용히 앉았다.

"지난해 외사고 포쇄에 대해 몇 가지 물어볼 말이 있네."

다짜고짜 포쇄에 관해 묻자 손광림은 이거영의 얼굴을 빤히 쳐다보며 고개만 끄덕였다.

"충주 사고에 포쇄하러 세 명이 내려갔다고 하던데 사실인가?"

"그렇습니다만, 왜 그러시는지요?"

"그 이유는 차후에 알게 될 것이니, 우선 묻는 말에 소상히 대답이나 해 주게."

"예…."

"포쇄하러 내려간 관원들은 누가 뽑았는가?"

"제가 뽑았습니다만."

"그 관원들을 뽑은 특별한 이유가 있는가?"

점점 모를 소리에 손광림이 고개를 갸웃거렸다.

"무슨 뜻인지…."

"그 관원들을 누가 추천했다든지, 아니면 자청을 했다든지…
뭐, 그런 일은 없었는가?"

"대제학 대감의 허락을 받아서 제가 홍문관 저작 양원지를
포쇄관으로 삼고 예문관 대교 윤세주를 함께 보냈습니다."

"듣자하니… 동행한 자가 더 있었다던데?"

손광림은 별일 아니라는 투로 말했다.

"아, 예. 한 명 더 있긴 하지만 제가 그냥 딸려 보낸 것입니다."

"무슨 대답이 그러한가. 그냥 딸려 보냈다니?"

"말씀드리기 좀 난처합니다만…."

"중요한 일이네. 어서 말해 보게. 권지라는 자가 함께 동행을
했다고 하던데, 대체 그 무슨 말인가?"

손광림이 마른 침을 삼키더니 이내 신중한 표정을 보였다.

"예문관은 권지청이 아니라는 사실을 대감께서도 잘 알고 계
실 겁니다. 하지만 외방으로 나갈 사관이 필요하여 지난해 관원
한 명을 따로 뽑아 외사外史로서 갖추어야 할 것들을 가르치던
중이었지요."

"외사라? 음…, 대제학 대감의 뜻인가?"

손광림이 대답을 내놓지 못하고 머뭇거렸다.

"그것이…."

"그럼, 대제학의 뜻이 아닌가?"

"대제학 대감보다… 더 윗분의 뜻이어서 말씀드리기 곤란합
니다."

이거영은 곧 눈치를 채고 더 이상 묻지 않았다.

"뭐, 굳이 그렇다면…."

그만 자리에서 일어서려던 이거영이 엉뚱한 질문을 이어갔다.

"참, 이곳 예문관도 조지서의 일꾼이 종이를 날라다주는가?"

결국, 궁금증을 참지 못한 손광림이 되물었다.

"예, 그런데 대체 무슨, 일이신지요?"

이거영이 목소리를 낮추어 말했다.

"괴서사건을 일으킨 자들이 조지서 내에도 숨어 있는 것 같다는 보고가 있기에 물어본 것이네."

손광림이 깜짝 놀라며 물었다.

"예? 그자들이 하필이면 왜 그곳에…."

이거영은 상세한 말을 피하며 자리에서 일어섰다.

"자, 이만 일어나겠네."

이거영이 자리에서 일어나 문으로 걸어가자, 손광림이 재빨리 다가가 문을 열었다.

"어?"

밖에는 뜻밖에도 은후가 서 있었다.

"나리께서 부르셨다고 하여…."

문밖에 서 있던 은후는 이거영이 나오자 얼른 비켜서며 고개를 숙였다.

"어험…."

이거영은 고개를 숙이고 있는 은후를 흘끔 쳐다보며 지나갔다. 잠시 뒤, 이거영을 예문관 마당까지 배웅한 뒤 다시 마루 위로 올라온 손광림이 은후에게 말했다.

"자네에게 할 말이 있으니 따라 들어오게."

예문관을 나와 빈청으로 향하려던 이거영은 춘추관으로 발길을 돌렸다. 그가 춘추관 마당에 들어서자 마침 공조판서 양성지가 앞서 계단을 오르고 있었다. 이거영은 빠른 걸음으로 다가가 인사를 건넸다.

"공판 대감 아니십니까?"

"판윤 아니시오. 춘추관에는 어인 일로 오시었소?"

"잠시 볼일이 있어 들렀습니다만, 그렇지 않아도 대감을 뵈러 공조 관아로 가려던 참이었는데, 마침 잘됐군요."

"나에게요? 무슨 일로…."

"우선 안으로 드시지요. 대감께 긴히 여쭐 말씀이 있습니다."

두 사람은 나란히 당상관의 방으로 향했다. 방 안에 들어온 양성지는 궁금한 얼굴로 자리에 앉았다. 이거영이 먼저 입을 열었다.

"대감께 긴히 여쭙겠습니다."

"말씀해 보세요."

"지난해 팔월 말에 일어난 괴서사건에 관한 것입니다."

전혀 의외의 물음에 양성지는 눈을 크게 떴다.

"그 일이라면 두 번째 괴서사건을 말하는 것입니까?"

"예, 대감."

양성지의 얼굴이 진지해졌다.

"그래, 무엇이오?"

"저, 대감. 두 번째 괴서의 글이 문종 임금의 실록에 있는 내용입니까?"

"음….'

양성지가 입을 다물고 빤히 바라보자, 이거영이 재차 물었다.

"대감께서 당시 실록청 기주관으로 계셨다는 말을 전해 들었습니다. 하여 대감께 긴히 여쭙는 것입니다."

양성지는 지난해 선왕이 지금과 같은 질문을 자신에게 했던 기억을 떠올렸다. 그런데 지금 이거영이 똑같은 질문을 하고 있으니, 그는 몹시 궁금했다.

"사록에 관한 일이라 함부로 발설하기가 곤란합니다. 한데, 그것을 묻는 연유가 궁금하군요."

이거영은 주위를 둘러보며 목소리를 낮추었다.

"괴서사건을 일으킨 자들을 쫓고 있는데, 그것이 실록에 있는 내용이라면 의심이 가는 자들이 있기 때문입니다."

"음…, 그래요?"

"대감, 말씀해 주시지요."

난감해 하던 양성지는 결국 입을 열었다.

"실록에 있는 내용이 맞습니다. 하지만 더 이상은 묻지 마세요."

"무슨 뜻인지 잘 알겠습니다, 대감."

결국 이거영은 지난해 충주 사고에 포쇄를 다녀온 세 사람을 의심하기 시작했다. 신벽의 말대로, 만일 그들 중 하나가 첩자라면 이번 사건은 의외로 쉽게 마무리될 수도 있는 일이었다.

닷새 뒤, 춘추관에서 또다시 괴이한 일이 발생했다. 실록청 3
방을 맡고 있던 사헌부 집의 이득정이 새파랗게 질린 얼굴로
춘추관을 뛰쳐나오더니 부리나케 빈청으로 달려갔다. 그는 빈청
에 들어서자마자 허둥대며 영의정 한명회를 찾았다.

"안에 영상 대감 계시는가?"

이득정의 다급한 표정에 놀란 하급 관원이 덩달아 허둥거리
며 말했다.

"아, 아직 오시지 않았습니다만."

"그래?"

이득정은 잠깐 망설이다가 뒤돌아서며 중얼거렸다.

"아무래도 의정부로 가야겠군…."

이득정이 빈청 마루를 내려설 때, 마침 한명회가 무거운 걸
음으로 계단을 올라오고 있었다. 이득정은 옆으로 비켜서서 그
를 기다렸다.

"어서 오십시오, 영상 대감."

마지막 계단을 올라선 한명회가 고개를 들고는 여느 때와 마
찬가지로 짧게 대답했다.

"아, 자넨가."

한명회가 그냥 지나치려 하자 이득정이 난처한 표정으로 다
가갔다.

"저, 영상 대감."

한명회가 옆으로 고개를 돌렸다.

"왜 그러는가?"

"긴히 아뢸 말씀이 있습니다만…."

한명회가 이득정의 얼굴을 빤히 바라보았다. 그의 표정을 보아하니, 뭔가 심상치 않은 일이 있는 것 같았다.

"음, 따라오게."

한명회가 앞장을 서며 건물 안으로 향했다. 잠시 뒤, 회의실 문 앞에 당도한 한명회는 안에서 목소리가 흘러나오자 옆방으로 걸음을 옮겼다. 뒤따르던 이득정이 재빨리 앞으로 나와 문을 열었다. 한명회가 안으로 들어가자 이득정은 주위를 살핀 뒤 조용히 뒤를 따랐다.

"그래 무슨 일인가?"

머뭇거리는 이득정에게 한명회가 퉁명스럽게 말했다.

"실록청 3방에서 사초를 정리하던 기사관이 불온한 사초 하나를 발견했기에…."

이득정은 소맷자락 속에서 문서를 끄집어내 건네주었다.

"이것이 납입된 사초 더미 속에서 나왔다는 말인가?"

"예, 영상 대감."

한명회는 눈이 침침해서인지 미간을 찌푸린 채 가만히 내용을 들여다보았다. 그런데 두어 줄 읽어 내려가던 그의 손이 부르르 떨렸다. 곧이어 눈동자가 점점 커지더니 순식간에 얼굴까지 붉어졌다.

"이, 이런!"

한명회는 떨리는 손으로 읽던 문서를 내려놓았다. 지난번 봉투 안에 들어 있던 그 사초의 내용과 동일했다. 바로 막동이 찾고 있는 임귀건의 사초였다. 이득정은 한명회의 시선을 피하며 탁자를 내려다보았다. 잠시 숨을 고르며 마음을 진정시킨 한명회가 입을 열었다.

"자네는 당연히 이 내용을 보았겠지?"

긴장 때문에 제대로 숨조차 내쉬지 못하고 있던 이득정이 겨우 대답했다.

"예…."

"어서 자초지종을 말해 보게."

"3방의 기사관으로 있는 김제우가 납입된 사초를 분류하던 도중 발견한 것입니다. 사관을 지낸 임귀건의 이름이 그 안에 적혀 있기에 그의 사초를 모두 살펴보니, 얼마 전에 그의 가족들이 납입한 사초 목록에는 없던 것이었습니다."

"그럼 어째서 그것이 사초 더미 속에 들어 있었단 말인가?"

자신도 그 영문을 모르는 이득정은 우물쭈물할 뿐이었다.

"그것이…."

"기사관 누구라고 했는가?"

"김제우입니다."

"그자 이외에 또 이 사초를 본 자가 있는가?"

이득정이 곧바로 답했다.

"아, 아닙니다. 김제우가 이 사초를 발견할 당시 마침 제가 옆에 있었고, 그가 아무도 없는 곳에서 제게 이것을 보여 주었습니다. 그리고 저는 입단속을 시키고 곧장 영상 대감을 찾아 이곳으로 온 것입니다."

한명회가 굳은 표정으로 물었다.

"음, 그 기사관은 믿을 만한 자인가?"

"예?"

"입이 무거운지 물었네."

"김제우는 사헌부 감찰로 있는 자입니다. 그러니 염려 놓으셔도 됩니다."

"사헌부 감찰이라면 자네가 데리고 있는 자가 아닌가."

"예, 대감. 그러니 이번 일이 밖으로 새어 나가는 일은 절대 없을 것입니다. 게다가 이 사초는 가짜가 아닙니까?"

"가짜라…?"

"납입된 임귀건의 사초와 대조해 보니, 누군가가 그의 필적을 흉내를 내 만든 가짜였습니다."

"음, 돌아가거든 한 번 더 입단속을 시키게."

"그리하겠습니다."

한명회가 사초를 제 소매 속에 집어넣고 일어서자 이득정도 따라 일어서며 먼저 문으로 다가갔다.

"이보게."

한명회가 부르자 문고리를 잡고 있던 이득정이 고개를 돌렸다. 한명회는 목소리를 더욱 낮추며 말했다.

"이번 일에 대해 한성부에서 은밀히 조사를 할 수도 있을 것이네. 그때는 자네가 도움을 주어야 할 것이야."

"여부가 있겠습니까, 영상 대감."

한명회는 태연히 수염을 쓸어내리며 방을 나섰다. 하지만 속
에서는 울화가 치밀어 올랐다. 얼마 전 자신이 불태워 없앴던
그 사초가 이번에는 작성자의 이름까지 버젓이 적혀 또다시 세
상에 나왔으니…. 이제는 놈들의 정체에 대한 궁금증보다 그들
에 대한 분노가 더 앞섰다.

세주는 의금부 옥에서 풀려난 지 엿새가 지나서야 겨우 몸
을 추슬렀다. 그는 응교 손광림의 만류에도 불구하고 곧바로 예
문관으로 돌아와 사필을 잡았다. 그가 예문관으로 돌아오자 사
관들은 모처럼 활기를 되찾은 듯 보였다. 그들은 세주가 무사히
돌아온 것을 축하는 뜻에서 저녁에 술이나 마시자고 목청을 높
였다. 하지만 세주는 몸이 아직 완쾌되지 않았다는 핑계를 대며
뒤로 미루었다. 사실 요즘 그의 머릿속에는 가연의 행방에 대한
생각으로만 가득 차 있었다.

은후는 오늘도 하루 종일 예문관 자신의 방에 앉아 서책만
뒤적거렸다. 얼마 전 손광림의 부름을 받고 그의 방을 찾았을
때도, 그녀는 자신의 거취 문제에 대한 명확한 대답을 듣지 못
했다. 손광림은 위에서 어떤 명도 아직 내려오지 않았다고 하며
좀 더 기다려보자는 말만 되풀이 했을 뿐이었다. 그러자 그녀는
여사의 제도가 유야무야 없었던 일이 되는 것은 아닌지 내심
불안해 질 수밖에 없었다. 여태껏 여사가 되기 위해 애써 온 일
들이 물거품이 될 수도 있다는 생각에, 요즘 그녀는 서책의 글

이 눈에 들어오지 않았다.

은후의 그런 마음을 누구보다 잘 알고 있는 사람은 역시 세주였다. 그는 예문관으로 돌아오자마자 은후의 앞일에 대해 손광림에게 물었다. 하지만, 그 역시 뚜렷한 대답을 들을 수는 없었다.

세주는 퇴궐 무렵이 되자 지체 없이 궐을 나섰다. 그는 종루 네거리에서 가노 복쇠를 만날 참이었다. 아침에 대문을 나서는 세주에게 복쇠는 아마도 저녁 무렵이면 좋은 소식이 있을 듯싶다고 말했다. 그것은 가연을 데려간 청지기의 행방을 찾을 수도 있을 것 같다는 뜻이었다. 세주가 집에 누워 있는 동안 하루도 거르지 않고 종루의 지전들을 살피고 다니던 복쇠는 어제 늦은 시간에 지전거리 어느 필방 주인으로부터 가연을 데리고 간 그 청지기와 비슷한 사람을 알고 있다는 말을 전해 들었던 것이다.

종루 네거리에서 기다리고 있던 복쇠가 멀리서 걸어오는 세주를 보고는 빠른 걸음으로 다가갔다.

"도련님, 소인입니다."

부지런히 걸어오던 세주가 서둘러 물었다.

"그래, 찾았느냐."

"도련님, 광통교 근방에 있는 지전입니다."

"앞장서거라. 어서 가보자."

세주는 자신도 모르게 서두르고 있었다. 둘은 종루 네거리에서 광통방 쪽으로 방향을 틀었다. 복쇠는 앞에서 성큼성큼 걸어가며 가끔씩 뒤를 돌아보았다. 열심히 뒤를 따라 걷기만 하던 세주의 이마에서 어느새 작은 땀방울이 맺히기 시작했다. 무명을 파는 백목전을 지나 지전거리에 들어선 복쇠는 좌우의 장랑들을 유심히 살피며 걸음걸이를 늦추었다. 아마도 찾고 있는 지전 가게가 그 근방에 있는 듯했다. 세주 역시 복쇠의 걸음걸이에 맞추어 천천히 걸었다.

"도련님, 이쪽으로 따라오십시오."

세주는 복쇠를 따라 뒷길로 들어갔다. 앞에서 인파를 헤치며 먼저 걸어가던 복쇠가 갑자기 뒤돌아보며 큰소리로 외쳤다.

"도, 도련님!"

세주는 목을 길게 뽑아 올리고 행인들 틈에 서 있는 복쇠를 바라보았다. 복쇠가 팔을 번쩍 치켜들며 어느 지전가게 하나를 가리켰다.

"여기, 이곳입니다."

복쇠가 가리키는 곳을 바라보고 걷던 세주는 맞은편에서 오는 행인과 어깨를 부딪쳤지만 아랑곳 하지 않고 무작정 앞으로 나아갔다. 지전 앞에 당도한 그는 안을 기웃거리며 복쇠에게 물었다.

"어제 필방 주인이 말한 곳이 이 지전이더냐?"

"예, 이곳이 틀림없습니다. 저기 보십시오, 도련님."

세주는 복쇠가 가리키는 종이더미를 바라보았다. 역시 가게 안에는 상지들이 가득 쌓여 있었다. 두 사람이 밖에서 종이를 이리저리 살피자 안에서 중년 사내 하나가 나와 공손하게 허리를 굽혔다.

"종이를 사러 오셨습니까?"

세주는 대답 대신 사내의 얼굴부터 뜯어보았다. 보아하니, 그는 청지기가 아닌 듯했다. 사내가 무안한지 살며시 미소를 지으며 재차 물었다.

"찾으시는 종이가 있으신지…."

옆에 있던 복쇠가 대신 나섰다.

"이 가게는 상지만 파는가 보오?"

사내는 종이더미를 만지작거렸다.

"그러하네. 상지 중에서도 두꺼운 것만 취급하지. 자, 안에도 질 좋은 종이가 많이 있으니, 잠시 들어와서 골라보시게."

사내는 두 사람을 가게 안으로 안내한 뒤 종이를 보여주었다. 하지만 세주는 여전히 딴 곳만 기웃거렸다.

"그대가 이 가게의 주인인가?"

복쇠와 이야기를 나누던 사내가 고개를 돌렸다.

"아닙니다. 주인어른은 따로 있습죠."

"어디 멀리 갔는가?"

"예, 오늘은 돌아오지 않습니다만. 한데… 아시는 사이신지요?"

세주가 대충 둘러댔다.

"전에 이곳에서 종이를 산 적이 있어 그냥 물어본 것뿐이네."

"아, 그러신지요. 이곳 지전거리에서는 우리 상지가 최고입죠. 조지서의 지장이 만든 종이니 당연하지 않겠습니까?"

사내는 종이를 팔기 위해 이것저것 가게 자랑을 늘어놓았다.

"주인은 가게에 언제 나오는가?"

"사흘에 한 번 정도 나옵니다만. 그러고 보니 아마 명일쯤에는 나올 것입니다."

세주는 만지작거리던 종이에서 손을 떼고 그만 뒤돌아섰다. 하지만 그냥 가게를 나서기가 미안했던지 복쇠에게 턱짓을 했다.

"종이를 좀 사거라."

사내가 굽실거리며 복쇠에게 종이를 권했다.

"자, 골라 보시게. 어떤 걸로 드릴까?"

"이것으로 30권만 주시오."

복쇠가 질이 좋아 보이는 종이를 손가락으로 가리켰다. 사내가 종이를 끈으로 묶는 동안 세주는 가게 안을 계속 기웃거렸다. 복쇠가 값을 치르자 그제야 세주는 문으로 걸어갔다. 밖으로 나온 둘은 시전 뒷길의 인파를 헤치며 종루로 방향을 잡았다. 잠시 후, 길을 걷던 복쇠가 무심결에 뒤를 돌아보고는 세주를 불렀다.

"어? 도련님!"

앞서 걷고 있던 세주가 고개를 돌렸다.

"왜 그러느냐?"

"저, 저기… 서 권지께서…."

복쇠가 조금 전 종이를 샀던 지전 가게를 가리키자 세주가 그곳으로 시선을 옮겼다.

"서 권지라니, 어디에 있느냐?"

"응? 어디로 가셨지? 분명히 저 앞에 계셨는데…."

"네가 잘못 보았겠지. 그만 가자."

세주가 대수롭지 않게 말하며 앞으로 걸어가자 복쇠는 뒤따라가며 몇 번이나 뒤를 돌아보았다.

재회

한성부에서 누군가 자신을 찾아 왔다는 소식에 춘추관에 있던 세주는 급히 예문관으로 향했다. 세주가 방에 들어서자 눈매가 날카로운 30대 후반의 관원 한 명이 탁자 앞에 앉아 사방을 두리번거리고 있었다. 세주는 의아한 눈빛으로 상대에게 물었다.

"저를, 찾아 오셨습니까?"

한성부 관원이 자리에서 일어나며 물었다.

"윤 대교이신가?"

"그렇습니다만…."

엉거주춤 자리에 앉으며 세주가 대답했다.

"난 한성부 판관 신벽이라 하네."

얼마 전에 옥고를 치렀던 탓에 세주는 다소 긴장하며 물었다.

"한데, 어찌하여 저를…."

"몇 가지 물어볼 말이 있어 찾아왔네."

"무엇을… 말입니까?"

"조금 전 이곳으로 오기 전에 홍문관 저작 양원지를 만났네."

세주는 여전히 경계심을 늦추지 않았다.

"무슨 일로…."

"작년에 충주 사고에 포쇄를 다녀왔다고 들었네만."

"예, 작년 팔월 말에 양 저작과 함께 다녀왔습니다."

"그때 두 사람만 다녀온 것인가?"

세 사람인 것을 이미 알고 있는 듯한 데도 시치미를 떼며 떠 보 듯이 묻는 이유가 세주는 궁금했다.

"아닙니다."

"그럼, 몇 명이 갔는가?"

"한 사람이 더 있습니다."

"세 명이라면 나머지 하나는 누구인가?"

"예문관의 권지입니다."

신벽이 아무것도 모르는 척하며 계속 능청스럽게 물었다.

"예문관은 권지청이 아니지 않은가? 한데… 권지라니?"

갑자기 말문이 막힌 세주는 말을 더듬었다.

"그, 그건…."

"말해보시게나."

"윗분들의 결정이라 저는 거기에 대해 아는 바가 없습니다."

"음, 그렇다면 알겠네."

지난 보름 동안 한성부에서는 작년에 포쇄를 다녀온 관원들 에 대해 은밀히 조사를 해 왔다. 하지만 지금까지 그들에게서

의심할 만한 점을 찾아내지 못하자, 한성부의 비밀 조사는 곧 한계에 부딪치게 되었고 결국 초조해진 판윤 이거영은 해당 관원들을 직접 조사해 보기로 하고 신벽을 궐로 들여보낸 것이다.

세주는 갑자기 자신을 찾아와 엉뚱한 질문들을 쏟아 놓는 진짜 이유가 궁금해졌다.

"판관 나리, 이렇게 묻는 연유가 무엇입니까?"

잠시 대답을 망설이던 신벽이 결국 입을 열었다.

"…궐에 잠입해 있는 첩자를 찾기 위해서라네."

깜짝 놀란 세주가 자신의 귀를 의심하며 되물었다.

"금방 첩자라 했습니까?"

신벽은 날카로운 눈으로 세주의 표정을 살피며 태연히 대답했다.

"그러하네."

"그럼 작년에 포쇄를 다녀온 저희들이 첩자라는 말씀이온지?"

"난 자네들이 첩자라고 말한 적은 없네."

잠시 당황했던 세주는 정신을 차리고 따지듯 물었다.

"포쇄를 다녀온 일에 대해 묻다가 갑자기 궐에 첩자가 숨어 있다고 말씀하시니, 결국 그 말이 그 말 아닙니까?"

세주의 항의에 신벽은 한발 물러서는 태도를 취하며 대답했다.

"자네들이 첩자라는 뜻이 아니라, 궐 안에 있는 누군가가 괴서사건을 일으킨 무리와 내통하고 있다는 뜻이니, 오해는 마시게나."

세주는 도무지 신벽의 말이 이해되지 않았다. 신벽 역시 상대가 자신의 말을 이해하지 못하는 듯 보이자 자초지종을 말했다. 그러면서도 세주의 표정 변화를 놓치지 않고 하나하나 유심히 관찰했다. 잠시 후, 세주는 신벽의 말에 놀라움을 감추지 못했다.

"저희들 중에 그자들과 내통할 만한 사람은 없습니다. 저희들이 어찌 문종 임금의 실록을 볼 수 있었겠습니까?"

신벽은 은근슬쩍 떠보듯이 말했다.

"그거야… 포쇄할 때 실록의 내용을 보았을 수도 있지 않은가?"

"나리, 저희들 중에 누군가 실록을 보고 그 내용을 발설했다면 그자는 이전부터 그것을 노린 첩자였다는 뜻인데, 작년 충주 사고의 포쇄는 우리가 자발적으로 갔던 게 아니라 응교 나리의 명에 따른 것이었습니다."

신벽이 고개를 끄덕였다. 그것은 세주의 말에 일리가 있다는 뜻이기도 했다. 하지만 그는 여전히 의심의 눈초리를 거두지 않았다.

"어쨌든 궐 안에 첩자가 있는 것은 명백하네."

"그럼 어찌하여 예문관을 주시합니까?"

"그거야 간단하지 않은가. 괴서의 내용이 사록에 관한 것이니. 그래서 한성부에서는 예문관뿐만 아니라 춘추관도 눈여겨보고 있네."

"괴서의 내용이 실록과 일치한다고 궐 안에 첩자가 있다 여기시는 것은… 혹여 우연한 일은 아닐는지요?"

신벽은 단호하게 대답했다.

"아니네, 절대 그렇지가 않아. 작년에 동소문에 있는 그자들의 거처를 기습했을 때도 궐 안에서 누군가가 미리 알려주었던 게 틀림없네. 그렇지 않고서는 그자들이 한발 앞서 피신했을 리가 없거든."

"…."

"자네는 그런 일들이 우연이라고만 생각하나?"

세주가 강하게 반문했다.

"저 역시 그 기습에 대해 모르고 있었는데, 다른 관원들은 어찌 하여 알고 있었다고 여기는지요?"

신벽이 더듬거리며 말을 흐렸다.

"음, 그것이 의문이긴 하지만…."

"분명 저뿐만 아니라 예문관과 춘추관의 관원들 역시 모르고 있었을 겁니다."

신벽이 허공을 응시하며 중얼거렸다.

"하긴 도승지와 주요 당상들만 알고 있었으니…."

세주와의 대화가 길어질수록 신벽의 목소리는 점점 자신감을 잃어갔다. 그도 그럴 것이 신벽은 명확한 단서를 가지고 추궁하는 게 아니라, 오히려 상대에게서 그것을 찾으려 하고 있었기 때문이다.

"오늘은 이만 돌아가도록 하겠네."

신벽이 자리에서 일어나자 세주도 따라 일어났다.

"지금 이득정 나리를 만나러 가려는 참인데 춘추관으로 가야 하나?"

"아마 지금 그곳에 계실 겁니다."

밖으로 나온 신벽이 계단을 내려가다 말고 뒤따라 나온 세주에게 물었다.

"참, 아까 말했던 권지 말인데, 지금 이곳 예문관에 있는가?"

"그렇습니다만, 만나 보시렵니까?"

"아, 아닐세. 다음번에 들르면 그때 만나보지. 자, 그럼."

춘추관으로 돌아가려던 세주는 발길을 돌려 은후의 방으로 향했다. 요즘 누구보다 힘든 시간을 보내고 있을 그녀에게 따뜻한 위로의 말이라도 자주 건네주고 싶었다. 무엇보다 세주의 안타까움은 그저 윗분들의 결정만 기다릴 뿐, 그녀를 위해 자신이 해 줄 수 있는 것이 아무것도 없다는 데 있었다. 결국, 임금이 스스로 여사의 필요성을 인식하기 전까지는 그녀의 밝은 모습은 기대하기 힘들 것 같았다.

"어험…."

세주는 인기척을 낸 뒤 곧바로 안으로 들어갔다.

"어서 오십시오"

은후의 목소리에 기운이 하나도 없자, 세주는 슬쩍 농을 던졌다.

"자네, 봄을 타는가?"

"예?"

"목소리에 기운이 없는 듯해서 하는 말이네."

세주는 자리에 앉으며 은후의 얼굴을 똑바로 바라보았다.

"근심이 왜 많지 않겠나. 하지만 이럴 때일수록 흔들리면 안 되네."

은후 역시 세주를 빤히 바라보았다.

"한데, 이제 몸은 좀 괜찮으신지요?"

은후는 애틋한 눈길로 세주를 바라보았다. 그를 향한 은후의 눈빛은 이제 남다를 수밖에 없었다. 그토록 보고 싶었던 사내가 바로 제 눈앞에 있으니, 그녀는 자신의 들뜬 마음을 온전히 다 감추기에는 역부족이었다. 하지만, 시간이 흐를수록 그녀의 눈빛은 점점 흔들리고 있었다. 앞에 있는 사내에게 바로 자신이 어릴 적 '가연'이라고 당당하게 말할 수 없는 안타까움 때문이었다.

"오늘따라 왜 그리 빤히 쳐다보는가?"

"아, 아무것도 아닙니다."

"자네가 빤히 쳐다보니 괜히 무안하구만. 하하하…."

세주는 은후의 마음을 조금이라도 위로해 주려고 애써 밝은 표정을 지었다. 은후가 슬쩍 물어왔다.

"사부는 혹시 아명이 있었습니까?"

"어릴 적에는 '온유'라고 불렀지. 한데, 갑자기 그것은 왜 묻는 것인가?"

은후가 급히 말을 돌렸다.

"아, 아닙니다."

"참, 자네에게 일러둘 말이 있네."

"무엇인지요?"

"여기 오기 전에 한성부 판관이 이곳 예문관으로 나를 찾아 왔었네."

은후의 얼굴에 살짝 긴장감이 돌았다.

"무슨 연유 때문인지…."

"참 별일이야. 궐 안에 첩자가 있다지 뭔가."

은후는 속으로 소스라치게 놀랐다. 하지만 애써 내색하지 않고 되물었다.

"처, 첩자라니요?"

"작년에 괴서사건이 있었지 않나. 글쎄, 그 괴서에 들어 있는 내용이 문종 임금의 실록에 있는 글이라고 하더군. 실록을 직접 보지 않고서는 알 수 없는 내용이라고 하면서, 누군가 실록을 본 자가 확실히 있고, 바로 그자가 놈들의 첩자일 거라고 하더군."

"…."

"게다가 예문관과 춘추관의 관원들을 주시하고 있다고 내게 노골적으로 말하더군. 한데 더욱 당황스러운 것은, 작년 여름에 포쇄를 다녀온 우리를 의심하는 것 같았어."

은후는 꿈쩍도 하지 않았다.

"포쇄를 하면서 우리가 실록의 내용을 보았을 수도 있다 이거였지. 그래서 내가 우린 괴서사건과는 아무런 연관이 없을 뿐더러, 포쇄할 때 실록의 내용도 전혀 본 적이 없다고 명확히 말했네. 그러니 혹시 자네에게 판관이 찾아와 묻거든 기억나는 대로 그때 일을 말해 주기만 하면 되니, 자네는 걱정하지 말게."

"예…."

세주가 은후의 얼굴을 자세히 들여다보며 물었다.

"자네 안색이 왜 그런가?"

"아, 아무것도 아닙니다."

"판관이 우리를 의심하는 것에 자네도 놀랐나 보군."

"조금 당황스럽습니다."

"염려 말게. 우린 괴서사건과 무관하지 않나."

"물론 그렇긴 하지만…."

"난 이만 춘추관에 가봐야겠네."

세주는 자리에서 일어나 밖으로 나갔다. 혼자 방 안에 남은 은후는 불안한 마음에 자리에 앉지도 못하고 서성거렸다.

판관 신벽은 해질녘이 되어서야 한성부로 돌아왔다. 그는 예문관에서 세주와 헤어진 뒤 춘추관으로 가서 실록청 3방을 담당하고 있는 편수관 이득정을 만났다. 신벽이 이득정을 만난 것은 한명회가 한성부 판윤에게 명을 내렸기 때문이었다. 실록청 3방의 사초 더미 속에 괴문서를 집어넣은 자가 누구의 소행인지 은밀히 조사해 보라는 것이었다.

퇴청도 마다하고 신벽을 기다리고 있던 판윤 이거영은 문을 열고 들어오는 신벽을 보고 자리에서 벌떡 일어났다.

"궐에서 오는 길인가?"

"예, 대감."

이거영이 다시 자리에 앉으며 물었다.

"그래, 좋은 소식이 있는가?"

"지난해 충주 사고에 포쇄를 다녀왔던 양원지와 윤세주를 만나 이것저것 물어보고 속을 떠보기도 했지만, 그들은 이번 괴서 사건과는 연관이 없는 듯했습니다. 그리고 그들과 동행했던 서권지라는 자는 만나지 못했지만, 그자 또한 응교의 명으로 그냥 따라갔을 뿐이라고 합니다."

잔뜩 기대하고 있었던 이거영의 얼굴이 순식간에 싸늘하게 굳었다.

"그렇다면 괴서와 문종 임금의 실록과는 아무런 연관이 없다는 말인가?"

"그런 것은 아닙니다. 다만 포쇄를 다녀온 세 사람에게서 아직 의심스러운 점을 찾아내지 못했을 뿐, 그들 중에 분명히 이번 사건과 관련된 자가 있을 겁니다. 하여, 꼭꼭 숨어 있는 그자를 밖으로 끌어내기 위해 한성부에서 조사를 하고 있다는 사실을 은근히 흘려 놓았습니다."

이거영은 별다른 말없이 고개만 끄덕였다.

"…."

"저… 그리고 대감."

"말해 보게."

"춘추관에 들러 편수관 이득정 나리를 만났습니다."

"새로운 사실이라도 밝혀졌는가?"

"아직 밝혀진 것은 없으나, 다만…."

"그래 무엇인가?"

"희한하게도… 괴문서가 발견되었다는 실록청 3방에 김탁우가 있었습니다."

"김탁우? 지난해 납치를 당했다가 돌아왔다는 그 기사관 말인가?"

"예, 겸춘추로 있는 홍문관 부수찬 김탁우가 실록청 3방에서 일을 하고 있었습니다."

이거영은 뜻밖이라는 듯 눈을 크게 떴다.

"그래? 어떻게 된 일인지 알아보지 않고?"

"소인도 궁금하여 이득정 나리께 여쭈어 보았습니다."

"그랬더니 뭐라 하던가?"

"별다른 말씀은 없었고, 다만 지난번 사초 개서 사건에 연루된 겸춘추들로 인해 실록청에 충원이 필요하던 참이었는데, 마침 김탁우가 적격인 것 같아서 그에게 실록청 일을 맡겼다고 합니다."

"…그럼 김탁우가 그 괴문서를 사초 더미 속에 집어넣었다, 이것이 자네의 생각인가?"

"지금으로서는 김탁우 외에 그 괴문서를 실록청 안에 들여놓을 수 있는 자는 아무도 없는 것이 사실입니다."

"설마, 김탁우 그자가? 그럼 명일부터 김탁우의 주변을 잘 감시해 보도록 하게."

"예, 대감."

"그리고 조지서를 기찰하는 일은 어떻게 되어가고 있나. 궐에 종이를 대던 자들 중 한 명이 갑자기 사라졌다고?"

"예, 아마도 그자인 듯싶습니다."

"어떤 자라고 하던가?"

"춘추관과 예문관에 종이를 나르던 서치성이라는 지장이라 합니다."

"종이를 만드는 지장이 어찌하여 궐을 드나들었다고 하던가?"

"종이 나르는 일은 조지서의 잡역꾼들이 하는 일이지만, 궐을 드나들려면 글을 알아야 하는데 마침 서치성이 글을 알고 또한 본인이 자청하기도 해서 그 일을 맡겼다고 합니다."

"자청을 해? 음, 언제부터 춘추관을 드나들었다던가?"

"재작년 10월 초부터라고 합니다."

이거영이 눈을 동그랗게 떴다.

"그렇다면, 혹시…."

신벽이 고개를 끄덕였다.

"맞습니다. 재작년 정난일기가 사라지기 바로 직전부터 그자가 춘추관을 드나들기 시작했다고 합니다."

"그럼, 춘추관 서고에 있던 정난일기를 훔친 자가 바로 서치성이라?"

이거영이 실눈을 하고는 수염을 매만졌다.

"…혹시 그자가 이숭문은 아니던가?"

신벽이 고개를 저었다.

이숭문의 인상서를 조지서 사람들에게 보였더니, 모두 닮지 않았다고 했습니다."

"닮지 않았다? 그러면 서치성이라는 자는 그들 일당 중 하나라는 뜻인데…."

"대감, 이번에도 궐에서 말이 샌 것은 아닌지요…."

"참, 내가 궐에 다녀왔던 바로 그 뒷날 서치성이라는 자가 사라졌다고 했지?"

"예, 그때 대감께서 예문관 응교 나리와 양성지 대감을 만났다고 하시지 않았습니까? 설마 그분들이 첩자일 리는 없을 테고…."

이거영은 수염을 매만지며 자꾸만 눈을 깜빡거렸다.

"거 참, 희한한 일이군. 그 두 사람 외에는 아무도 없었는데…."

"어쨌든 명백한 것은 궐에서 말이 자꾸만 샌다는 사실입니다. 궐 안에 첩자가 있는 것이 틀림없습니다."

"이제는 나도 그것을 확신하네. 자네 말대로 분명히 첩자가 있긴 있어."

잠시 두 사람은 멍하니 허공을 응시하며 말이 없었다. 그동안 놈들의 정체를 밝혀내기 위해 동분서주했지만 의문들이 하나씩 풀리기는 고사하고 점점 더 미궁 속으로만 빠져들고 있으니, 무척이나 답답한 노릇이 아닐 수 없었다. 이거영이 침묵을 깨고 말했다.

"일단 조지서 감시를 게을리 하지 말게."

"지금 참군 한배성이 조지서 주위를 면밀히 감시하고 있는 중입니다."

이거영은 손가락으로 탁자를 가볍게 두드리며 중얼거렸다.

"궐 안에 첩자라니, 허허… 대체 어떤 자인지…."

궐을 나온 세주는 곧장 종루를 향해 걸었다. 그동안 하루도 거르지 않고 광통교 근방에 있는 그 지전 가게에 들렀지만 그는 번번이 청지기로 짐작되는 주인은 만나지 못했다. 며칠에 한 번씩은 꼭 가게에 들른다는 주인이 이상하게도 나타나지 않는 것이었다. 가게에서 일하는 사내에게 물어보았지만 그도 역시 알지 못했다. 그러니 세주로서는 날마다 퇴궐 길에 그 가게에 들러 주인이 나왔는지 살펴보는 수밖에 없었다.

"도련님, 오늘도 가게 주인이 없으면 어떡합니까?"

복쇠가 걱정스럽게 묻자 세주는 오히려 담담하게 대답했다.

"가게 주인이니 언젠가는 들르겠지."

지전 가게 앞에 이르자 마침 행인과 흥정을 끝낸 뒤 안으로 들어가려던 가게의 사내가 두 사람을 발견하고 제자리에 멈춰 섰다. 그는 세주가 가까이 다가오자 누런 이빨을 드러내며 웃었다.

"헤헤, 또 오셨습니까?"

"오늘도 주인어른은 나오지 않았는가?"

세주가 가게 안을 기웃거리며 묻자 사내는 뒤통수를 긁으며 대답했다.

"예…."

세주의 얼굴에는 실망하는 기색이 뚜렷했다. 그는 그만 뒤돌아서려다가 가게 안으로 들어가려던 사내에게 다시 물었다.

"참, 이보게. 혹시 자네 주인어른의 집이 어딘지 아는가?"

"저기 광교 근처라고 들었지만 어딘지는 소인도 모릅니다. 저도 이곳에서 일한 지 얼마 되지 않았습지요."

"주인어른의 가족들은 이 가게에 나오지 않는가?"

"지난번에 아씨께서 두어 번 들른 적은 있습니다만…."

세주의 눈빛이 반짝였다.

"아씨라면 주인어른의 딸을 말하는가?"

"예, 고운 따님이 하나 있습지요."

"또 언제 나올 것 같은가?"

"글쎄요, 소인이야 알 길이 없지요. 그래도 중인의 신분이니 아무래도 저자에 나오는 일은 드물겠지요."

세주가 난처해하는 모습을 보고 딱해보였던지 사내가 슬그머니 귀띔을 해 주었다.

"나리, 여기는 주인어른이 언제 오실지 모르니, 종이를 만드는 곳으로 한번 가보시지요?"

"거기가 어딘가?"

"이 가게에서 파는 종이는 모두 창의문 밖에서 옵니다."

"그곳에 종이를 만드는 곳이 있단 말인가?"

"예, 창의문 밖 조지서 근처에 민가들이 있는데, 그곳에서 조지서의 지장들이 따로 종이를 만들어 시전에 내다 팔지요. 주인어른도 조지서의 지장이고, 그곳 민가에서 종이를 만들어 이곳으로 가져오고 있습죠."

"주인어른이 조지서의 지장이라고?"

그때 지나가던 행인이 가게 안으로 들어오려고 하자 앞을 막고 서 있던 세주는 옆으로 비켜 주었다. 손님을 따라 안으로 들어가려는 사내에게 세주가 급히 물었다.

"이보게, 그곳이 어디인지 아는가?"

"소인도 가본 적은 없습니다. 주인어른을 광교 어른이라 불렀으니, 그 근처에 가셔서 물어 보시지요."

"고맙네."

사내는 세주의 말이 끝나기도 전에 손님을 따라 가게 안으로 들어갔다. 사내에게 몇 가지 더 물어보려던 세주는 그만 복쇠와 함께 발길을 돌렸다.

얼마 후, 깊은 생각에 잠긴 채 백목전 거리를 지나고 있던 세주를 누군가 불렀다.

"거기, 윤 대교 아닌가?"

세주가 걸음을 멈추고 고개를 들자 앞쪽에서 한성부 판관 신벽이 건장한 사내 둘을 거느린 채 다가오고 있었다.

"어? 이곳엔 어인 일입니까?"

"이 근방에 볼일이 좀 있어서 왔네. 한데, 자네는 어쩐 일인가?"

"누굴 좀 만나러 왔다가 돌아가는 길입니다."

신벽이 가늘게 뜬 눈으로 세주의 얼굴을 훑었다.

"꼭 만나야 할 귀한 분인가 보군."

"예? 무슨…."

"아니네. 그냥 해본 소리일세."

"그럼, 전 이만…."

세주가 그만 지나가려 하자 신벽이 다시 불러 세웠다.

"잠깐, 윤 대교. 그렇지 않아도 자네에게 물어볼 것이 있어 조만간 예문관에 들를 참이었네."

"무엇인지요?"

신벽이 바짝 다가서며 물었다.

"괴서사건을 조사하다 보니 미심쩍은 부분이 있어서 묻는 것이네만, 지난해 9월 금상께서 보위에 오르시기 하루 전날 수강궁에 들었던 입시사관이 누구였는지 아는가?"

세주는 눈을 깜빡이며 기억을 떠올려보았다.

"글쎄요…. 그건 명일 입궐하여 기록을 보아야 알 것 같습니다만. 한데 어찌 하여 그것을 묻는 것입니까?"

"내가 일전에 했던 말을 기억하는가? 괴서사건을 일으킨 자들의 거처가 동소문 밖이라는 사실을 알아내고 그곳을 기습할 계획이었지만 누군가 미리 알려주는 바람에 실패했다고. 그런데 당시 그 사실을 알고 있었던 분들은 몇몇 당상들과 전하께 아뢰려고 수강궁에 간 도승지 대감 그리고 세자 저하뿐이었지…."

신벽의 말이 채 끝나기도 전에 세주는 쏘아붙이듯이 말했다.

"그럼 입시사관이 의심스럽다는 뜻입니까?"

신벽이 손을 내저으며 말했다.

"아니, 아니네. 오해는 하지 말게. 그저 물어보는 것뿐이니."

"너무 하십니다, 나리. 사관까지 의심하시다니요."

"어허, 그런 뜻이 아니라니까."

"그럼, 전 이만…."

세주는 언짢은 기색을 억누르고 곧장 걸음을 옮겼다. 아무래도 신벽과 우연히 마주친 것이 아니라, 한성부에서 자신을 쭉 미행해 오고 있었던 건 아닌가 하는 생각이 스쳤다.

　그날 밤, 세주는 신벽의 말이 자꾸만 떠올라 좀처럼 잠을 이룰 수 없었다. 금상이 보위에 오르기 하루 전날 수강궁에 들었던 입시사관은 아무도 없었고, 대신 은후가 여사의 경험을 쌓기 위해 나인으로 변장해 입시했기 때문이다.

　"그렇다면 서 권지는… 도승지 대감이 아뢰는 말씀을 들었을 터인데, 설마… 아니겠지? 그래, 서 권지가 그럴 이유가 없어."

　새벽녘까지 세주는 잠을 뒤척이며 별별 생각을 다해보았다. 그런데 가만히 생각해 보면, 은후에게 의심스러운 점이 전혀 없는 것만도 아니었다. 신벽이 의심하는 것처럼, 은후는 충주 사고 포쇄 때 문종 임금의 실록을 볼 수 있는 기회가 충분히 있었다.

　"그래 맞아, 서 권지는 실록을 훔쳐볼 기회가 있었지…."

　은후의 의심스런 정황들이 조금씩 떠오르자 세주는 더더욱 잠을 이룰 수 없었고, 결국 불면의 밤을 보냈다.

　이튿날, 세주는 평소보다 조금 일찍 궐로 향했다. 육조거리를 지나 영추문에 들어서자 궐 안 분위기가 어수선했다. 예문관으로 향하고 있던 세주는 막 입직을 끝내고 걸어오던 검열 채길두와 마주쳤다.

　"궐에 무슨 일이라도 있었는가?"

채길두가 눈을 비비며 말했다.

"김탁우 나리가 어젯밤 한성부 관원들에게 붙잡혀 갔다고 합니다."

"부수찬 나리가 잡혀 가다니. 그 무슨 소린가?"

"한성부에서 김탁우 나리가 괴서사건을 일으킨 무리와 연관이 있는 것 같다며 전하께 아뢰었답니다."

"아니, 부수찬께서 그자들과 연관이 있다고?"

"저도 소상한 내막은 모르나, 어젯밤 늦게 한성부에서 보고가 올라왔습니다."

세주는 예문관 방으로 들어가면서 혹시 은후가 부수찬과 관련이 있는 것은 아닌지 더욱 불안한 생각이 들었다. 방 안에 들어선 뒤에도 그는 한동안 창밖만 바라보며 꼼짝도 하지 않았다. 봉교 김효천이 세주의 어깨를 두드렸다.

"이보게, 윤 대교."

"어? 오셨습니까."

김효천이 자리에 앉으며 물었다.

"무슨 생각을 하기에 사람이 들어오는 것도 모르는가?"

"실록청에서 일하는 김탁우 나리가 어젯밤 한성부에 붙잡혀 갔다고 합니다."

김효천은 별로 놀라지도 않는 투로 대답했다.

"궐로 들어오다가 들었는데, 그렇다더군."

"김탁우 나리가 괴서사건을 일으킨 무리와 관련이 있다고 하였답니다."

"부, 부수찬께서 그자들과 관련이 있다고?"

"예, 한성부에서 전하께 그리 보고하였다 들었습니다."

"허, 참! 거 별일이로군. 부수찬께서 그럴 리가….."

김효천은 믿기지 않는다는 표정이었다. 곧이어 밖에서 수군거리는 소리가 들리더니 사관들이 들어왔다. 다들 표정을 보니 이미 김탁우의 소식을 들은 듯했다.

세주는 조용히 방을 나와 복도 끝에 있는 은후의 방으로 향했다. 그녀는 세주가 들어오는 것을 보고 자리에서 일어나 고개를 숙였다.

"오셨습니까."

세주는 가슴이 두근거렸다. 만일 은후가 궐내에 들어와 있는 첩자라면 자신은 어찌 해야 할지 도무지 판단이 서지 않았다. 세주는 은후의 반응을 살펴보기 위해 지나가는 말로 슬쩍 떠보았다.

"자네도 들었는가? 홍문관 김탁우 나리가 한성부로 잡혀 갔다고 하더군."

은후는 별다른 반응을 보이지 않았다.

"조금 전 입궐하다 소문을 들었습니다만, 무슨 일입니까?"

"괴서사건을 일으킨 자들과 연관이 있는 것 같다더군."

은후의 표정은 담담했다.

"그럴 분으로 보이지는 않았는데….."

"글쎄, 깊은 사람 속을 누가 알겠는가?"

은후는 대답이 없었다. 그녀가 별다른 반응을 보이지 않자 세주는 괜히 자신이 은후를 의심하고 있는 것은 아닌지 혼란스러워졌다. 하지만 우연이 두 번이나 겹친다는 것은 결코 우연일 수만도 없는 일이었다. 그렇다고 그녀에게 대놓고 물어볼 수도 없는 노릇이니, 세주의 고민은 더욱 깊어졌다.

"명일은 쉬는 날이니 저녁에 나와 잠깐 만날 수 있겠나?"

세주의 말에 잠시 망설이던 은후가 말끝을 흐렸다.

"명일은 좀…."

"낮에는 내가 어디를 좀 다녀와야 하니, 오후 늦게 나 좀 보세."

"사부, 명일에는 저 또한 급한 볼일이 있어 곤란합니다만…."

"그럼 저녁 무렵에 내가 자네 집 근처로 찾아 가도록 하지."

"예?"

"자네 집이 광교 근처에 있다고 했던가?"

"예, 하지만 명일에는 제가 먼 곳을 다녀와야 하니 한밤중이 되어서야 돌아올 겁니다. 모레는 어떠신지요?"

"그렇다면 할 수 없지. 모레 퇴궐하고 잠깐 나 좀 보세."

세주가 자신을 따로 좀 보자고 하자 은후는 궁금한 얼굴로 물었다.

"예. 한데, 무슨 일인지…."

"별일은 아니네. 참, 자네는 어떻게 궐에 들어오게 되었나?"

갑작스러운 물음에 당황한 은후는 말을 더듬었다.

"그, 그것이… 말씀드리기가…."

세주가 손사래를 치며 대답을 막았다.

"됐네. 말하기가 좀 곤란하다는 것쯤은 나도 알고는 있네. 그 냥 물어본 말이니 괘념치 말게."

둘의 시선이 짧게 부딪쳤다. 순간, 은후는 세주의 눈빛이 어제까지와는 전혀 다르다는 것을 새삼 깨달았다. 세주 또한 자신을 바라보는 은후의 눈빛이 언제부턴가 달라졌음을 어렴풋이 느꼈다. 한쪽이 그리움과 애절함을 담고 있는 눈빛이라면, 다른 한쪽은 경계심과 의심으로 가득 찬 그것이었다.

오후에 손광림이 사관들을 모두 불러 모았다. 춘추관에 있던 세주도 급히 예문관으로 돌아왔다. 사관들이 모두 모이자 손광림은 김탁우에 대한 이야기를 조심스럽게 꺼내면서 모두 처신에 만전을 기하라고 당부했다.

김탁우는 한성부의 모진 고문을 견디지 못했다. 그는 이승문 일당에게 잡혀 있는 동안 그들에게 동조하게 되었다고 자백했다. 그리고 그들로부터 풀려나는 대가로 납입된 사초 더미 속에 문서 하나를 몰래 끼워 넣었다고 말했다.

세주는 아침밥을 먹는 둥 마는 둥 하더니 서둘러 사랑채를 나섰다. 그가 중문을 나서자 기다리고 있던 복쇠가 앞장을 섰다. 밖으로 향하는 세주의 얼굴이 오늘따라 유난히 피곤해 보였다. 아마도 은후의 일로 밤새 잠을 이루지 못한 탓인 듯했다.

창의문을 지나 조금 더 걸어가자 조지서 인근 민가들이 하나둘 보이기 시작했다. 길을 걷는 동안 세주의 가슴 속에는 설렘과 두려움이 끊임없이 교차했다. 어쩌면 가연을 만날 수 있을지도 모른다는 설렘과 은후가 궐내의 첩자일지도 모른다는 두려움이 동시에 그의 가슴을 옥죄고 있었다.

좁다랗게 이어지던 길을 따라 한동안 걷다보니 곧 작은 마을이 나타났다. 마을 어귀에 이르자 세주가 복쇠를 보며 말했다.

"저기 지나가는 노인에게 광교 어른 집이 어느 곳이냐고 물어 보거라."

"예, 도련님."

복쇠가 앞으로 달려 나갔다. 세주는 걸음을 멈춘 채 마을을 둘러보았다. 집집마다 종이를 만드는지 주민들의 모습이 분주했다. 잠시 후, 세주가 지난겨울 안길훈에게 들었던 청지기의 생김새를 떠올리고 있을 때, 복쇠가 달려왔다.

"도련님, 저기 개울가 쪽이랍니다."

세주는 복쇠가 가리키는 대로 마을 옆을 휘돌아 흐르는 작은 개울가 쪽을 바라보았다.

"이쪽으로 오십시오, 도련님."

오히려 자신이 더 신이 난 듯 복쇠는 힘찬 걸음으로 앞장을 섰다.

"저 집인 것 같습니다."

복쇠가 개울가 옆에 서 있는 초가집 두 채를 손으로 가리켰다. 세주의 가슴은 더욱 쿵쿵 뛰었다.

"어서 가보자."

복쇠를 재촉하며 세주는 빠른 걸음으로 초가집 가까이 다가갔다.

"자, 잠깐!"

담장 근처까지 다가온 세주가 갑자기 작은 소리로 외치자,

복쇠는 놀란 눈으로 쳐다보았다.

"왜 그러십니까? 도련님."

세주가 복쇠의 소맷자락을 잡아 당겼다.

"저, 저기….."

영문을 모른 채 세주의 시선을 따라 담장 너머 마당을 바라보던 복쇠가 놀라서 소리쳤다.

"앗! 저 여인은? ….."

두 사람은 동시에 놀랐고 동시에 똑같은 사람을 떠올렸다. 먼저 입을 연 쪽은 복쇠였다.

"그분과 너무도 닮지 않았습니까?"

세주는 상대가 누군지 단번에 알아보았다.

"한데… 왜 저기에….."

세주는 순식간에 안색이 노랗게 변했다. 마당에 있는 여인은 바로 은후였다. 하지만 그녀가 여인이라는 사실을 모르고 있는 복쇠는 자꾸만 고개를 갸웃거렸다.

"서 권지께서… 마치 여인의 복색을 하고 있는 듯합니다."

세주는 큰 나무 뒤로 몸을 숨겼다.

"너도 이리 오너라."

복쇠는 어리둥절해하며 나무 뒤로 걸어갔다. 세주는 나무 뒤에 숨어 목만 살며시 빼고 가만히 마당 안을 살폈다. 잠시 후, 늙은 사내가 은후 곁으로 다가오더니 뭔가 말을 건네는 모습이 보였다. 세주는 늙은 사내의 생김새를 유심히 바라보았다.

"저 광교 어른이라는 늙은이가… 그 청지기라면… 바로 서 권지가…"

마당에 있는 늙은 사내가 어린 가연을 데리고 간 청지기라는
자가 분명했다. 그렇다면 은후가 바로 자신이 찾던 가연이라는
뜻이었다. 순간, 세주는 숨이 멎을 지경이었다. 그는 가슴이 뛰고
다리가 후들거려 제자리에 가만히 서 있을 수 없었다.

"한데, 저 늙은이는 어쩐지 낯이 익은데, 가만… 앗!"

세주는 작은 비명을 토하며 결국 그대로 땅바닥에 주저앉
고 말았다. 늙은 사내는 다름 아닌 궐에 종이를 대주던 조지서
의 지장 서치성이었다. 그렇다면 가연 아니, 서 권지의 정체는
대체 무엇이란 말인가? 궐에서 저 늙은이와 왜 서로 모르는 척
했단 말인가? 내가 애타게 찾던 가연이 바로 저 서 권지라면,
그럼 괴서사건을 일으킨 무리 중 하나일 수도 있다는 말이 아
닌가. 이 일을 어쩐다?

세주는 너무 혼란스러워 도무지 정신을 차릴 수 없었다. 복
쇠가 넋이 나간 채 땅바닥에 주저앉아 있는 세주를 겨우 일으
켜 세웠다.

"그만 돌아가자꾸나."

한동안 마당 안을 몰래 지켜보던 세주가 힘없이 뒤돌아섰다.

"도련님, 찾는 사람이 저 늙은이가 아닙니까?"

이 먼 곳까지 애써 왔다가 그대로 돌아가는 세주의 행동이
이해되지 않았던지 복쇠가 뒤를 따라 걸으며 조용히 물었다.

"그냥 따라오너라…."

세주의 목소리는 떨리고 있었다. 복쇠는 걸어가며 두어 번

뒤를 돌아다보았다. 얼마쯤 걷던 세주가 다리에 힘이 풀려 그만 비틀거리자 뒤따르던 복쇠가 놀라며 다가와 부축했다.

"도련님, 힘드시면 예서 쉬었다 가시지요."

"괜찮다…."

세주는 제정신이 아니었다. 그는 지금 자신이 어떻게 걸어가고 있는지 전혀 느끼지 못했다. 그의 머릿속에는 온통 은후 아니, 가연에 대한 생각들로 가득 차 있었다. 역시 그에게도 재회의 기쁨보다는 두려움이 앞서 밀려왔다.

해질 무렵, 한성부에서는 신벽이 판윤 이거영에게 보고를 하고 있었다. 그런데 두 사람의 표정이 무척이나 심각했다. 신벽은 이미 은후를 궐내에 있는 첩자로 지목하고 그녀의 뒤를 은밀히 캐고 있는 중이었다.

"오늘 낮에 궐에서 환관을 만나 물어보았는데, 지난해 금상께서 보위에 오르시기 전날에는 수강궁에 입시사관이 들지 않았다고 했습니다."

이거영은 수염을 쓰다듬으며 고개를 끄덕였다.

"그렇다면, 역시 그자인가?"

"예, 대감. 환관의 말로는, 당시 처음 보는 나인 하나가 입시를 한 적이 있는데, 윗분들의 눈치가 있어 모른 척하기는 했지만 그 나인이 왜 입시를 했는지는 지금도 의문이라고 했습니다."

"그럼, 서 권지라는 자가 나인의 복색을 하고 입시했다는 말인가?"

신벽은 조심스럽게 자신의 생각을 말했다.

"소인의 생각입니다만, 혹시… 그자는 여인이 아닌가 싶습니다."

"무엇이라?"

"환관이 중얼거리는 소리를 얼핏 들었는데, 궐에서 그 나인과 매우 흡사하게 닮은 관원을 우연히 본 적이 있다는 겁니다. 아무래도 그자는 여인이 분명한 것 같습니다."

"음, 남장을 한 여인이라? 아! 그러고 보니…."

이거영은 갑자기 무슨 생각이 떠오른 듯했다.

"무슨 일이십니까?"

"얼마 전 예문관에 들러 응교를 만나고 나오다가 문밖에서 여인처럼 곱게 생긴 관원 하나를 보았는데, 그자가 바로 서 권지라는 자였구먼. 아, 맞아! 그러고 보니 그자가 첩자인 게 틀림없어."

"무슨… 짐작이 가는 것이라도 있으신지요?"

이거영이 낭패한 얼굴로 말했다.

"이런, 이런! 그러고 보니 나와 응교가 나눴던 대화를 그자가 문밖에 서서 엿들었던 게야."

"어떤 대화가 오고갔는지요?"

이거영은 기억을 더듬으며 말했다.

"…포쇄하러 갔던 관원들에 대한 이야기와 조지서에 불순한 자들이 있는 것 같다는 말도 한 것 같고… 그리고 예문관에 종이를 대주는 자가 조지서의 일꾼인지도 물어본 것 같군."

신벽이 고개를 깊이 끄덕였다.

"음… 이제야 감이 옵니다. 얼마 전까지 궐에 종이를 대주던 조지서의 일꾼 하나가 갑자기 종적을 감추었는데, 아마도 서 권지가 몰래 엿듣고 귀띔을 해준 것 같습니다."

"그럼, 서 권지라는 그자가 정난일기를 몰래 제자리에 갖다 놓았다?"

"아마도 그럴 것입니다. 그자가 궐에 들어온 뒤 얼마 지나지 않아 정난일기가 나타났으니…."

"허, 그것 참!"

기가 찼던지 이거영이 헛웃음을 지었다.

"내게 외사로 나갈 관원 하나를 가르치고 있다고 하더니… 그자가 여인이라… 그럼 이름도 가짜겠군."

"아마도 지어냈거나 다른 누군가의 이름이겠지요."

"음…."

"…윗분들 중에서 그 일에 대해 설명을 해주실 분이 있지 않겠습니까?"

이거영이 고개를 끄덕였다.

"알겠네. 그 일은 내가 나서서 알아보겠네."

그때 누군가 마루 위로 급히 올라오는 소리와 함께 다급한 목소리가 들려왔다.

"판윤 대감께 보고 드립니다!"

신벽이 자리에서 일어나 문을 열자, 참군 장응후가 숨을 몰아쉬며 문 앞에 서 있었다.

"무슨 일인가?"

"급보이옵니다! 지금 막동의 무리가 움직이기 시작했습니다."

이거영이 벌떡 일어났다.

"어디로 향하더냐?"

"북문(창의문) 쪽인 듯하옵니다."

신벽이 이거영의 얼굴을 살피며 말했다.

"아마도 조지서가 있는 곳으로 향하는 듯합니다."

"음, 막동도 이제 조지서라는 것을 알아낸 듯하군."

"소인이 당장 군사들을 이끌고 가겠습니다."

"그래, 어서 가서 양쪽 놈들을 모조리 추포해 오게."

"예, 대감!"

신벽은 우렁찬 목소리로 대답하고는 급히 밖으로 나갔다. 그는 마당으로 내려서며 장웅후에게 명했다.

"자네는 먼저 조지서로 달려가 그곳을 감시하는 군사들에게 막동의 일당이 올 것이라고 전하라."

"예, 판관 나리."

장웅후는 쏜살같이 중문을 빠져나갔다.

한편 그 시각, 조지서에서 멀리 떨어지지 않은 서치성의 초가집 마당에서는 은후가 불안한 기색으로 서성이고 있었다. 그녀는 광교 집으로 돌아가려 했지만 서치성이 위험하다며 극구 만류했기 때문이다. 자신에게 곧 위기가 닥칠 것이라는 사실을 그녀 또한 모르는 바는 아니었으나, 마지막으로 꼭 한 번만이라도 세주를 보고 싶었다.

"오늘 밤은 유난히 달빛이 밝구나."

은후의 등 뒤에서 서치성이 다가오며 말을 건넸다. 그녀는 반쯤 뒤돌아보다 다시 고개를 돌려 달빛을 응시했다.

"…아저씨, 명일 꼭 볼일이 있어 지금 광교 집으로 돌아갈게요."

"아까도 말하지 않았느냐. 한성부의 움직임이 심상치 않다는 소식이 들어왔다고. 아마 지금쯤 너의 정체를 알았을지도 모른다. 그러니 예서 머물거라."

"그래도…."

은후의 마음을 읽은 서치성이 달을 쳐다보았다.

"누군가 정이 많이 든 사람이 있는 것이로구나. 허나, 어쩌겠느냐. 그만 잊도록 해라."

잠시 달빛만 묵묵히 바라보며 서 있던 서치성이 긴 한숨을 내쉬었다.

"…그러고 보니 내가 너와 함께한 지도 12년째로구나. 참으로 긴 세월이었지…."

서치성은 지난 세월을 회상하며 입가에 옅은 미소를 머금었다. 은후가 고개를 돌렸다.

"아저씨가 저를 보살펴 주시지 않았다면 어찌 되었을지…."

"왜 또 섭섭하게 그런 말을 하느냐. 너는 내 친딸이나 마찬가지가 아니었더냐. 나는 너를 그렇게 키웠다."

"하지만 그때 아저씨가 순흥을 떠나지 않았다면…."

"너 때문이 아니니 죄책감 따위 가질 필요 없다고 누누이 말하지 않았더냐. 그때 나는 주인어른의 심부름으로 급히 한양으로 떠나야만 했다. 가는 길에 주인어른께서 너를 딸려 보낸 것일 뿐 너를 지키기 위해 내 가족을 희생시킨 것은 아니었다."

"그래도 순흥에 계셨다면 가족들이 관군들에게 희생되는 것은 막을 수 있었지 않았겠어요."

"아니다. 그래도 힘들었을 것이다. 수천의 관군들이 떼로 몰려와 닥치는 대로 무참히 도륙하는데 무슨 재주로 무사했겠느냐."

갑작스레 감정이 복받쳐 오른 서치성의 목소리에 울음기가 섞였다.

"주인어른의 심부름 때문에 그래도 너와 나만은 살아남지 않았느냐…."

은후의 목소리에도 울음기가 배었다.

"아저씨…."

그 순간 서치성이 고개를 홱 돌리며 어둠 속을 노려보았다. 맞은편에서 검은 물체들이 마당으로 몰려오고 있었다. 바짝 긴장했던 서치성은 곧 경계심을 풀었다.

"어? 저네들인가."

칼을 찬 사내들 중 한 명이 다가와 소식을 전했다.

"광교 어른, 놈들이 미끼를 물었습니다."

서치성의 눈빛이 빛났다.

"벌써? 그럼, 어서 나리께 알려야지."

은후를 방으로 들여보낸 후 서치성은 사내들과 함께 옆문을 통해 바로 뒤에 있는 초가집으로 건너갔다. 그들이 뒷집 마당에 들어서자 방 안에 있던 사내들이 한꺼번에 쏟아져 나왔다. 서치성이 작은 방 앞으로 다가가 고했다.

"나리, 놈들이 몰려오고 있습니다."

곧 방문이 열리더니 한 사내가 근엄한 모습으로 나타났다. 순흥부사 이숭손의 막내 동생 숭문이었다. 그는 마당으로 내려서며 굵직한 목소리로 물었다.

"어디까지 왔느냐?"

날렵하게 생긴 사내 하나가 앞으로 나와 아뢰었다.

"북문을 지났으니, 지금쯤 이곳 근방에 닿았을 것입니다."

이숭문이 마당에 있는 사내들을 천천히 둘러보더니 목청을 높였다.

"모두 다 모였는가?"

"예."

"잘 들어라. 막동이라는 자가 미끼를 물었다. 곧 그자들이 이곳으로 들이닥칠 것이니, 미리 일러둔 대로 방 안에 등잔불을 켜두고 각자 정해진 곳에 몸을 숨긴 뒤, 놈들을 맞을 준비를 하여라."

이숭문의 명이 떨어지자 마당의 사내들이 일제히 흩어졌다. 잠시 사내들의 뒷모습을 바라보고 있던 서치성이 고개를 돌려 이숭문을 바라보았다.

"나리, 이제 거처를 어느 곳으로 옮기실 생각이신지요?"

"도성 안으로 갈 것이네."

"그럼, 관인방에 있는 그곳으로…."

"일을 마무리 하려면 그곳으로 거처를 옮겨야 하지 않겠나. 막동이 이곳을 알고 있을 정도면 한성부에서도 이미 다 알고 있다는 뜻일세. 이제 우리가 숨을 곳은 이 세상 어디에도 없는 셈이니 붙잡혀 죽기 전에 자네와 나는 반드시 그 일을 해야만 하네."

"명심하고 있습니다, 나리."

이숭문은 이제 끝이 다가온 것을 직감하는 듯했다.

"이제 때가 다 된 것이야…."

서치성이 어렵게 입을 열었다.

"한데… 저…."

"왜 그러는가?"

"나리, 한성부에서 가연의 정체에 대해 의심하고 있습니다. 그 아이를 궐에 들여보내는 것은 아무래도… 위험하지 않겠습니까?"

이숭문이 서치성을 무섭게 쏘아보았다.

"자네, 그게 무슨 말인가! 가연의 도움이 없으면 누가 궐에 들어가 그 일을 해낼 수 있단 말인가?"

서치성은 아무런 대꾸도 하지 못했다.

"어린 가연을 여태껏 딸처럼 키운 자네 마음을 내 모르는 바는 아닐세. 하지만 우리 목숨보다 더 중한 것이 무엇이었는가. 궐로 쳐들어가 수양이 보위를 찬탈한 사실을 세상에 알리고 그자를 아예 역사에서 지워버리는 것이 아니었던가. 설마, 자네 벌써 잊었는가?"

"그럴 리가 있겠습니까, 나리…."

한 사내가 급히 뛰어 들어오며 소리쳤다.

"나리, 놈들이 근처까지 왔습니다. 빨리 몸을 숨겨야 하옵니다."

이숭문이 마루 위에 놓아두었던 칼을 집어 들었다.

"어서 가세."

"먼저 피하십시오. 소인은 가연을 데리고 뒤따르겠습니다."

옆에 서 있던 사내가 말했다.

"낭자는 이미 피했으니, 저를 따르시지요."

두 사람이 사내를 따라 근처의 개울가 언덕 아래로 내려가자, 그곳에는 은후를 비롯한 사내들이 언덕에 몸을 바짝 붙인 채 막동의 무리가 나타나기를 기다리고 있었다.

일각쯤 흘렀다. 둥근 달이 구름에 가려 이지러졌다. 언덕 아래 이숭문의 무리는 조용히 숨을 죽인 채 상대가 다가오기를 기다렸다. 드디어 저 멀리 어둠 속에서 검은 물체들이 꾸물꾸물 나타났다. 막동의 무리였다.

앞장서서 다가오던 한 사내가 뒤를 따르던 무리들에게 신호를 보냈다. 그러자 사내들이 검은 천으로 얼굴들을 가리기 시작했다. 곧이어 앞장선 사내가 허리를 낮춘 채 살금살금 다가오더니 초가집 담장 안을 염탐했다. 이숭문의 무리는 상대의 행동을 가만히 지켜보며 공격 신호를 기다렸다.

"담장을 에워싸라."

막동이 수하들을 향해 작은 목소리로 명을 내리자, 복면을 한 사내들이 재빠르게 담장으로 다가가 초가집을 에워쌌다. 이윽고, 담장 안을 염탐하던 사내가 막동에게 고개를 끄덕여 신호를 보냈다.

"모조리 도륙하라!"

막동이 큰소리로 외치자, 수하들이 일제히 담을 넘어 마당으로 뛰어 들어갔다. 상대를 지켜보던 이승문이 팔을 번쩍 들며 신호를 보냈다. 그러자 그의 수하들이 일제히 마당을 향해 화살을 날리기 시작했다. 쉭! 쉭! 쉬이익!

"윽!, 억!, 으악!…"

어둠 속에서 날아온 난데없는 화살에 막동의 무리가 하나둘 쓰러지기 시작했다. 방문을 걷어차고 안으로 들어갔던 사내들이 고함을 지르며 밖으로 뛰쳐나왔다.

"함정이다!"

우왕좌왕하는 막동의 무리를 보며 이승문이 우렁차게 외쳤다.

"자, 이때다!"

드디어 이승문의 무리가 칼을 빼들고 달려가 담장을 훌쩍 뛰어넘었다. 이승문이 고함을 내질렀다.

"한 놈도 살려 보내서는 안 된다!"

역습당한 막동의 무리는 순식간에 쓰러지기 시작했다. 함정에 빠졌다는 사실을 뒤늦게 알아차린 막동이 수하들을 보고 외쳤다.

"속았다. 어서 후퇴하라!"

하지만 이미 함정에 빠진 수하들은 미처 달아나지 못하고 상대의 칼에 처참하게 당했다. 다급해진 막동은 혼자 담장을 뛰어넘어 어둠 속으로 달아났다. 잠시 후 막동은 뒤를 돌아보았지만 자신의 뒤를 따르는 수하들은 한 명도 보이지 않았다. 막동은 어쩔 수 없이 황급히 혼자 달아나기 시작했다.

"쫓아라!"

누군가 고함을 질렀다. 이숭문의 수하 둘이 막동의 뒤를 쫓아 뛰어갔다.

"앗!"

어둠을 뚫고 필사적으로 달아나던 막동이 발을 헛디뎌 넘어지고 말았다. 황급히 몸을 일으킨 막동은 사력을 다해 달아나려 했지만 어느새 바짝 따라붙은 이숭문의 수하들이 달려들며 칼을 휘둘렀다. 막동은 상대의 칼을 피하며 순식간에 상대의 옆구리를 찔렀다. 그때, 다른 사내가 막동의 팔을 내리쳤다. 하지만 사내의 칼은 옆으로 살짝 빗나가고 말았다. 그 틈을 놓치지 않고 막동은 상대의 몸통을 찌른 뒤 재빨리 칼을 거두며 돌아섰다.

"허, 억…."

순간, 막동은 자신의 복부에 뭔가 차가운 물체가 들어오는 강렬한 느낌을 받았다. 곧이어 온몸의 기운이 그곳을 통해 순식간에 빠져나가는 것을 느꼈다.

"으악!"

또다시 막동의 등에 칼이 내리꽂혔다. 그는 땅바닥에 그대로 쓰러졌다. 간신히 숨을 헐떡이고 있는 그의 눈에 칼을 든 이숭문의 모습이 희미하게 보였다.

"저기 놈들이 있다!"

마을 입구 쪽에서 고함소리가 들려왔다. 막동의 무리를 뒤따라 온 한성부 군사들이 어느새 몰려오고 있었다. 예상치 못한 일에 당황한 이승문은 수하들을 이끌고 다시 초가를 향해 달려갔다.

은후는 여전히 개울가 언덕에 몸을 숨기고 초조하게 상황을 지켜보고 있었다. 그녀의 곁에는 서치성이 바짝 긴장한 채 칼을 빼들고 주위를 살폈다.

"두려우냐?"

"그렇지는 않아요. 다만, 일이 잘못되지는 않을까 염려할 뿐이어요."

"그래, 초조할 수밖에. 십 수 년을 기다려 왔던 일이 아니더냐."

갑자기 서치성이 몸을 더욱 낮추었다. 막동을 쫓아갔던 사내들이 다급히 되돌아오는 모습이 보였다. 그들이 가까이 다가오자 서치성은 언덕 위로 올라가려고 몸을 세웠다.

"모두 달아나라!"

초가집 마당으로 들어선 이승문이 큰소리로 외쳤다. 하지만 마당에서 기다리고 있던 수하들은 어디로 피해야 할지 갈피를 잡지 못했다.

"이놈들 꼼짝 마라!"

신벽이 이끄는 한성부 군사들이 담장을 따라 늘어서며 칼과 창을 겨누었다. 순식간에 상황이 뒤바뀌자 이승문의 무리들은 서로 등을 맞댄 채 빙 둘러서며 마지막 일전을 준비했다. 신벽이 한 걸음 앞으로 나서며 외쳤다.

"칼을 버리는 자는 살아남을 것이다!"

이숭문은 주위를 둘러보았다. 하지만 이미 빠져나갈 틈은 보이지 않았다. 이숭문이 자신의 수하들에게 외쳤다.

"각자, 살아남아 그곳으로 오라."

이어 이숭문은 최후의 명을 내렸다.

"쳐라!"

이숭문의 수하들이 곧장 담장을 뛰어넘으며 달려들었다.

"어, 억!"

재빠른 공격에 여기저기에서 한성부 군사들이 칼을 맞고 쓰러졌다. 신벽이 어둠 속에서 외쳤다.

"저항하는 자는 모조리 베어라!"

서로의 칼날이 부딪히며 불꽃이 일었다.

"저기 달아나는 자를 잡아라!"

신벽의 외침에 참군 장웅후가 단검을 꺼내 달아나는 사내의 등을 향해 던졌다. 단검이 등에 박히자 사내는 짧은 비명소리를 내며 서너 발짝 걷다 꼬꾸라졌다.

한편, 언덕 위로 올라가려던 서치성은 은후와 함께 납작 엎드린 채 두 무리가 싸우는 모습을 지켜보고 있었다. 겁에 질린 은후는 비명을 지르려다 자신도 모르게 손으로 제 입을 틀어막았다. 잠시 상황을 지켜보던 서치성이 은후의 팔을 당겼다.

"먼저 몸을 피해야겠다. 따라오너라."

은후는 몸이 얼어붙어 움직일 수가 없었다.

"가연아, 서둘러야 한다."

서치성이 주위를 경계하며 재촉하자 은후는 후들거리는 다리를 겨우 진정시키며 개울을 따라 몸을 피했다.

관군과 뒤엉켜 싸우던 이숭문의 무리가 포위를 뚫고 사방으로 흩어지기 시작했다. 신벽이 눈치를 채고 군사들을 다그쳤다.

"놈들이 흩어지고 있다. 끝까지 추격하라. 단 한 놈도 놓치지 마라!"

한성부 군사들 역시 무리를 지어 흩어지며 이숭문의 수하들을 추격했다.

"저기에 우두머리가 있다!"

누군가 이숭문을 발견하고 큰소리로 외치자, 참군 한배성이 이숭문을 향해 달려가며 고함을 질렀다.

"네 이놈. 게, 섰거라!"

하지만 주위의 지형을 훤히 꿰뚫고 있는 이숭문은 순식간에 개울을 훌쩍 건너 산속으로 사라졌다. 한배성이 계속 고함을 질러댔다.

"어서, 개울을 건너 추격하라!"

개울로 뛰어든 군사들이 돌에 걸려 넘어졌다. 한배성은 개울 저편 어둠속을 바라보며 분을 참지 못했다.

"이런, 다 잡은 놈을 놓치다니!"

뒤늦게 달려온 신벽도 개울 건너편 어둠속을 아쉬운 표정으로 노려보았다.

이튿날 이른 아침, 한성부 판윤 이거영은 입궐할 채비를 마친 채 신벽을 기다리고 있었다. 지난밤에 보고를 받긴 했으나 궐에 들어가기 전에 더욱 상세한 내용을 알아야 했다. 잠시 뒤, 신벽이 지난밤 일에 대해 보고를 하기 위해 방으로 들어오자, 이거영이 서두르는 태도로 재촉했다.

"어서, 말해 보게."

"이숭문의 행방은 아직 알아내지 못했고, 그의 수하 스물다섯이 죽었습니다. 달아난 자들은 이숭문을 포함해 몇 되지 않는 것으로 추정합니다."

"이숭문 그자를 붙잡았어야 했는데, 어쨌든 이제 한동안 무슨 일은 꾸미지 못하겠군."

"그래도 이숭문을 붙잡기 전까지는 안심하기에 이릅니다."

"음, 막동의 무리들 또한 지난밤 보고했던 대로인가?"

"예, 막동을 포함하여 모두 열여덟 명이 죽었습니다."

"아니, 하나는 살아 있다고 하지 않았나?"

"예, 하지만 워낙 상처가 깊었던 터라 그자 또한 새벽녘에 죽고 말았습니다."

"그자에게서 알아낸 것이라도 있는가?"

"예, 오랫동안 막동의 수하로 있던 자로 이숭문의 무리에 대해서는 어느 정도 알고 있었지만, 지금 이숭문이 숨어 있을 만한 곳은 알지 못했습니다."

"그래, 이숭문의 무리는 어떤 자들이라고 하던가?"

"역시 순흥의 사민 출신들이 주축이고, 노산군 복위 과정에서 역모로 몰려 멸족된 자들의 가족과 그 친척들도 끼어 있었던 것으로 조사됐습니다."

"음, 계속해 보게."

"처음에는 무리의 수가 백여 명에 달할 정도였는데, 점차 줄어 서른 명 안팎만 남았던 것 같습니다. 그동안 막동의 무리와 싸움을 계속하면서 희생자들이 생긴 탓도 있지만, 근본적인 이유는 다른 데 있었습니다. 목적했던 일을 이루는 데 시간이 길어지자 지친 사람들이 서서히 제발로 무리를 떠났기 때문이랍니다."

"그들의 목적이 대체 무엇이라고 하던가?"

"노산군의 선위가 강제로 이루어졌다는 사실을 세상에 알리고 또한…."

"어서 말해 보게."

잠시 뜸을 들이던 신벽이 말을 이었다.

"차마 입에 담기 어렵습니다만…, 선왕을 노렸던 듯합니다."

"뭐라?"

"처음에는 자신도 막동과 더불어 어떤 중요한 문서 하나를 찾고 다녔는데, 나중에야 그자들의 실체가 무엇인지 알게 되었다고 합니다."

"그 문서라는 것이 '사초'를 말하는 것이겠구먼. 또 내가 알아야 할 것이 있는가?"

신벽은 보고를 계속했다.

"궐에 드나들던 조지서의 서치성이라는 자가 시전에 지전 가게를 가지고 있는데, 얼마 전부터 그곳에도 나오지 않는다고 합니다."

"음, 그자도 이숭문의 일당이렸다."

"예, 갑자기 그자가 행방을 감춘 것은 서 권지라는 자가 귀띔을 했기 때문일 겁니다. 그러니 궐에 들어가시면 예문관 대제학을 만나 서 권지에 대해 알아보셔야 할 것입니다."

"오늘은 나도 그럴 요량이네."

이거영이 자리에서 일어나자 신벽 또한 따라 일어나며 덧붙였다.

"서 권지라는 자가 궐내에 있는 첩자가 확실한 듯하니, 소인도 지금 대감과 함께 입궐하여 그자를 붙잡아오겠습니다."

"그리하세."

묘시 중간 무렵, 예문관에 당도한 세주는 은후가 입궐했는지 알아보기 위해 곧장 그녀의 방으로 달려갔다. 하지만 그녀는 아직 입궐하지 않았는지 방 안에 없었다. 복도를 지나 마당으로 내려 선 세주는 초조한 마음으로 서성이며 그녀를 기다렸다. 곧 한성부에서 들이닥치게 될 것은 너무나 자명한 일이었다.

"이 일을 어찌한다…"

세주는 은후를 빨리 만나 자신이 찾고 있던 가연인지 확인하고 싶은 마음이 간절했지만, 한편으론 재발 그녀가 입궐하지 않았으면 하는 바람이었다.

"혹시, 그제 했던 약속을 지키고자 미련하게 입궐하는 것은 아닌지…."

세주가 불안해하며 마당을 왔다 갔다 하고 있을 때 누군가 그를 불렀다.

"이보게, 윤 대교."

세주가 고개를 돌리자 판관 신벽이 다가왔다.

"누굴 기다리시나?"

"여긴 어쩐 일입니까?"

세주는 애써 태연한 척 했다.

"지난번 내가 말했지 않았는가. 또 들리겠다고."

"이번에는 무슨 일로…."

신벽은 세주의 얼굴을 빤히 쏘아보더니 느닷없이 물었다.

"서 권지는 입궐하였는가?"

"아직입니다만… 무슨 일인지?"

"서 권지의 정체가 밝혀졌네."

세주는 속으로 올 것이 왔구나, 생각했지만 겉으로 드러내지 않고 오히려 능청스럽게 되물었다.

"정체라니, 무슨 말입니까?"

"얼마 전 궐에 첩자가 있는 것 같다고 내가 말하지 않았나. 서 권지가 바로 그 첩자였네."

세주는 깜짝 놀랐다는 듯한 표정을 지으며 물었다.

"예? 서, 설마요…."

신벽이 바짝 다가서며 슬쩍 떠보듯이 말했다.

"윤 대교는 그자가 여인처럼 느껴진 적은 없었는가?"

세주는 계속 시치미를 떼는 수밖에 없었다.

"그것은 또, 무슨… 말씀인지?"

"아닐세. 어쨌든, 그자를 한성부로 데려가 심문하려 하는데, 아직 입궐하지 않았다니 예서 기다리면 되겠군."

세주는 마당 입구 쪽을 흘끔 쳐다보았다. 신벽이 거느리고 온 사내 둘이 그곳을 단단히 지키고 서 있었다. 순간, 세주는 이제 모든 것이 끝난 것처럼 느껴졌다. 그토록 찾아 헤매던 가연을 만났지만 또 그녀와 함께 할 수 없게 되었으니…. 그는 얄궂은 운명을 원망이라도 하듯 뒤로 돌아서며 한숨지었다.

한편, 곧장 춘추관으로 간 이거영은 당상관이 머무는 방에 앉아 아직 입궐하지 않은 예문관 대제학 문승휴를 기다렸다. 묘시가 지나고 진시가 시작될 무렵, 춘추관으로 들어서던 문승휴는 판윤이 자신을 기다리고 있다는 소식을 전해 듣자 곧장 방으로 들어갔다.

"나를 보러 오셨다니, 어쩐 일이시오?"

문승휴가 방 안으로 들어서며 말을 건네자 이거영이 자리에서 일어났다.

"어서 오십시오. 궐에 볼일이 있어 왔다가 대감을 좀 만날까 해서요."

문승휴가 이거영의 표정을 살피며 자리에 앉았다.

"그냥 오신 것은 아닐 테고, 무슨 일인지요?"

자리에 앉은 이거영은 수염을 한 번 쓸어내린 뒤 나직이 말했다.

"그럼, 거두절미하고 묻겠습니다. 예문관에 권지가 있다고 들었습니다만, 외사로 나갈 자를 가르치고 있는 중입니까?"

뜻밖의 물음에 문승휴의 낯빛이 바뀌었다.

"대, 대감."

"말씀해 주시지요."

"무엇 때문에 그 권지에 대해 묻는 것이오?"

이거영이 지금까지 일어난 일들에 대해 차근차근 설명하자 듣고 있던 문승휴의 얼굴에 놀라움과 함께 근심스런 표정이 뒤섞여 떠올랐다. 이거영이 설명을 다 마칠 때까지 문승휴는 입을 꾹 다문 채 탁자만 내려다보았다.

이거영이 재촉하듯 말했다.

"이번 사건을 밝혀내기 위해서는 대감께서 진실을 말씀해 주셔야 합니다."

난처한 표정을 짓고 있던 문승휴가 드디어 입을 열었다.

"…지난해 봄 예문관에서 권지 한 명을 뽑았지요. 다들 그가 외사로 나갈 관원이라고 알고 있는데, 실은 외사가 아니라 여사를 뽑은 것이지요."

상대가 하는 말을 미처 알아듣지 못한 이거영이 어리둥절한 표정을 지으며 되물었다.

"대감, 여사… 라니요?"

"궁궐 규중에서 일어나는 일들을 기록하기 위해 여자 사관이 필요했던 것이지요."

"그럼, 그 권지가 정말로 여인이었다는 말씀입니까?"

"그렇소이다. 남장을 한 여인이지요."

"작년 9월 수강궁에 낯선 나인 하나가 입시를 했다고 하던데, 역시 그 권지라는 여인이겠군요."

"예, 여사로서 경험을 쌓게 하려고 들여보냈던 것으로 알고 있습니다만."

잠시 숨을 고른 이거영이 이어서 물었다.

"이 모든 일이 대감의 뜻입니까?"

문승휴가 대답을 미룬 채 한숨부터 내쉬자 이거영이 재차 물었다.

"그럼, 어느 분의 뜻입니까?"

시선을 허공에 둔 채 문승휴가 넋두리를 하듯이 말했다.

"…자고로 임금의 일거수일투족을 알고 싶어 하는 신하들은 두 부류가 있지요. 그 하나는 사신史臣들입니다. 그들은 자신들의 귀와 눈이 닿지 않는 궁궐 깊은 곳에서도 군왕이 올바른 언동을 하는지 매우 궁금해 하는 사람들이지요. 다른 하나는 권신들입니다. 자신들의 권세를 지키기 위해 군왕에 대한 모든 것을 알고 싶어 하니 말입니다."

상대의 말뜻을 알아차린 이거영은 짧게 대답했다.

"알겠습니다, 대감."

그 시각 빈청에서는 한명회가 환관 전균을 불러들여 얼굴을 마주하고 있었다. 전균은 자신이 무엇 때문에 불려왔는지 몰라 몹시 궁금해 하는 기색이었다. 하지만 한명회는 아무 말도 없이 전균의 얼굴을 그저 훑어보기만 할 뿐이었다. 결국, 궁금함을 참지 못한 전균이 먼저 물었다.

"…영상 대감, 소인을 부른 연유가 무엇이온지요?"

뜸을 들이던 한명회가 천천히 입을 열었다.

"…자네에게 은밀히 묻고 싶은 것이 있어 불렀네."

"하문하십시오, 영상 대감."

"막동을 아는가?"

"예? 막동이라면…."

"훈도방 잠저에 가동으로 있던 그자를 모르는가?"

한명회가 날카로운 눈빛으로 쏘아보며 묻자 전균은 긴장하기 시작했다.

"언젠가 한 번 본 적이 있는 것 같기는 하옵니다만…."

"9년 전, 잠저로 찾아가 막동에게 밀지를 전한 사람이 자네인가?"

깜짝 놀란 전균은 즉답을 하지 못하고 머뭇거렸다.

"예? 그, 그것이…."

"이미 다 알고 묻는 것이니 똑바로 대답하게. 대체 임귀건이라는 사관이 쓴 사초의 내용이 무엇인가?"

한명회는 자신이 보았던 임귀건의 사초가 실제로 존재하는 것인지 전균을 통해 확인하고 싶었던 것이다.

"소인도 그 내용은 잘 모르옵니다. 다만…."

"어서 말해 보게."

전균은 여태껏 지켜온 비밀을 더 이상 숨길 수 없다고 판단했는지 자신이 아는 사실을 모조리 털어놓기 시작했다.

"9년 전 경진년에 김주면이라는 환관이 수군거리는 말을 소인이 지나가다 우연히 듣고 선왕께 아뢰게 되었습니다."

"계속해보게."

잠시 호흡을 가다듬은 전균이 말을 이었다.

"을해년(1455년) 윤 6월 10일 노산군이 선위하기 바로 전날, 당시 대군이셨던 선왕께서 편전을 찾으신 적이 있습니다. 그때 노산군은 편전 안에서 대신들과 정사를 논의하던 중이었는데, 선왕께서 밖에 계신다는 소식을 전해 듣고는 모두를 급히 물리셨지요. 그리고 선왕께서 안으로 드시어 독대를 하셨습니다. 여기까지의 일은 소인도 그 당시 편전 마루에 있었기 때문에 기억하고 있습니다만."

"…."

"그런데 선왕께서 노산군과 독대를 마치고 편전을 나선 뒤에 김주면이라는 그 환관이 방 안에 들어갔을 때, 밖으로 물러나온 줄만 알았던 입시사관이 병풍 뒤에서 나오더라는 것입니다. 게다가 노산군이 그 사관에게 이르기를, '후세에 꼭 전하여라.'라고 하셨답니다."

"그럼, 선왕과 노산군의 대화를 병풍 뒤에 있던 사관이 모두 들었다는 말이 아닌가?"

"그런 셈이옵니다."

한명회가 중얼거렸다.

"이런, 이런…. 그럼, 그 사초의 내용이 사실이겠구먼."

"…."

"한데, 그 환관은 왜 5년간이나 입을 다물고 있었다던가?"

"그자는 그 일의 중요성을 전혀 모르고 있었고, 그냥 지나간 이야기를 하던 참에 우연히 꺼낸 말이었습니다."

"그럼, 그 사실을 선왕께 아뢰어 올리니, 자네에게 밀지를 내리시며 막동에게 전하라 하셨다는 말인가?"

"예, 그리고 막동이 그 사초의 행방을 뒤쫓는 과정에서 선왕을 노리는 무리들이 있다는 것과 그들이 그 사초를 이용해 어떤 일을 꾸미고 있다는 사실도 알게 된 것이지요."

전균의 말이 끝나자 한명회는 한동안 말이 없었다. 임귀건의 비밀 사초가 실제로 존재한다는 것이 사실로 밝혀지자 그는 더욱더 불안감에 휩싸였다. 만일에 그것이 세상에 알려지기라도 하는 날이면 선왕과 공신들은 물론 금상에게도 치명적인 일이 될 것이 뻔했다.

한명회가 의정부 관아로 돌아가기 위해 빈청을 나서자 때마침 춘추관 쪽에서 걸어오던 이거영이 인사를 올렸다.

"안녕하십니까, 영상 대감."

깊은 생각에 잠겨 땅바닥만 보고 걷던 한명회가 천천히 고개를 들었다.

"판윤 아니시오."

"의정부로 돌아가시는 길입니까?"

"그렇소이다. 참, 어젯밤 창의문 밖에서 큰 소란이 있었다고 들었소만?"

"예, 지난밤 막동이 놈들에게 당했습니다."

한명회의 콧수염이 가늘게 떨렸다.

"그 사초를 찾거든 반드시 나에게 가져오시오. 재차 말하지만 누구도 그 내용을 보아서는 아니 되오."

"예, 영상 대감. 그리하겠습니다."

한명회가 걸음을 옮기려 하자, 이거영이 목소리를 낮춰 속삭이듯 말했다.

"예문관에 권지로 들어왔던 자가 괴서사건에 연루된 듯합니다."

순간, 걸음을 옮기려던 한명회는 멈칫하더니 아무런 대답도 하지 않고 그냥 걸어갔다.

판관 신벽은 어스름한 저녁 무렵이 되어서야 한성부로 돌아왔다. 하루 종일 궐에서 은후를 기다렸지만 그는 끝내 만나지 못하고 돌아왔다. 자신이 이미 한 발 늦었음을 그는 아침나절에 진즉 알아차렸지만, 그래도 아쉬운 마음에 늦게까지 궐에 머물렀던 것이다.

신벽은 한성부 관아에 들어서자마자 곧장 이거영의 집무실부터 찾았다.

"결국, 서 권지라는 자가 나타나지 않았다는 말이지?"

이거영이 실망한 듯이 물었다.

"아무래도 자신의 정체가 드러났다는 걸 눈치챘던 모양입니다."

이거영이 문 쪽으로 고개를 돌리며 중얼거렸다.

"한데, 좌윤은 왜 이리 늦는 것인지…"

"왜 그러십니까?"

"무슨 글자인지 알아낸 것 같다고 하더군."

"그럼, 타다 남은 문서 조각에 있던 글자의 뜻을 알아낸 것입니까?"

이거영이 고개를 끄덕였다. 잠시 후, 밖에서 기침소리가 나더니 좌윤 정달우가 참군 장응후를 데리고 들어왔다. 이거영은 두 사람이 자리에 앉기도 전에 서둘러 물었다.

"그 글자들이 뜻하는 게 무엇이었소?"

정달우가 자리에 앉으며 장응후에게 손짓했다.

"우선 자네도 이리 앉게."

정달우는 먼저 마른침을 삼켰다.

"천千과 문자文字 사이에 있던 글자는 '고古와 불후不朽'입니다. 즉 '천고불후千古不朽의 문자'라는 글자인 것으로 보입니다."

이거영은 글자 하나하나를 곱씹으며 읽었다.

"천·고·불·후, 천·고·불·후·의 문·자…."

신벽이 고개를 갸웃거렸다.

"영원히 썩지 않는 문자라면… 혹시?"

정달우가 회심의 미소를 지었다.

"맞네, 바로 사록을 뜻하는 말이지."

"그럼, 놈들이 노렸던 것이 바로 실록이 아닙니까?"

"그렇지. 놈들이 예문관과 춘추관을 드나들었으니, 정확히 들어맞지 않는가."

이거영도 고개를 끄덕였다.

"놈들이 춘추관을 노렸던 게 틀림없는 것 같군."

정달우가 장웅후를 향해 고개를 돌렸다.

"참! 불러다 놓고 깜박했군. 낮에 나에게 했던 말을 해보게."

"예, 지난밤 이숭문의 수하 중 하나가 숨이 끊어지기 전에 이상한 소리를 했습니다."

모두가 장웅후의 입을 주시했다.

"'하루만 지나면 대낮처럼 밝은 밤을 볼 수 있었을 텐데…'라는 말이었습니다."

이거영이 물었다.

"대낮처럼 밝은 밤이라니… 무슨 뜻일꼬?"

좌중은 서로를 쳐다보며 고개를 갸웃거렸다. 신벽이 탁자를 손바닥으로 치며 벌떡 일어났다.

"앗! 그자들이 서, 설마…."

정달우가 목을 길게 빼며 물었다.

"무슨 뜻인지 알겠는가?"

"밤에 불을 지르면 대낮처럼 밝아지니, 놈들이 불을 지른다는 뜻이 아닙니까."

이거영도 덩달아 일어섰다.

"그, 그럼, 춘추관에 불을 지른다는 뜻인가?"

"예, 오늘 밤입니다. 당장 궐로 달려가야 하겠습니다."

좌중은 순식간에 우왕좌왕했다. 이거영이 큰소리로 외쳤다.

"판관은 빨리 궐로 달려가 이 사실을 금군에게 알리게!"

"예, 대감."

신벽과 장웅후는 지체 없이 밖으로 뛰쳐나갔다. 그들이 나가고 난 뒤 잠시 방 안을 서성이던 이거영은 정달우와 함께 방을 나섰다.

그 무렵, 세주는 퇴궐하기 위해 예문관을 나섰다. 하루 종일 기다렸지만 끝내 은후는 모습을 보이지 않았다. 세주는 그녀가 궐에 나타나지 않은 것이 천만다행이라 여겨지면서도 한편으론 내심 아쉽기도 했다.

영추문을 나서는 세주에게 궐문을 지키던 내금위 군관이 웃으며 말을 걸었다.

"오늘은 퇴궐이 늦습니다, 나리."

평소 궐문을 드나들면서 자주 보던 군관이었다. 세주는 기운 없는 얼굴로 대답했다.

"그렇게 되었네. 그럼, 수고하게."

"혼자 퇴궐하십니까?"

"응?"

"아까 서 권지께서 예문관에 급한 볼일이 있다며 입궐했습니다만."

깜짝 놀란 세주가 걸음을 멈추며 되물었다.

"서 권지가 입궐했다고?"

"예, 나리. 예문관에서 만나지 못했습니까? 거 참, 이상하네…"

순간, 세주는 시치미를 떼고 태연한 얼굴로 중얼거리듯 말했다.

"아, 그 일 때문인가? 난 춘추관에서 곧장 나오는 길이었는데, 길이 엇갈렸는가 보네. 그럼, 나를 기다리겠구먼."

세주는 궐 밖으로 나가려다 말고 뒤돌아섰다.

"조금 있으면 궐문을 닫습니다, 나리."

세주는 고개를 끄덕인 뒤 빠르게 예문관으로 향했다. 뒤에서 군관의 목소리가 들려왔다.

"이 시각에 저 수레는 또 뭣인가?"

예문관으로 부리나케 달려온 세주는 곧장 은후의 방으로 향했다. 문 앞에 선 그는 인기척도 내지 않고 벌컥 문을 열어젖혔지만 예상과는 달리 은후는 없었다. 세주는 점점 더 불길한 생각이 들었다. 은후가 위험을 무릅쓰고 궐로 들어왔다면 자신을 만나기 위함이 아니라 필시 다른 목적 때문일 가능성이 높았다. 그러자 세주의 마음은 더욱 다급해졌다.

"대체 어디에 있는 건지…."

세주는 예문관의 모든 방문을 일일이 열고 은후가 있는지 확인했다. 아무리 찾아도 그녀가 보이지 않자 그는 예문관을 나와서 춘추관으로 달려갔다.

바로 그 무렵, 궐에 당도한 판관 신벽은 영추문 안으로 급히 뛰어 들어갔다. 궐문을 지키던 내금위 군사들이 그를 가로막더니 경계하는 눈초리로 훑어보며 물었다.

"무슨 일입니까!"

신벽이 가쁜 숨을 헐떡거리며 자신의 신분을 밝혔다.

"난, 한성부 판관일세. 불순한 자들이 춘추관에 불을 지르려고 하니, 어서 비켜서게!"

"불을 지르다니요?"

신벽은 다급했다.

"지금 한가하게 이러고 있을 시간이 없네. 급박한 일이니, 우선 내금위 군사들을 춘추관으로 보내게."

영문을 모르는 군관은 어리둥절한 모습을 보였지만, 그가 보기에도 아주 급박한 일임은 틀림없는 듯했다.

"예, 나리."

군관이 길을 비켜주자, 신벽이 뛰어가려다 멈추며 물었다.

"혹시 한 시진 이내에 평소 보지 못했던 자들이 입궐하지는 않았는가?"

"글쎄요…, 조금 전 수레를 끌고 들어온 일꾼들 외에는…."

귀가 번쩍 뜨인 신벽이 되물었다.

"방금 수레라고 했나?"

"예, 조지서의 일꾼들이 종이를 실은 수레를 끌고 지나갔습니다."

"뭣! 조지서 일꾼들이라고?"

"예, 평소 종이를 나르던 조지서의 지장과 처음 보는 일꾼 하나가 수레에 종이를 가득 싣고 춘추관 쪽으로 향했습니다. 실록청에서 종이가 급히 필요하다는 전갈을 받았다고 하며…."

군관의 말이 끝나기도 전에 신벽은 춘추관을 향해 뛰기 시작했다. 영추문에 막 당도한 참군 장웅후가 달려가는 신벽을 불렀지만 신벽의 귀에는 아무런 소리도 들리지 않았다.

잠시 후, 춘추관을 지키고 있던 내금위 군사들은 칼을 든 사내가 달려오자 잔뜩 긴장한 얼굴로 쳐다보았다. 신벽이 가까이 다가가며 말했다.

"난, 한성부 판관이다! 이곳에 별일 없는가?"

군사들이 신벽의 위아래를 훑었다. 군사 하나가 나서며 대답했다.

"예, 그렇습니다만…"

"경계를 더욱 단단히 하게."

신벽은 먼저 춘추관 건물 주위를 한 바퀴 둘러보았다. 그리고 안으로 들어가 이곳저곳 꼼꼼히 살폈다. 방에는 아직 실록청 관원들이 퇴청하지 않고 일에 열중해 있었다.

다시 마당으로 내려온 신벽은 사방을 기웃거리며 살폈다. 하지만 조지서의 일꾼들이 끌고 온 수레는 어디에도 보이지 않았다. 신벽의 마음은 더욱 다급해졌다.

"판관 나리가 아닌지요?"

마당으로 들어서던 세주가 신벽을 보고 인사를 했다.

"윤 대교?"

낮에 만났던 판관이 다시 궐에 들어온 것을 보고 세주는 더욱 긴장했다.

"이 늦은 시각에 어쩐 일입니까?"

신벽 또한 긴장한 모습으로 주위를 두리번거렸다.

"급한 일 때문에 달려왔네."

"무슨 일이신지?"

여전히 주위를 둘러보던 신벽은 동문서답했다.

"윤 대교, 시정기와 납입된 사초는 어느 방에 있는가?"

"그것은 왜 물으시는지요? 이곳에는 없습니다만."

순간, 신벽이 고개를 홱 돌려 세주를 빤히 쳐다보았다.

"이곳에 없다니, 그럼 어디에 있는가!"

"실록이 완성될 때까지 편찬 자료들을 철저히 보관해야 한다며, 얼마 전 영상 대감의 명에 따라 모두 실록각으로 옮겼습니다."

"이런 낭패가 있나! 실록각은 어디에 있는가?"

세주가 손가락으로 방향을 가리켰다.

"저쪽 상서원 담장 옆에 있는 작은 건물입니다."

신벽은 재빨리 달려가며 칼을 뽑았다. 그러자 주위에 있던 군사들이 놀란 눈으로 그의 뒷모습을 바라보았다. 세주는 가슴이 조마조마했다. 아무래도 신벽이 달려간 것은 은후의 일과 무관치 않은 듯했다. 그때 갑자기 주위가 시끄러워지면서 내금위 군사들이 달려와 춘추관을 에워쌌다.

실록각으로 달려가던 신벽은 상서원 담장 근처에서 수레를 발견했다. 복면을 한 사내 하나가 수레에 실린 종이더미 속에서 작은 단지를 내리고 있었다. 신벽은 몸을 낮추고 주위를 살핀 뒤 살금살금 다가가 상대의 목에 칼을 겨누었다.

"웬 놈이냐!"

복면을 한 사내는 깜짝 놀라며 그 자리에 주저앉았다.

"천천히 일어서거라!"

사내는 손에서 단지를 내려놓고 천천히 일어섰다.

"이얏!"

사내는 일어서는 척하더니 품속에서 단검을 꺼내 신벽을 향해 휘둘렀다. 갑작스러운 상대의 공격에 팔을 베인 신벽은 반사적으로 몸을 피하며 칼을 휘둘렀다.

"억! 으윽…."

복면을 한 사내는 짧은 비명과 함께 그대로 땅바닥에 쓰러졌다. 순간, 담 모퉁이 쪽에서 인기척이 들렸다. 신벽이 그곳을 노려보며 걸음을 옮기려 할 때, 마침 실록각 쪽에서 칼 부딪치는 소리가 들려왔다. 신벽은 즉시 발길을 돌려 실록각으로 달려갔다.

신벽이 사라지자 담벼락에서 검은 물체 하나가 불쑥 솟아나오더니 땅바닥에 쓰러진 복면을 한 사내 곁으로 다가갔다. 그는 얼굴을 가린 복면을 벗으며 흐느꼈다.

"아저씨… 아저씨…."

은후였다. 그녀는 헐떡거리며 간신히 숨을 몰아쉬는 서치성의 복면을 벗긴 뒤 부둥켜안고 흔들었다.

"으…, 가연이냐… 왜 돌아왔느냐?"

"아저씨, 어서 피하셔요."

서치성은 머리를 흔들었다.

"난 이미 틀렸다. 연아… 어서 피하거라."

"아저씨를 두고 어찌 혼자 갈 수 있겠어요. 힘을 좀 내어 보세요."

"으… 널 이 일에 끌어들인 것이 후회가 되는구나…."

"그런 말씀 마시고 어서 일어나 보시어요."

서치성은 마지막 힘을 다해 말했다.

"실록각의 위치를 알려주었으니, 이제 네가 할 일은 끝났다. 어서… 어서, 가거라….

은후를 자꾸 밀쳐내던 서치성의 손이 아래로 스르륵 흘러내렸다.

한편, 신벽이 실록각 앞에 당도했을 때는 그곳을 지키던 군사 두 명이 막 이숭문의 칼에 쓰러진 뒤였다. 갑자기 신벽이 등장하자 복면을 한 이숭문은 잠시 상대를 노려보다가 두 손으로 신중하게 칼을 겨누었다.

"얍!"

이숭문이 뛰어오르며 칼을 휘두르자 신벽은 옆으로 살짝 피하며 돌아섰다.

"쨍, 쨍, 쨍…."

양측의 칼날이 부딪칠 때마다 어둠속에서 불꽃이 번쩍였다.

"쨍, 쨍… 헉!"

신벽의 칼이 이숭문의 가슴을 스치고 지나갔다. 찢어진 그의 옷 틈새로 붉은 피가 스몄다. 앞선 두 군사들을 상대하느라 힘이 빠진 이숭문은 숨을 크게 헐떡였다. 신벽은 그 틈을 놓치지 않고 더욱 몰아붙였다. 상대의 칼을 받아내는 것이 힘에 부친 이숭문은 뒷걸음질로 슬슬 물러나기 시작했다. 그리고 갑자기 등을 보이더니 실록각 뒤로 달아났다. 신벽이 뒤따라가며 외쳤다.

"게, 섰거라!"

두 사람이 사라진 뒤, 실록각 앞이 점점 밝아졌다. 은후가 작은 단지와 횃불 하나를 들고 실록각으로 걸어오고 있었다. 그녀의 모습은 이제 세상 무서울 게 하나도 없는 사람처럼 보였다. 횃불을 든 채 당당하게 걸어오던 그녀는 실록각 앞에서 걸음을 멈추고 문을 향해 단지를 내던졌다. 그러자 단지가 깨어지며 속에 있던 기름이 사방으로 퍼졌다. 그녀는 잠시 실록각의 편액을 우러러 보다가 횃불을 든 채 문 가까이 다가갔다.

"멈추게!"

순간, 은후는 움찔하며 뒤를 돌아보았다. 어둠 속에서 세주의 모습이 흐릿하게 보였다.

"서 권지! 그러면 아니 되네."

세주가 복면 속에 감춰진 자신을 알아보자 은후는 얼굴을 가리고 있던 천을 내렸다.

"사… 부…."

"서 권지, 무슨 짓인가! 그만두게."

은후가 단호한 목소리로 말했다.

"이 거짓 기록들을 모두 불태워 없애지 않으면, 저들은 역사를 왜곡하여 자신들이 지난날에 저질렀던 행위를 정당화할 것입니다."

"그렇지 않네. 어차피 역사란, 마지막에 살아남은 자들이 쓰는 것이네. 하지만 그것을 평가하는 것은 그들이 아니라 후인들이네. 걱정하지 말게. 후인들은 그리 어리석지 않을 것이네. 그들이 아무리 역사를 왜곡할지라도, 후인들은 반드시 진실과 거짓을 가려내어 엄중한 평가를 내릴 것이네."

세주는 한마디 더 힘주어 말했다.

"비록 왜곡된 기록일지라도 그것조차 없으면 훗날 무엇으로 그들을 평가하고 비난할 것인가!"

횃불을 들고 있던 은후의 손이 떨렸다.

"가연아!"

자신의 이름을 부르는 소리에 은후는 제 귀를 의심했다.

"연아…."

또다시 자신을 부르는 다정한 목소리에 은후는 무심결에 횃불을 내려놓았다.

"도, 도련님…."

은후의 입에서도 세주를 부르는 소리가 새어 나왔다.

"저기다!"

어둠 속에서 군사들이 몰려오는 소리가 요란스럽게 들려왔다. 다급해진 세주는 제자리에 멍하니 선 채 꼼짝도 않고 있는 은후의 손목을 세게 잡아끌었다.

"어서 가자, 연아!"

세주는 은후를 이끌고 담벼락을 따라 예문관 쪽으로 달렸다. 둘은 그곳으로 향하는 내내 서로의 손을 꽉 잡고 놓지 않았다. 그렇게라도 하지 않으면, 그들은 서로를 영영 잃어버릴 것만 같은 느낌이 들었다.

이숭문과 신벽은 잠시 숨을 고르고 있었다. 상서원 담장에 막혀 더 이상 달아날 수 없었던 이숭문은 신벽과 정면으로 맞섰다. 이미 20합을 겨루고도 그들은 여전히 승부를 내지 못하고 있었다. 신벽이 상대에게 칼끝을 겨눈 채 물었다.

"이숭문! 너는 어찌하여 사료들을 불태우려 하는가?"

칼을 겨누고 있던 이숭문이 천천히 복면을 벗었다. 땀으로 얼룩진 그의 얼굴은 몹시도 초췌해 보였으나, 그 눈빛만은 매섭게 빛났다.

"보위를 찬탈하여 정권을 잡았으면, 그래도 백성들을 위한 나라를 만들었어야 했다. 한데 지금 이 나라는 어떠한가. 한 명의 충신을 죽이면 백 명의 공신들이 생겨나는 이상한 나라가 되지 않았는가. 이 나라가 공신들의 나라이지 어디 백성들의 나라이더냐. 나는 이런 나라를 만든 자를 절대 임금으로 인정할 수 없었다. 나에게는 애초부터 없던 임금이나 마찬가지고, 그래서 그를 역사에서 영원히 지워버리려 했던 것이다."

"사료를 불태운다고 이미 존재했던 임금을 역사에서 지울 수 없음은, 네 스스로 더 잘 알 것이 아니냐. 이숭문, 칼을 버려라!"

"하하하… 사료를 불태우면 또다시 지어내어서라도 그것을 만들겠지. 하지만 세상 사람들이 무엇이라 하겠는가. 그것 또한 내가 노리는 바였다. 그들 스스로가 역사의 웃음거리가 되고 말 테니까."

"네 이놈! 그만 칼을 버려라."

군사들이 몰려오는 발소리가 더욱 가까워졌다. 이숭문은 소리가 나는 곳을 힐끗 바라더니 최후의 일전을 각오했다. 곧이어 그는 신벽을 향해 달려들었다.

"얏!"

둘의 칼끝이 부딪쳤다. 또다시 싸움이 시작되었다. 담장을 등진 이숭문이 앞쪽으로 조금씩 걸어 나왔다. 신벽은 뒤로 조심스럽게 물러나며 상대의 허점을 노렸다. 군사들이 바로 근처까지 다가왔다. 역시 초조한 자가 무리한 공격을 하는 법이었다. 신벽은 상대가 내리치는 칼을 막는 척 속인 뒤, 옆으로 비켜서며 이숭문의 허리를 깊숙이 베었다.

"흑…."

드디어 승부가 나고 말았다. 이숭문이 신음을 토하며 손에서 칼을 놓았다. 그리고 허망한 눈빛으로 실록각을 바라보며 중얼거렸다.

"다 틀린 것인가…."

이숭문이 땅바닥에 쓰러지자 군사들이 몰려왔다. 참군 장웅후가 달려오더니 앞으로 나섰다.

"나리, 괜찮으십니까?"

신벽은 숨을 헐떡이며 고개를 끄덕였다. 그리고 쓰러진 이숭문의 품속에 손을 넣어 뭔가를 찾았다.

세주의 도움으로 무사히 궐을 빠져나온 은후는 관인방으로 향했다. 은후를 혼자 보내는 것이 마음이 놓이지 않았던 세주가 자신도 함께 따라 가겠다며 나섰지만, 그녀는 위험을 함께 나눌

수는 없다며 한사코 거부했다.

은후는 미리 준비해 두었던 나인의 옷을 걸치고 궐을 빠져나간 뒤 다시 남장을 하고 골목길로 달아났다. 그녀가 향하는 곳은 이숭문이 마련해 둔 관인방의 비밀 가옥이었다. 반 시진 넘도록 쉬지 않고 걸어 비밀 가옥 근처에 이르자 그녀는 조금 마음이 놓였다. 바로 그때, 갑자기 횃불을 든 군사들이 어디론가 급히 몰려가는 모습이 그녀의 눈에 들어왔다. 화들짝 놀란 그녀는 담벼락에 바짝 붙어 몸을 숨겼다. 잠시 뒤 그녀는 설마 하는 심정으로 군사들의 뒤를 조용히 따라가 보았다.

"아, 아니…"

군사들이 비밀 가옥 안으로 들어가고 있었다. 이미 그곳의 정체가 탄로나고 만 것이었다.

살그머니 뒷걸음을 하며 골목을 되돌아 나온 은후는 이제 어디로 가야 할지 방향을 잡지 못했다. 그러자 그녀는 갑자기 초조해지고 두려움이 밀려왔다. 한동안 갈 곳을 정하지 못한 채 멍하니 서 있던 그녀는 무심코 고개를 들어 밤하늘을 바라보았다. 순간, 늘 자신을 별처럼 바라봐 주던 얼굴 하나를 떠올렸다.

"맞아! 이 근처였지?"

은후는 설화가 있는 기방으로 향했다. 그녀라면 이 세상 누구보다 반드시 자신을 숨겨줄 것이라 굳게 믿었다. 그러면서도 자신으로 인해 그녀가 무슨 화라도 당하면 어쩌나 하는 걱정스러운 마음이 들기도 했다. 하지만 은후는 무작정 도원각을 향해 내달렸다.

도원각 앞 골목에 이르자 은후는 담장 모퉁이 뒤에 몸을 숨기고 잠시 주위를 살폈다. 오늘 밤은 그다지 술손들이 많지 않은지 대문을 드나드는 사람은 보이지 않았다.

은후는 자신의 몸을 훑어보고 옷매무새를 바르게 고친 뒤 아무 일 없었다는 듯이 태연한 걸음으로 대문을 들어섰다. 마당에 들어서자 제법 왁자지껄한 소리가 들렸다. 그래도 방 안에는 서너 명의 술손들이 들어 있는 모양이었다.

"어서 오시어요."

댓돌 근처에서 안을 기웃거리고 있던 은후에게 부엌에서 나오던 순심이 인사를 했다. 은후는 깜짝 놀라며 뒤돌아섰다.

"어? 권지 도련님? …."

술손인 줄 알았던 순심이 은후를 알아보고는 큰소리로 설화를 부르려 했다. 그러자 은후가 재빨리 자신의 입술에 손가락을 가져다 댔다.

"쉬! 순심아, 나를 설화의 방으로 데려다 다오."

"예, 도련님. 따라오시어요."

무슨 뜻인지 알아차린 순심이 작은 소리로 속삭이더니 마루로 올라섰다. 은후는 두어 차례 대문 쪽을 살핀 뒤 순심을 따라 조용히 마루 위로 올랐다. 설화의 방 문 앞에서 순심이 문에 입을 바짝 붙이고 속삭이듯이 말했다.

"아씨. 저, 순심이어요."

곧이어 방문을 살짝 열고 목만 안으로 집어넣은 순심이 몇 마디 속삭인 뒤 목을 빼내더니 뒤에 서 있는 은후에게 말했다.

"안으로 드시어요."

주위를 살피며 서 있던 은후는 곧장 안으로 들어갔다. 설화
는 은후가 들어오는 것을 보고 깜짝 놀라며 벌떡 일어섰다. 자
신을 찾아온 것도 뜻밖의 일이거니와 행색이 아주 초라하기 그
지없었다. 게다가 그녀의 손에는 피까지 묻어 있었다.

"도, 도련님…."

"설화, 사정이 좀 생겼네. 오늘 밤 에서 지낼 수 있도록 좀
도와주게."

설화는 상대에게 무슨 일이 생겼음을 곧바로 알아차렸다. 그
녀는 아무 말 없이 은후에게 고개를 끄덕인 뒤 순심을 바라보
았다.

"심아, 얼른 가서 도련님의 신발을 감추어라. 그리고 도련님
이 오셨다는 말을 누구에게도 해서는 아니 된다."

"예, 아씨."

순심이 방을 나가자 은후는 그만 방바닥에 털썩 주저앉고 말
았다. 긴장이 풀리자 은후는 순식간에 피로가 몰려오고 정신이
몽롱해졌다. 설화는 지쳐 쓰러진 은후를 잠시 내려다보다가 살
며시 이불을 덮어주었다.

다음날 아침, 어수선하던 궐 안팎의 분위기도 빠르게 제자리
를 찾아가고 있었다. 관원들은 괴서사건을 일으킨 무리가 모두
주살되었다는 흉흉한 소문들을 서로 입에 담지 않으려고 애쓰
는 모습이었다. 그들은 지난밤 일어났던 일들을 마치 먼 과거의

일인 것처럼 빨리 자신들의 기억 속에서 멀어지기를 바라는 듯
했다.

한명회는 빈청에 홀로 앉아 문서 하나를 지그시 내려다보고
있었다. 그의 입술은 실소인지, 냉소인지, 조소인지 모를 야릇한
모양새를 띠었다. 그가 내려다보고 있는 문서에는 을해년 윤6월
10일이라는 날짜가 적혀 있었고, 작성자는 임귀건이었다. 선위
를 하기 바로 전날, 노산군과 수양대군이 나누었던 대화를 병풍
뒤에 있던 사관 임귀건이 몰래 엿듣고 작성한 사초였다.

한명회는 마지막 문장을 오랫동안 바라보았다.

　…내가 위험을 무릅쓰고 이 기록을 남기는 이유는, 수양
대군의 부도덕한 행위를 비난하기 위함이 아니라, 그의 행
위가 훗날 정당한 일로 후인들에게 기억될까 몹시 두렵기
때문이다.

어느새 한명회는 자신도 모르게 중얼거리고 있었다.

"기억될까 두렵다… 기억이라, 기억… 허허, 이 사초가 세상
에 알려졌다면 어찌될 뻔 했을꼬…."

사초의 내용으로 보아서는 '선위'가 아니라 분명 '찬탈'이었
다. 어쨌든, 이 사초로 인해 조정이 또다시 혼란에 빠지는 일만
큼은 절대 없어야만 했다. 한명회는 정권을 찬탈하기 위해 자신
이 저질렀던 지난날의 끔찍한 일들을 이제 영원히 묻어두고 싶
었다. 잠시 뒤, 그는 슬그머니 문서를 접어 봉투 속에 넣고 자

리에서 일어났다.

빈청을 나선 한명회가 편전으로 걸음을 옮기고 있을 때 맞은 편에서 이거영이 걸어왔다. 한명회는 상대가 가까이 다가오자 먼저 말을 건넸다.

"어젯밤 궐에 소란이 있었다고 들었소만, 판윤께서 수고가 많았소이다."

"일이 마무리되는 대로 따로 보고드릴 참이었습니다."

"그러셨소?"

이거영이 모르는 척하며 넌지시 말했다.

"저, 그리고… 예문관에 권지로 들어온 자가 이번 일에 연루되었다 하더군요."

이미 상대의 말뜻을 알아차린 한명회가 담담한 표정으로 말했다.

"새로운 제도를 만들기 위해 아주 특별한 사람이 하나 필요하던 참에, 내 집에 종이를 가져다주는 시전 행수에게 부탁했더니 총명한 자를 하나 소개해 주더군요. 음… 어쨌든 일이 그렇게 된 것이니, 더 이상 그자를 쫓지는 마시오. 그자가 잡히면 이 일이 세상에 알려질 테고, 그럼 내 체면도 그렇지만 조정이 또 시끄러워지지 않겠소?"

"잘 알겠습니다, 대감."

"아, 그리고. 이숭문이라는 자가 지니고 있던 그 문서는 잘 받아보았소이다."

"저는 그 내용을 모릅니다만, 그리도 중한 것이었습니까?"

한명회가 씩 웃으며 지나가듯 말했다.

"글쎄요…. 진실이 역사에 남는 것이 아니라, 역사에 남는 것이 진실이 되는 것이니… 뭐, 중하다고도 볼 수 있겠지요. 자, 또 봅시다."

한명회는 묘한 말을 남기고 뒷짐을 진 채 먼저 걸어갔다. 이윽고, 그가 춘추관을 지날 무렵 기사관 두 명이 문서 꾸러미를 들고 걸어오고 있었다. 그들이 가까워지자 한명회가 물었다.

"그것들이 무엇이냐?"

한 기사관이 대답했다.

"이것은 불태워 없앨 문서들이고 저것은 세초洗草(실록 편찬에 사용된 자료들을 물로 씻어 파기하던 일)할 문서들입니다."

"그런가?"

그냥 지나치려던 한명회가 기사관들을 다시 불러 세웠다. 그리고 그는 자신의 소맷자락 속에 넣어두었던 봉투를 꺼내 한 기사관에게 건네주었다.

"이것도 세초하게."

때마침 뒤에서 다가오던 신숙주가 한명회를 보고 불렀다.

"영상 대감."

"아, 오셨소이까."

한명회가 뒤를 돌아보며 인사를 건네자 신숙주가 물었다.

"예서 뭐하십니까?"

"허허, 아무것도 아닙니다."

한명회가 다시 걸음을 옮기려 할 때 그의 발치 아래로 문서

한 장이 날아들었다. 한 기사관이 들고 있던 문서꾸러미에서 빠져 나온 것이었다. 그것을 줍기 위해 기사관이 문서 꾸러미를 내려놓으려고 하자, 한명회가 먼저 허리를 굽혀 그것을 주워 제목을 훑어보더니 불태워 없앨 문서 꾸러미 속에 쑤셔 넣으며 중얼거렸다.

"조의제문(수양의 왕위찬탈을 풍자한 김종직의 글. 훗날 무오사화의 발단이 됨)이라? …. 제목 한번 요상하군."

한명회가 걸어가며 알 수 없는 미소를 보이자, 신숙주가 물었다.

"아니, 왜 그리 웃으십니까?"

"…갑자기 어떤 생각이 나서 그럽니다. 두 번씩이나 불태워 없앴던 문서가 버젓이 또 세상에 나오질 않았습니까? 그래서 이번에는 그것을 물에 흘려보내 보려고요."

"허허, 그것 좋은 생각입니다. 불에 태운 것은 언제든 또다시 세상에 나올 수 있지만, 물에 흘려보내면 다시는 세상에 나올 수 없는 법이지요."

이틀 뒤, 이른 아침부터 설화는 마당에 나와 활짝 핀 작약을 처량한 표정으로 내려다보고 있었다. 순심이 마루에서 내려와 설화에게 다가가더니 귀에 대고 작은 소리로 속삭였다.

"아씨, 도련님께서 떠날 채비를 하고 계십니다."

순심의 말에 설화는 곧장 마루 위로 올랐다. 그녀가 제 방으로 걸어가고 있을 때 기생 월영이 자신의 방에서 나오며 한마디 툭 던졌다.

"애, 네 방에 꿀단지라도 숨겨 놓았니? 어찌 근처에도 못 오게 하니?"

설화는 대꾸조차 하지 않고 그냥 방으로 들어갔다. 그러자 뒤에서 월영이 눈을 흘기며 종알거렸다.

"저, 저년이… 홍매 언니가 좀 예뻐한다고 눈에 뵈는 것이 없나봐."

방 안으로 들어온 설화는 슬픈 눈망울을 하고 우두커니 은후를 바라보았다. 은후는 자신을 숨겨준 설화가 너무도 고마웠다.

"설화, 갑자기 들이닥쳐 폐가 많았네. 이 은혜를 어찌 갚아야 할지…."

"아니어요, 도련님. 이제 몸은 좀 괜찮으신지요. 지난 사흘 동안 겨우 미음만 넘기시며 잠들어 계셨습니다."

"이제 괜찮네. 한데, 나에게 무슨 일이 있었는지 왜 묻지 않는 것인가?"

"저는 알고 싶지 않습니다. 다만…."

설화가 말을 이으려고 할 때 문밖에서 기척이 들리더니 순심이 보따리를 들고 들어왔다.

"아씨, 이거요."

"이리 주고, 넌 잠시 나가 있거라."

순심이 밖으로 나가자 설화가 보따리를 내밀었다.

"이대로 밖에 나가시면 위험합니다. 이 옷으로 갈아입으시어요."

은후는 설화가 내민 보따리를 풀어헤쳤다.

"아, 아니. 이것은⋯."

보따리 속의 옷은 여인의 것이었다.

"⋯저들이 찾는 사람은 사내이니, 여인의 복색을 하면 알아보지 못할 것입니다."

은후는 잠시 보따리를 내려다보다 이내 고개를 들고 설화의 눈을 똑바로 쳐다보았다. 자신의 정체에 대해 설화는 이미 모든 것을 다 알고 있는 듯했다. 은후는 이제 사실을 털어놓아야 할 때가 된 것 같다고 여겼다.

"저, 실은⋯."

설화가 말을 가로막았다.

"아무 말씀하지 마시어요."

"아니네. 그대에게만은 사실을 꼭 전하고 싶네."

"도련님, 도련님은 처음으로 이년의 가슴을 설레게 한 사내였습니다."

"서, 설화⋯."

"이년에게 그냥 사내로 남아주시어요."

"⋯."

"'다희'라고 부릅니다. 살면서 많은 기쁨을 누리라는 뜻으로 부모님이 지어주신 이름이지요."

"다희⋯."

설화는 일어나 문을 향해 돌아섰다.

"도련님, 가끔은 이년 생각을 해 주실 테지요?"

은후가 설화의 등에 대고 말했다.

"…잊지 않을 것이네, 설화."

설화는 뒤돌아보지 않고 그대로 방을 나갔다. 은후는 한동안 꼼짝하지 않고 멍하니 서 있었다. 그녀는 설화가 자신의 정체를 이미 다 알고 있었다는 사실보다, 여태껏 자신이 한 여인, 아니 한 인간의 진실한 마음에 관심을 기울이지 않았다는 것에 대해 스스로를 질책했다.

잠시 후, 여인의 복색을 갖춘 은후가 마당으로 내려오자 순심은 얼이 나간 모습으로 빤히 쳐다보았다. 곱게 차려입은 은후의 모습에 순심은 오히려 당황한 듯 말을 더듬었다.

"도, 도련님? 이렇게 차려 입으시니 꼭 여인 같습니다. 정말, 도련님 맞죠?"

은후는 가볍게 고개를 끄덕인 뒤 주위를 살폈다. 하지만 설화의 모습은 그 어디에도 보이지 않았다. 은후가 장옷으로 얼굴을 가린 뒤 밖으로 나서려 하자 순심이 앞장을 서며 말했다.

"아씨가 배웅을 해 드리라고 했습니다."

은후가 순심을 따라 대문 쪽으로 걸어가고 있을 때 밖에서 들어오던 옥화가 스쳐 지나가는 은후를 쳐다보더니 혼자 중얼거렸다.

"새로 올 아이인가? 저 정도 미색이면 설화의 콧대를 꺾고도 남겠는걸…."

얼마 후, 순심과 헤어진 은후는 혼자 성문을 빠져나왔다. 노점들이 즐비한 거리를 지나 작은 언덕을 넘자 커다란 은행나무

한 그루가 나타났다. 은후는 은행나무 아래에서 장옷을 두른 채 서성이며 성문 쪽을 애타게 바라보았다.

얼마나 지났을까. 저 멀리서 다급히 달려오고 있는 한 사내의 모습이 여인의 눈에 들어왔다. 둘 사이의 거리가 좁혀질수록 달려 오는 사내의 몸짓은 더욱 거칠었다. 아마도 자신을 기다리고 있는 여인을 조금이라도 더 빨리 보고픈 애타는 사내의 몸짓이리라.

이윽고 가까이 다가온 사내는 숨을 고르며 제 여인을 다정한 눈길로 바라보았다. 내내 설레는 표정을 짓고 있던 여인은 자신 곁 으로 제 사내가 바짝 다가오자 수줍은 듯 이내 고개를 떨어뜨렸다. 그러자 사내가 입가에 번진 웃음기를 애써 감추며 슬며시 말을 건 넸다.

"낭자, 이제는 사내 행세를 하지 마시오. 그동안 영 어울리지 않 았습니다."

여인이 고개를 살며시 들며 미소를 지었다.

"겪어 보니, 사내 행세도 할 만하더군요. 그동안 저잣거리를 마 음대로 쏘다닐 수 있어서 좋았고 얼굴을 가리지 않아도 되어 편했 습니다. 게다가 여인들에 대한 뭇 사내들의 편견으로부터도 자유 로웠으니, 그리 나쁘지 않은 경험이었지요."

"그럼 앞으로도 또 남장을 하렵니까?"

"이제는 아닙니다. 내가 그리워하는 분이 혹시 나를 알아보지 못하면 어찌하나 하고 실은 걱정이 많았습니다. 하여, 이제는 불편해도 평생 여인의 모습으로 살아가렵니다."

"그 이름은 어찌 된 것이요?"

"지금껏 저를 키워주신 분의 아들 이름이었지요. 이제 여인의 모습을 되찾았으니, 가연이라 불리고 싶습니다."

사내는 제 여인의 이름을 가만히 불러 보았다.

"가연… 신.가.연…."

둘은 남쪽 길로 방향을 잡고 천천히 걸었다. 여인이 물었다.

"이제 어디로 가시렵니까?"

"아주 멀리 가렵니다."

"나라의 녹을 먹는 분이 어찌시려고요?"

"사가독서賜暇讀書를 청했습니다. 하나 있던 제자가 말썽을 피우는 바람에 골치가 아파서 좀 쉬려고요…."

"그 제자가 밉겠군요."

"아닙니다. 모진 운명에 상처 받았을 그 제자가 이제는 행복해지기만 바랄 뿐이지요."

"…여인이라는 사실은 언제부터 알았습니까?"

"글쎄요, 그건 비밀이오. 하하하…."

예문관의 두 남녀는 그동안 못 다한 이야기를 나누며 다정히 길을 걸었다.

끝-

왕을 기록하는 여인 **사관下**(전2권)

지은이 박준수

발행일 2015년 11월 25일

펴낸이 양근모

발행처 도서출판 청년정신 ◆ **등록** 1997년 12월 26일 제 10—1531호

주　소 경기도 파주시 문발로 115 세종출판벤처타운 408호

전　화 031)955—4923 ◆ **팩스** 031)955—4928

이메일 pricker@empas.com